DER ACHTE PRINZ – VENTURI ACADEMY 1

Das Buch

Du wirst einen der sieben Prinzen heiraten.
Und du wirst die nächste Königin.
Das bist du deiner Familie schuldig.

Neah muss auf die Venturi Academy gehen. Aber nicht, um Magie zu studieren, sie soll dort ihren zukünftigen Mann auswählen.
Als Tochter des Königs hat sie keine Wahl. Ihr Vater sitzt am längeren Hebel.
Jeder der sieben Prinzen gibt alles, um Neah von sich zu überzeugen und der künftige König zu werden.
Aber was ist, wenn Neah ein Auge auf den achten Prinzen geworfen hat, denjenigen, mit dem sie laut ihrem Vater nicht einmal ein Wort wechseln darf?

Der achte Prinz ist der erste Band einer dreiteiligen Reihe.

Die Autorin

Karola Löwenstein wurde 1979 in Deutschland geboren, wo sie auch heute noch mit ihrer Familie lebt. Bevor sie mit dem Schreiben von Romanen begann, veröffentlichte sie erfolgreich Kurzgeschichten und Gedichte.
Mehr über Karola Löwenstein und ihre Bücher erfahrt ihr auf ihrer Facebook-Seite:
www.facebook.com/KarolaLoewenstein

DER ACHTE PRINZ

VENTURI ACADEMY 1

FANTASYROMAN

KAROLA LÖWENSTEIN

Die Handlung und die handelnden Personen dieses Romans sind frei erfunden. Jede Ähnlichkeit mit toten oder lebenden Personen ist nicht beabsichtigt und wäre rein zufällig.

Lektorat: TextCare (www.textcare.de)
Umschlaggestaltung: www.katharina-netolitzky.com unter Verwendung von Grafiken von Shutterstock

ISBN: 9798833320235

INHALT

KAPITEL 1

„Denkst du, du kommst aus der Sache raus?“ Marno streicht sich über die durchscheinenden Flügel und sieht aus dem Fenster der Limousine die Steilküste hinab. Die Straße schlängelt sich nah an der Tiefe entlang. Unten tobt die Gischt.

„Niemals.“ Ich schüttle den Kopf. „Mein Vater war deutlich. Er meint das ernst und er wird sich auch nicht umstimmen lassen.“

„Was ist los mit dir, Neah?“ In Marnos bernsteinfarbenen Augen sehe ich Unglauben, als er sich mir wieder zuwendet. „Warum bist du so entspannt? Du bist doch sonst nicht so gefasst.“

Ich zucke mit den Schultern. „Es bringt nichts, sich darüber aufzuregen, weil ich es nicht ändern kann“, erwidere ich. „Außerdem habe ich nie wirklich daran geglaubt, dass mein Vater mich in Kalifornien studieren lässt. Meine Enttäuschung hält sich in Grenzen. Dass er dem Internat in London zugestimmt hat, war schon ein Wunder. Ich bin dankbar für das, was ich bekommen habe. Ein paar unbeschwerte Jahre, in denen ich Spaß haben konnte, weit weg von der verstaubten Monarchie meiner Familie. Nicht nur ich hatte Spaß. Falls du vergessen hast, wie du deine Freizeit in London verbracht hast, erinnere ich dich gern daran.“

„Nicht nötig.“ Marno schüttelt den Kopf.

Doch ich sehe deutlich, wie er einen Moment innehält und sich gerade an ein paar Höhepunkte der letzten Jahre erinnert. Ein Lächeln zuckt um seine Lippen. Ich will gar nicht wissen, was er alles angestellt hat.

Daher blicke ich nach vorn, wo sich die Straße in endlosen Serpentinen die Berghänge hinauf- und wieder hinabschlängelt.

„Ich sehe das praktisch", sage ich nach einer Weile. „Das Ganze ist doch nur eine reine Formalität. Niemand erwartet von mir, dass ich auf der Venturi Academy Wunder vollbringe. Den Abschluss werde ich einfach so bekommen und bei der Sache mit den sieben Prinzen geht es doch nur darum, dass mein Vater jemanden bekommt, den er zu seinem Nachfolger aufbauen kann. Er will mich nicht als Königin. Ich bin nur das Mittel zum Zweck. Er will einen Prinzen, den er herumkommandieren kann."

„Herumkommandieren?" Marno runzelt die Stirn und fährt sich durch die langen, silberweißen Haare, die so typisch für die Elfen sind. „Denkst du, das ist alles?"

„Ich bitte dich." Jetzt werde ich doch etwas lauter. „Die Monarchie der Magier hat schon lange keine Bedeutung mehr. Was tut ein König denn anderes, als Ausstellungen eröffnen und ein paar bedeutungsvolle Reden schwingen? Der König hatte einmal Macht, aber das ist schon 120 Jahre her, und es ist gut, dass diese Zeiten vorbei sind. Du erinnerst dich bestimmt noch daran." Ich werfe Marno einen ernsten Blick zu.

Er presst die Lippen aufeinander. Dann holt er geräuschvoll Luft. „Und ob ich mich erinnere. Ich war schließlich dabei, als sie den letzten Herrscher enthauptet haben."

Ich nicke. Marno sieht zwar aus, als wäre er genauso wie ich achtzehn Jahre alt, aber Elfen altern langsamer. Mein Leibwächter blickt bereits auf 163 Lebensjahre zurück und kann mir die jüngste Geschichte immer aus erster Hand berichten.

„Dann weißt du ja, dass sich die Befugnisse des Königs seitdem geändert haben, und du weißt auch, dass diese Hochzeit nichts bedeutet. Sobald mein Vater hat, was er will, werde ich mein Leben weiterleben. Ganz so, wie es meine Großmutter getan hat."

„Die lebenslustige Margarete, die an Hofe selten gesehen ward." Über Marnos Gesicht huscht ein Lächeln. „Ich verstehe, was du vorhast. Wir haben also doch noch eine Chance, die kalifornische Sonne in absehbarer Zeit zu sehen. Ich hasse die Kälte." Er blickt wieder aus dem Fenster hinaus in den grauen Herbsttag.

Aber so ganz kann sich Marno mit meinem Plan nicht zufriedengeben. Ich sehe, wie es um seine Stirn zuckt.

„Was ist los?", frage ich.

„Es gibt so viele Ungereimtheiten."

„Meinst du meinen Vater?"

Marno nickt. „Warum hat er so plötzlich seine Meinung geändert? Niemand hatte bis jetzt Interesse daran, dass du die Thronfolge übernimmst." Marnos Blick ist auf das tosende Meer gerichtet, das sich grau in die Ferne erstreckt und mit den Wolken verschmilzt.

„Es muss etwas mit Frey zu tun haben." Ich streiche meinen Mantel glatt und muss mir eingestehen, dass mich die Spontaneität meines Vaters auch überrascht hat. Statt im Flieger nach Los Angeles zu sitzen, bin ich gerade auf dem Weg in den nördlichsten Teil Europas, wo sich die Venturi Academy versteckt zwischen einsamen Gipfeln befindet.

„Mit deinem Cousin?" Marno sieht mich mit deutlicher Skepsis an. „Er wäre der perfekte König für die Magier gewesen, brav, fleißig, fügsam. Dein Onkel hat ihn seit zehn Jahren auf diese Rolle vorbereitet. Er kennt die ganzen Protokolle. Er kann sich am Hof bewegen. Ich hatte sogar das Gefühl, dass er das alles gern tut. Also, warum soll er in Ungnade gefallen sein?"

„Vielleicht hat er einen Fehler begangen?", mutmaße ich. „Mein Vater hat es mir nicht verraten und du kannst dir sicher sein, dass ich lautstark nachgefragt habe."

„Frey macht keine Fehler. Dafür ist er nicht der Typ." Marno seufzt und blickt mich prüfend an. „Ich kriege schon noch raus, was passiert ist."

„Viel Glück", erwidere ich spöttisch. Ich verstehe ja, dass Marno herausfinden will, warum wir jetzt hier sind, aber eine Antwort auf diese Frage ändert nichts daran. Dafür kenne ich meinen Vater zu gut. Die Entscheidungen, die er einmal getroffen hat, macht er nicht mehr rückgängig. „Es ist klüger, wenn ich ihm gebe, was er will, und dann gehe ich wieder meiner Wege. Was denkst du? Welchen der sieben Prinzen soll ich wählen? Ist es zu offensichtlich, wenn ich schon nach der ersten Woche eine Entscheidung fälle?"

Um Marnos Lippen zuckt ein Lächeln. Sein Gesicht ist unwirklich schön. Seine Züge wie gemeißelt. Er erinnert mich einmal mehr an eine Statue. Wenn ich nicht wüsste, dass er sich nur für Männer interessiert, hätte ich mich schon längst in ihn verliebt.

„Eine schwere Frage." Er legt nachdenklich den Kopf schief, während die Limousine in einen Tunnel fährt und es dunkel um uns herum wird. „Du könntest nach der Optik entscheiden."

„Zu einfach." Ich lehne mich in den weichen Sitz zurück. „Vielleicht nehme ich den, von dem ich denke, dass mein Vater am glücklichsten mit ihm wird."

„Ein bisschen eigennütziger darfst du schon sein, nur

für den Fall, dass du es tatsächlich mit ihm aushalten musst. Du solltest ihn mögen und mit ihm klarkommen."

„Du hast recht." Ich nicke bedächtig. „Mein Vater wird nicht ewig leben und einen Despoten als Ehemann kann ich nicht gebrauchen. Ich brauche jemanden, der mir meine Freiheiten lässt."

„Also musst du dir die Kandidaten doch ein wenig genauer ansehen." Ich höre die Vorfreude in Marnos Stimme, während die Limousine langsamer wird. Als mein Leibwächter ist er fast immer an meiner Seite. Auch diesen Teil meines Lebens wird er aus erster Hand miterleben und ich könnte keinen besseren Berater als ihn haben. Marno ist die Loyalität in Person, absolut ehrlich und er hat einen hervorragenden Geschmack.

Mit einem Mal öffnet sich der Tunnel auf der rechten Seite und ein verborgener Abzweig wird sichtbar. Die Sicherheitstechnik der Familie Stuart funktioniert einwandfrei. Wir biegen ab und hinter uns schließt sich die Wand. Leise gleitet die Limousine durch den tiefschwarzen Tunnel. Dann wird es hell und wir fahren auf einer breiten Straße weiter. Außer uns ist niemand unterwegs.

Ich nehme die schwere, goldene Kette ab, die ich trage. Sofort knistert es, als ob sich eine elektrische Spannung entlädt. Dann kontrolliere ich mein Spiegelbild in der Scheibe. Aus dem unscheinbaren, schmalen Mädchen mit der Hornbrille und dem Überbiss ist eine elegante, junge Frau mit langen, dunkelbraunen Locken geworden. Was diese Gestaltwandler vollbringen, ist wirklich beeindruckend. Aber ab hier brauche ich meine Tarnung nicht mehr. Wir haben die Welt der Menschen verlassen.

„Dann planen wir mal einen Monat ein", sage ich

und verstaue den Gestaltwandler in meiner Tasche. „Schneller werden wir wohl nicht von hier wegkommen.“ Ich sehe nach vorn, wo schon bald die riesigen Gebäudekomplexe zu sehen sind, die ich bereits von Bildern kenne. Selber bin ich noch nie hier gewesen.

Wir passieren ein großes Tor, das sich wieder hinter uns schließt, und bald darauf hält die Limousine vor dem prächtigen Jugendstilgebäude, auf dem groß und unübersehbar der Name meiner Familie prangt.

Da schwingt auch schon die Tür auf und die behandschuhte Hand des Rektors streckt sich mir entgegen. „Willkommen auf der Venturi Academy, Ms Venturi. Es ist eine Freude, Sie hier begrüßen zu dürfen.“

KAPITEL 2

Ich atme tief durch, werfe Marno noch einen letzten verschwörerischen Blick zu, dann zwinge ich ein strahlendes Lächeln auf meine Lippen. Während mir die Worte meines Vaters im Kopf dröhnen, dass eine Prinzessin immer auf ihr Äußeres achten muss und mit jedem Schritt, jeder Geste und jedem Lächeln ihre Familie repräsentiert, greife ich nach der Hand des Rektors und steige aus.

„Vielen Dank, Mr Mortimer." Ich lächle den breitschultrigen Rektor mit dem vollen, leicht ergrauten Haar freundlich an. „Es ist eine Ehre für mich, hier sein zu dürfen." Die Worte verlassen meinen Mund ganz automatisch. Meine Rolle als Prinzessin beherrsche ich trotz der vielen Jahre auf einem normalen Internat immer noch ganz gut.

„Darf ich Sie hereinbitten." Mr Mortimer lässt meine Hand los und deutet eine Verbeugung an. „Wir haben einen kleinen Empfang zu Ihrer Begrüßung vorbereitet. Ihrem Vater war es wichtig, dass wir Sie herzlich willkommen heißen."

Autsch! Das war eindeutig ein Seitenhieb. Ich unterdrücke den Impuls, überrascht die Augenbrauen zu heben. Mein Vater hat nichts dem Zufall überlassen. Mr Mortimer hat ganz genaue Anweisungen für meinen Aufenthalt an der Academy erhalten und dem Rektor gefällt es nicht, wenn sich der König in seine Angelegenheiten einmischt.

„Sehr gern", erwidere ich zuckersüß und folge Mr Mortimer an dem Spalier aus Personal vorbei in das Hauptgebäude der Academy.

Es dauert nicht lang und ich spüre Marnos Anwesenheit hinter mir. Das leise raschelnde Geräusch, wenn der Wind sich in seinen Flügeln verfängt, begleitet mich schon, seit ich denken kann.

Ich sehe zu dem Gebäude hinauf und muss zugeben, dass die vielen Schnörkel und Blumenranken, die die Fassade zieren, wirklich schön sind.

Dann betrete ich das Gebäude und sofort wird mein Blick von den Studenten abgelenkt, die in der großen Eingangshalle stehen. Genau genommen sind es sieben Studenten; sieben männliche Studenten. Sie blicken mich erwartungsvoll an, und dieses Mal schaffe ich es nicht, meine Überraschung zu verbergen. Ich sehe nur Augen und kann kaum ihre Gesichter wahrnehmen.

Mr Mortimer räuspert sich. „Ihr Vater bat mich, mich intensiv dafür einzusetzen, dass Sie die sieben Prinzen kennenlernen. Ich soll Sie dabei unterstützen, eine gute Entscheidung zu treffen. Ich dachte, es ist hilfreich, wenn wir zügig damit anfangen." Er beugt sich weiter zu mir hinab und seine Stimme wird zu einem Flüstern. „Um Ihren Abschluss müssen Sie sich nicht sorgen, Ms Venturi. Ihre Familie hat die Academy gegründet. Wir können Abschlüsse auch ehrenhalber verleihen." Er zwinkert mir verschwörerisch zu.

Ich weiß nicht, warum, aber ich bin enttäuscht von ihm. Mir war klar, dass alles so sein würde, aber dass er mir nicht einmal zutraut, das Studium ernsthaft in Angriff zu nehmen, schmerzt. Will er nicht mal einen Versuch wagen, etwas aus mir zu machen? Sein Gesichtsausdruck beantwortet die Frage sofort. Mr Mortimer will mich so schnell wie möglich loswerden.

„Vielen Dank für Ihr Engagement“, quetsche ich heraus und wende mich von den wartenden Prinzen ab. So leicht werde ich es dem Rektor nicht machen. „Aber ich bin müde von der Reise und würde das Kennenlernen gern auf später verschieben, wenn es Ihnen nichts ausmacht.“

Mr Mortimers Gesicht friert regelrecht ein. „Natürlich“, erwidert er kalt. „Wie die Prinzessin wünscht.“

„Würden Sie mir bitte mein Zimmer zeigen.“ Ich lächle ihn an und ich weiß, dass ich mit meinem herzförmigen Gesicht, das von langen, dunklen Locken umrahmt wird, den vollen Lippen und den großen Augen wirklich unschuldig aussehe.

Es funktioniert. Die Ablehnung schmilzt und er scheint sich bewusst zu werden, dass er etwas vorschnell war.

„Vielleicht war der Zeitpunkt nicht gut gewählt“, sagt er mit einem Nicken und wirkt mit einem Mal doch recht zerknirscht.

Er tut mir beinahe leid.

„Schon gut“, erwidere ich. „Das ist für uns alle schwierig. Heute Morgen wusste ich selbst nicht einmal, dass ich herkommen würde. Es tut mir leid, wenn Ihnen mein Vater Umstände macht.“

„Ach, so ist das.“ Mr Mortimer nickt bedächtig. Dann winkt er einem der Prinzen zu. „Connor, kommen Sie bitte.“

Ein schlanker, adrett gekleideter Mann mit dunkelblonden, wirren Haaren löst sich aus dem Grüppchen und kommt zu uns. Er wirkt pflichtbewusst.

„Ms Venturi möchte sich erst einmal frisch machen. Bringen Sie sie bitte zu ihrer Unterkunft. Und das Kennenlernen verschieben wir auf den Abend. Sind Sie damit einverstanden?“ Er sieht mich fragend an.

„Sehr gern. Vielen Dank für Ihr Verständnis.“ Ich bin wirklich froh, dass mir der Rektor erst einmal Zeit lässt, um mich zu sammeln.

Mr Mortimer nickt mir noch einmal zu und geht dann zu den wartenden Prinzen hinüber. Vermutlich, um sie über die veränderte Situation aufzuklären.

„Ich bin Connor Howard.“ Mein neuer Begleiter reicht mir seine Hand. Er hat ein offenes, freundliches Gesicht.

„Neah Isabella Theodora Venturi.“ Ich erwidere seinen Händedruck, während mir nicht entgeht, wie einige der verbliebenen Prinzen Connor missbilligende Blicke zuwerfen.

„Ich weiß.“ Connor grinst. „Komm, wir müssen hier entlang.“ Er zeigt zu einem Seitenausgang.

„Sind die anderen jetzt sauer auf dich?“

„Clive und Thomas bestimmt“, sagt Connor, während wir uns in Bewegung setzen. „Sie sind sich absolut sicher, dass einer von ihnen dein Herz erobern wird.“

„Mein Herz erobern?“ Ich schlucke, während mir selbiges Herz in die Hose rutscht. Verdammt! Haben die Prinzen schon Wetten abgeschlossen, wer das Rennen machen wird?

„Darum bist du doch hier, oder?“ Connor hält mir die Tür auf und wir treten hinaus auf den breiten Weg, der in einem riesigen Kreis an den Gebäuden der Academy vorbeiführt. „Du sollst dir einen von uns aussuchen und derjenige wird der nächste König.“

„Ja“, gebe ich mit einem Seufzen zu. Genau das ist die knallharte Wahrheit.

Wir laufen ein Stück die Straße entlang und ich mustere die Gebäude, an denen wir vorbeischlendern. Jedes trägt den Namen einer der sieben großen Adelsfamilien und hinter jedem Namen verbirgt sich eine der sieben

Fakultäten, an denen man eine Ausbildung absolvieren kann. Doch ich hatte das nie geplant und Mr Mortimer hat auch nicht vor, meine Meinung diesbezüglich zu ändern.

Ich hole tief Luft und konzentriere mich auf die wichtigen Dinge. Ich bin mit Connor allein, einem der sieben Prinzen. Die Gelegenheit muss ich nutzen. Er kennt sich hier gut aus und er kennt auch die anderen. Außerdem wirkt er, als ob er nicht nur pflichtbewusst, sondern auch sehr offen und direkt ist. Bei Clive und Thomas muss ich also vorsichtig sein. Sie scheinen etwas zu sehr von sich und ihren Qualitäten überzeugt zu sein, wenn sie denken, dass sie das Spiel schon gewonnen haben. „Gibt es jemanden, der einen besonders guten König abgeben würde?"

Connor bleibt stehen und sieht mich nachdenklich an. „Das ist wirklich schwer zu beantworten."

„Ich weiß", entgegne ich.

Connor setzt sich wieder in Bewegung und biegt nach links ab. Während die Vorlesungsgebäude in einem Halbkreis am äußeren Rand des Geländes stehen, befindet sich in dessen Mitte eine parkähnliche Anlage, in der zwischen Bäumen, großzügig angelegten Blumenrabatten, Wasserläufen und Seen unzählige Häuser stehen. Manche sind klein, manche groß, manche alt und manche modern.

„Suchst du einen guten Ehemann oder einen guten König?", fragt Connor schließlich, nachdem er eine Weile über meine Frage nachgedacht hat.

Ein Lächeln huscht über meine Lippen. Connor ist wirklich nicht auf den Kopf gefallen.

„Vermutlich beides", erwidere ich mit einem Grinsen.

„Dann wähle mich." Connor bleibt vor einem zweistöckigen, hübschen Gebäude stehen, dessen dunkelrote Farbe zwischen dem bunten Herbstlaub leuchtet. An den Seiten sind Rosengitter, an denen sich Kletterrosen bis in den zweiten Stock hinaufranken. Einen Moment starre ich die letzten blühenden weißen Rosen an.

Dann wende ich mich wieder Connor zu.

Er blickt mir fest in die Augen. „Ich werde immer ehrlich zu dir sein und meine Pflicht erfüllen, um den Magiern zu dienen."

„Wow!" Ich sehe Connor erstaunt an. Er weiß sich wirklich gut zu verkaufen. „Das geht gerade alles ziemlich schnell."

„Nimm dir so viel Zeit, wie du brauchst." Connor grinst und zeigt auf das Haus. „Wir sind da. Hier ist dein Haus. Du kannst es allein nutzen. Normalerweise teilen es sich mehrere Studenten. Hier hat übrigens deine Schwester schon gewohnt."

„Noir hat hier gewohnt?" Ich blicke mich zu dem Häuschen um und sofort streifen mich Erinnerungen an eine längst vergangene Zeit. Ich habe meine Schwester schon seit Jahren nicht mehr gesehen und darüber bin ich froh.

„Ja, das hat sie. Sie ist eine Legende." In Connors Worten schwingt Begeisterung mit.

„Ja, das ist sie", entgegne ich kühl. „Sie ist einfach nur perfekt. Wir sehen uns heute Abend. Danke fürs Herbringen." Mit diesen Worten wende ich mich von Connor ab und gehe auf mein neues Zuhause zu.

„Ich hole dich heute Abend ab", ruft mir Connor hinterher.

„In Ordnung", murmle ich.

Es dauert nicht lang und Marno folgt mir mit beinahe lautlosen Schritten.

Als die Tür hinter uns ins Schloss fällt, atme ich erleichtert auf.

„Der war doch ganz süß.“ Marno sieht aus dem Fenster, wie Connor sich von dem Haus entfernt. „Ein bisschen überkorrekt, aber das gibt sich vielleicht noch.“

„Er findet meine Schwester toll.“ Ich gebe einen verächtlichen Laut von mir.

„Jeder findet deine Schwester toll. Sie hat nicht nur die theoretische Ausbildung an der Venturi Academy mit Bestnoten geschafft, nein, auch die praktische.“ Marno wendet sich von dem Fenster ab. „Das schaffen nicht viele. Außerdem wird sie die Firma deiner Familie übernehmen. Sie ist eine begnadete magische Architektin, macht der Fakultät unter Leitung von Mr Mortimer alle Ehre und eine clevere Geschäftsfrau ist sie auch noch.“

„Ich weiß, wie toll sie ist“, entgegne ich zerknirscht. „Sie kann alles und wunderschön ist sie außerdem. Außerdem ist sie glücklich verheiratet, hat ein zuckersüßes Baby, zwei tolle Kinder und kriegt das mit ihrem Job spielend leicht hin, während ich an einem anstrengenden Tag schon mittags wieder ins Bett gehen möchte. Weißt du, wie es ist, wenn man ständig mit ihr verglichen wird? Man kann einfach nur verlieren. Das ist sogar Mortimer klar. Er versucht nicht einmal, etwas aus mir zu machen.“ Ich sehe mich in dem Wohnzimmer und der offenen Küche um. Alles ist offen und hell. Es ist wirklich schön hier.

„Warum sollte er? Jeder weiß, dass du keine Grundausbildung hast“, sagt Marno in versöhnlichem Ton. „Dir fehlen Jahre an Übung. Sei doch froh, dass dich keiner dazu zwingt. Du wolltest Magie nie erlernen.“

„Ja, weil Magie aus Schmerz und Leid erwächst“, entgegne ich schärfer als nötig. „Warum sollte ich mich selber quälen, wenn es mir keine Vorteile bringt?“

„Ich weiß, wie die Sache funktioniert“, erwidert Marno mit einem bitteren Klang in seiner Stimme. „Ich kenne mich gut damit aus.“

Ich sehe Marno einen Moment an. Ja, er kennt sich wirklich mit allen Aspekten der Magie aus. Auch wenn er sie nicht in der Stärke besitzt, die ein Magier aufbringen kann, verfügt er dennoch über genug Magie, um eine Menge zu bewirken. Besonders was das Kämpfen angeht, jener längst verbotenen Kunst, die nicht mehr gelehrt und angewendet werden darf. Nur den letzten Elfen ist es noch gestattet, sie zu Zwecken der Verteidigung der Königsfamilie zu benutzen.

Selber habe ich Marno noch nie kämpfen sehen. Aber ich kenne Geschichten aus fernen Zeiten und von längst vergangenen Schlachten. Marno soll wie eine Flamme unter seinen Feinden gewütet haben.

„Schon gut.“ Ich winke ab. „Neben dem pflichtbewussten Connor und seinen Kontrahenten Clive und Thomas gibt es ja noch vier weitere Prinzen, die interessant sein können. Konzentrieren wir uns heute Abend auf sie. Je eher ich eine Entscheidung treffe, umso eher kann ich hier wieder verschwinden.“

KAPITEL 3

Als der Abend hereinbricht, klopft es leise an der Tür. Mittlerweile habe ich mein überschaubares Gepäck in die Schränke meines neuen Zimmers geräumt und eine Stunde geschlafen. Ich fühle mich nicht mehr so dünnhäutig wie heute Nachmittag, sondern bin wieder ganz auf meine Mission fokussiert.

Für das Abendessen habe ich mich für ein knöchellanges, weinrotes Kleid entschieden, das zwar lange Ärmel hat, aber dafür mit einem gewagten Ausschnitt punktet. Mal sehen, welchen der Prinzen ich mit meinem Äußeren beeindrucken kann.

Connor auf jeden Fall. Als ich die Tür öffne, reißt er die Augen weit auf.

„Guten Abend", begrüße ich ihn mit sanfter Stimme.

Er schluckt, wendet den Blick dann endlich von meinem Ausschnitt ab und meinem Gesicht zu. „Guten Abend, Neah, du siehst atemberaubend aus." Seine Stimme klingt eine Oktave höher.

„Vielen Dank. Wie nett von dir." Ich sehe aus den Augenwinkeln, wie Marno die Augen verdreht. Er ist gegen dieses Kleid, weil es seiner Meinung nach die Aufmerksamkeit am heutigen Abend auf die falschen Qualitäten lenkt. Ich betrachte es hingegen als geeignetes Ablenkungsmanöver.

„Darf ich bitten?" Connor reicht mir seinen Arm. Manieren hat er, das muss ich ihm lassen.

„Sehr gern." Ich trete aus dem Haus und hake mich

bei ihm ein. Dann schlendern wir los.

„Kommt dein Leibwächter gar nicht mit?“ Connor sieht sich fragend um.

„Nein, hier auf dem Gelände bin ich sicher.“ Aber Marno wird nicht untätig bleiben. Während ich mich beim Abendessen vergnüge oder gegebenenfalls langweile, wird er sich das Gelände der Academy näher ansehen. Mit einem Angriff auf mich müssen wir nun jederzeit rechnen. Solange ich für die Thronfolge unwichtig war, war es relativ unwahrscheinlich, dass sich jemand für mich interessiert. Doch das hat sich nun geändert.

Connor nickt, als ob ihm das auch klar ist. „Hast du dich ein wenig ausruhen können?“ Er wechselt in einen lockeren Plauderton, der dafür sorgt, dass ich mich tatsächlich entspanne.

„Ja, das konnte ich. Es ist schön hier.“ Das ist keine Lüge, denn das ist es wirklich. Mittlerweile ist es zwar schon dunkel geworden, aber der schwere Geruch der feuchten Blätter liegt dennoch in der Luft und erinnert mich an das beeindruckende Farbenspiel der Bäume. „Was studierst du eigentlich, Connor?“ Ich sehe ihn interessiert an.

Sofort nimmt er Haltung an, als ob ein mahnender Vater oder Professor hinter ihm stehen würde. „Ich studiere Reisefachtechnik. Die Familie Howard ist der größte Reiseveranstalter in allen Preissegmenten.“

„Richtig.“ Ich erinnere mich dumpf daran, dass das, was Connor studiert, zwar langweilig klingt, dass es das aber gar nicht ist. Denn die Reisen, die seine Familie an unbescholtene Menschen verkauft, sind magisch verbessert. Nur genau so viel, dass es niemandem auffällt, aber ausreichend, um schneller, komfortabler und problemloser reisen zu können, als man es bei allen Konkurrenten kann. Und für ein verschwiegenes und sehr vermögendes Klientel bietet Howard Travel den ausgefallenen Service an, von einem Ort der Welt zum anderen in nur einem Augenblick zu reisen.

„Du bist bestimmt auch mit Howard Travel hierhergekommen?“ Connor lächelt mich siegessicher an.

„Nein, ich bin ganz altmodisch hergereist, mit dem Flugzeug und dann mit dem Auto.“ Mein Vater wollte zwar, dass ich zügig zur Academy reise, aber ich brauchte ein wenig Zeit, um die Neuigkeiten zu verdauen.

„Ah!“ Connor wirkt irritiert und ich kann es verstehen. Magier in meinen Kreisen reisen normalerweise nicht mit den Fortbewegungsmitteln der Menschen.

Ich nutze die Gelegenheit für einen Themenwechsel. „Würde es deinen Vater stören, wenn du die Unternehmensnachfolge nicht antrittst und stattdessen König wirst?“

Connor schluckt, während wir durch den nächtlichen Park laufen, vorbei an hell erleuchteten Häusern. „Mein Vater wäre stolz auf mich. Außerdem könnte mein Onkel das übernehmen. Howard Travel kommt auch ohne mich zurecht.“ Er zögert kurz und ich kann beinahe an seiner Stirn ablesen, dass er zumindest in dieser Angelegenheit doch nicht ganz so pflichtbewusst ist, wie er sich gibt. Er muss sich selber noch damit abfinden, dass seine beruflichen Pläne so schnell über den Haufen geworfen worden sind.

Mir wird schlagartig klar, dass die sieben Prinzen genauso wenig eine Wahl gehabt haben wie ich, als mein Vater angeordnet hat, dass ich einen von ihnen mit der Ehre beglücken darf, der nächste König zu werden. Auch wenn es vermutlich keiner von ihnen zugeben wird, werden nicht alle darüber glücklich gewesen sein. Vielleicht hat einer von ihnen sogar eine Freundin und ganz andere Pläne für sein Leben. Der Gedanke macht mir noch einmal mehr klar, dass ich wirklich gut überlegen muss, wen ich auswähle.

„Was machst du in deiner Freizeit?“, frage ich, als wir auf das Haupthaus zuschlendern.

Connor erzählt mir von seiner Passion für das Schachspiel und ich höre ihm wirklich gern zu. Er ist ein netter Typ, sieht gut aus und Manieren hat er auch noch. Ich ertappe mich bei dem Gedanken, dass man an seiner Seite ein angenehmes Leben führen könnte. Er würde nie besonders verrückt und besonders ausgefallen sein, aber dafür verlässlich und respektvoll. Bestimmt hätte er Verständnis dafür, dass ich mein Leben nicht zwischen alten Mauern und verstaubten Konventionen verbringen will. Doch wäre er auch bereit zu akzeptieren, dass ich ein Leben ohne ihn führen werde, weitab von der verstaubten Monarchie der magischen Welt?

Als mir Connor die Tür aufhält, sehe ich ihn ernst und nachdenklich an. Ob es schon zu zeitig ist, ihn mit meinen Plänen zu konfrontieren und herauszufinden, wie er darüber denkt?

„Ab hier übernehme ich.“ Ein großer, rothaariger Mann tritt ganz unvermittelt auf mich zu und bietet mir mit einer galanten Geste und einem breiten Lächeln auf den Lippen seinen Arm an.

Connor ist noch damit beschäftigt, die Tür hinter mir zu schließen, und ich höre ihn genervt „Clive“ murmeln.

Das ist also einer der Prinzen, die so von sich selbst überzeugt sind, dass sie sich bereits am Ziel wähnen. Ich mustere ihn, während ich ihm mit einer quälend langsamen Bewegung meine Hand reiche. Er ist ein richtiger Sonnyboy.

Er ist kräftig und gut gebaut. Man sieht auf den ersten Blick, dass er ein Sportler ist. In seinen blassgrünen

Augen liegt ein schelmischer und unternehmungslustiger Ausdruck. Das Lächeln auf seinen Lippen ist ansteckend. Er sieht aus wie jemand, der jeden Spaß mitmacht und der immer eine Idee hat, um die Langeweile zu vertreiben.

„Mein Name ist Clive Cavendish." Er deutet eine Verbeugung an. „Es ist mir eine Ehre, dich kennenlernen zu dürfen."

„Mich freut es auch." Ich hake mich bei ihm ein und lasse mich von ihm in die Eingangshalle führen. Hinter uns vernehme ich die schnellen Schritte von Connor, der nicht vorhat, uns auch nur eine Sekunde allein zu lassen.

„Du bist wirklich atemberaubend schön. Dieses helle Blau in deinen Augen erinnert mich an den Himmel über dem Meer." Clive gibt sofort Gas. „Ich liebe das Meer."

„Ähm, danke." Ich lasse meinen Blick an ihm hinabgleiten. Er trägt einen eleganten, dunkelblauen Anzug. Von der Krawatte bis zu den Schuhen ist jedes Detail perfekt aufeinander abgestimmt. Der Mann hat eindeutig Geschmack. „Du siehst auch gut aus."

Er grinst zufrieden. „Hast du dich schon entschieden, in welchem Fachbereich du studieren wirst?" Er sieht mich erwartungsvoll an, während wir die Eingangshalle durchqueren.

„Nein, noch nicht", entgegne ich wahrheitsgemäß. „Was studierst du denn, wenn ich fragen darf?"

„Du darfst mich alles fragen, was du willst." Sein Lächeln lässt sogar seine Augen strahlen und ich muss zugeben, dass so viel gute Laune ansteckend ist.

„Wir fangen erst einmal bei deiner Studienrichtung an", entgegne ich grinsend.

„Mode", sagt er ohne weitere Umschweife. „Die

Familie Cavendish produziert und verkauft Mode. Egal ob billig oder exklusiv. Unsere Label findest du überall auf der Welt."

„Beeindruckend." Ich nicke bedächtig.

„Das ist es wirklich und das sage ich nicht, weil mein Name auf allen Kleidungsstücken steht. Was die Designabteilung und die Produktion auf die Beine stellen, verdient Respekt."

„Und du solltest eigentlich die Geschäftsführung übernehmen, nicht wahr?" Ich sehe ihn prüfend an.

Doch er wirkt nicht betroffen. Stattdessen winkt er ab. „Keine Sorge, für diese Aufgabe ist mein Bruder Thomas vorgesehen."

Interessant. Also sind Thomas und Clive Brüder.

„Da ist er ja schon." Clive legt einen Schritt zu und ich habe Mühe, mit dem langen Kleid mein Gleichgewicht zu halten. Doch Clives Körper gibt mir so viel Halt, dass ich nur einen winzigen Moment wackle.

Wir biegen in einen hohen Gang ein und dort wartet neben einer weit geöffneten, zweiflügeligen Tür ein zierlicher Mann mit wilden, roten Locken, die ihm bis zu den Schultern reichen. Die beiden haben vielleicht dieselbe Haarfarbe, aber sonst sieht man ihnen nicht an, dass sie Brüder sind.

„Clive." Der missbilligende Ton in Thomas' Stimme ist nicht zu überhören.

Aha! Brüderliche Rivalität. Das kann ja noch sehr unterhaltsam werden. Für die beiden geht es um die Wahl zwischen dem Chefsessel und dem Thron und es wäre ihnen vermutlich nicht ganz unrecht, wenn sie beides unter sich aufteilen könnten.

„Prinzessin Neah." Thomas wendet sich mir zu und verbeugt sich. „Es ist mir eine Ehre, Sie endlich kennenzulernen."

„Wir können ruhig beim Du bleiben“, sage ich wenig förmlich und lasse Clives Arm los. Dann reiche ich Thomas meine Hand. „Freut mich, dich kennenzulernen.“

Thomas richtet sich auf, ergreift meine Hand mit ernster Miene und haucht mir einen Kuss auf den Handrücken. Dann hebt er den Blick und sieht mir direkt in die Augen. „Deiner Schönheit ward ein Lied gesungen,

doch keine Note wird deinem Liebreiz gerecht.

In meiner Seele hat das Echo geklungen.

Und nun folge ich dir bis ins letzte Gefecht.“

Einen Moment sehe ich Thomas erstaunt an. „Ein Gedicht?“, murmle ich. „Oder ist das eine Prophezeiung?“

„Nur ein Gedicht, um deiner Schönheit zu huldigen.“ Thomas lächelt mich sanft an. „Aber meine Worte reichen nicht, um deine Schönheit auch nur annähernd zu beschreiben.

„Jetzt gib nicht wieder so an, du Freizeitpoet.“ Clive klingt wenig begeistert von den Ergüssen seines Bruders.

„Das würde mir nie in den Sinn kommen. Bittschön, meine Liebe.“ Thomas tritt zur Seite und deutet eine Verbeugung an.

Ich habe noch nicht einmal den Saal betreten, in dem es das Essen geben wird, und bin schon ganz durcheinander von der Aufmerksamkeit, die ich gerade bekomme. Es ist nicht so, dass sich bisher niemand für mich interessiert hätte, aber sieben Männer zur gleichen Zeit, das ist neu.

Dabei bin ich noch nicht einmal allen begegnet. Aber allein die drei Prinzen, die ich bisher getroffen habe, legen sich derart ins Zeug, dass mir schwindelig wird, wenn ich an den Abend denke.

Ich sollte eigentlich wissen, worauf ich mich einlasse. Doch in all den Jahren, in denen ich mich von den Feiern und Zusammenkünften der Magier ferngehalten habe, habe ich beinahe vergessen, wie bedeutsam die Monarchie für die Magier ist. Aber jetzt wird mir wieder bewusst, wie sehr sie die Königsfamilie schätzen und wie begehrt der Platz an meiner Seite ist. Der Gedanke, dass ich eine gute Entscheidung treffen muss, lastet mit einem Mal schwerer denn je auf mir.

Da ich sehr dafür bin, Probleme anzupacken, anstatt sie auf die lange Bank zu schieben, betrete ich mit einem großen Schritt den Saal. Einen Moment lang bin ich geblendet. Überall leuchten Kerzen. Die lange Tafel ist mit goldenem Geschirr eingedeckt. Alles funkelt und glitzert. Neben Mr Mortimer stehen vier Männer, die mich erwartungsvoll anblicken.

Ich atme tief durch und lasse meinen Blick über die Prinzen schweifen. Gut sehen sie alle aus, so viel kann ich auf den ersten Blick schon feststellen.

„Ms Venturi." Mr Mortimer kommt mit einem väterlichen Lächeln auf mich zu. „Sie sehen hinreißend aus."

„Vielen Dank."

Mehr kann ich nicht sagen, denn da klatscht Mr Mortimer schon in die Hände und ein junger Mann mit einem Tablett voller Sektgläser tritt aus dem Hintergrund. Mit seinen weichen, dunkelbraunen Haaren verschmilzt er fast mit den Schatten.

Als er sich mir nähert, greife ich geistesgegenwärtig nach einem der Gläser. Dabei streift mein Blick für einen Moment sein Gesicht. Seine dunkelblauen Augen mustern mich mit unverhohlener Neugier. Einen Moment lang lenkt mich sein Blick ab, doch ein Räuspern von Mr Mortimer beendet den Moment.

Der Kellner wendet sich von mir ab und geht zu Mr Mortimer und dann zu den Prinzen, um die Sektgläser zu verteilen.

Vielleicht hat Marno recht und ich hätte nicht das Kleid mit dem tiefen Ausschnitt wählen sollen. Die Gesellschaft der Magier ist ein altmodischer Haufen, der auf hochgeknöpfte Blusen, Brokatwesten und Taschenuhren steht. Alles, was seit über hundert Jahren nicht mehr in Mode ist, wird von den Magiern gern getragen. Tief ausgeschnittene Kleider gehören auf jeden Fall nicht dazu. Auch die Moralvorstellungen stammen größtenteils noch aus dieser Zeit.

„Lassen Sie uns auf diesen besonderen Abend anstoßen." Mr Mortimer erhebt das Glas. „Es ist uns allen eine besondere Ehre, dass Prinzessin Neah an der Venturi Academy weilt, und eine noch größere Ehre ist es, dass einer der Prinzen, die ihre Ausbildung hier absolvieren, der zukünftige König sein wird. Mein Stolz auf diese fantastischen Männer ist kaum zu beschreiben."

Aus dem Dunkel vernehme ich einen Laut.

Ich kann mich täuschen, aber es klingt wie ein verächtliches Schnauben.

Am liebsten hätte ich mit eingestimmt. Er ist stolz auf den zukünftigen König, nur für mich hat er nichts anderes übrig als ein paar höfliche Floskeln. Mein Verständnis für Mr Mortimer beginnt zu schwinden.

„Sie stellen mir die Herren bestimmt gern vor." Ich trete zu Mr Mortimer und sehe ihn fragend an.

„Ja, natürlich, sehr gern." Mr Mortimer nickt knapp. „Connor, Clive und Thomas haben Sie ja schon kennengelernt. Und dieser wunderbare Herr hier ist Phillip Stanley." Er zeigt direkt an seine rechte Seite, wo ein gemütlich gebauter Mann steht, der einen kurz geschnittenen Vollbart trägt. „Der Name Stanley sagt Ihnen vielleicht etwas. Seine Familie ist bekannt für ihre Präsenz im Einzelhandel, das Catering und die Eventgastronomie."

„Ja, natürlich." Ich nicke huldvoll und lächle das mysteriöse Lächeln, das auch meiner Schwester immer auf den Lippen gelegen hat. Den Namen Stanley habe ich schon einmal gehört. Aber er sagt mir nichts mehr. Dass ich mich sieben Jahre außerhalb der Gesellschaft der Magier bewegt habe, hat eine beachtliche Wissenslücke hinterlassen und nicht alles kommt so schnell wieder wie meine Vorurteile. Ich reiche Phillip meine Hand. „Ich freue mich, dich kennenzulernen."

Phillip hat auf den ersten Blick gewirkt, als ob er einer der nervösen Typen ist, die beim Anblick einer Frau sofort in unkontrollierbares Schwitzen ausbrechen. Doch zu meiner Überraschung hängt sein Blick weder an meinem Ausschnitt, noch ist seine Hand klebrig und feucht, als er mich begrüßt. Er wirkt selbstsicher und das gefällt mir.

„Es ist mir eine Ehre", sagt er mit angenehm tiefer Stimme. „Ich hoffe, die Cavendish-Brüder waren nicht zu aufdringlich?" Er zwinkert mir verschwörerisch zu.

„Ich glaube, sie haben noch nicht gezeigt, was sie können", erwidere ich mit einem Schmunzeln.

„Das holen sie bestimmt bald nach. Ich bevorzuge ja ein wenig mehr Klasse. Es ist nicht gut, eine Frau so zu überfallen. Eine so schwerwiegende Entscheidung, wie du sie fällen musst, sollte man in Ruhe treffen."

„Das ist wahr." Ich seufze. Wenigstens Phillip hat verstanden, dass etwas mehr auf dem Spiel steht als das Ego ein paar junger Männer. Er macht einen sehr intelligenten und abgeklärten Eindruck, außerdem gefällt mir seine Gemütlichkeit.

„Wenn du möchtest, können wir bei Gelegenheit

gemeinsam ein Glas Wein trinken und uns besser kennenlernen, ohne dass uns dabei alle anstarren." Phillip fährt sich durch die kurzen, schwarzen Haare und sieht mich dann ganz ruhig an. Er ist ganz bei sich und kein Stück nervös. In einer Katastrophe wäre er bestimmt die Ruhe in Person und könnte vernünftige Entscheidungen treffen.

Das ist nicht ganz unwichtig, wenn man König ist. Die Geschichte meines Urgroßvaters, der bei einem Brand im Regierungssitz in Marseille die Nerven verloren hat und sich beinahe selbst aus dem Fenster stürzen wollte, kursiert heute noch unter den Magiern.

„Und dieser wunderbare Mann ist William Egerton", unterbricht Mr Mortimer meine Gedanken.

Ich sehe zu ihm und betrachte den schmalschulterigen, schlanken Mann zu seiner Linken. „Ich freue mich, dich kennenzulernen." Ich trete von Phillip weg und auf William zu, während ich den Prinzen der Egerton-Familie gespannt mustere. Seine Augen sind von einem hellen Grau und mit den blonden Locken und der Brille wirkt er viel jünger, als er vermutlich ist. Sein Blick huscht unruhig zwischen meinen Augen und meinem Ausschnitt hin und her. All das, was Phillip mühelos an Selbstbewusstsein aufbringen kann, scheint William zu fehlen. Er wirkt so nervös, dass er mir sofort leidtut.

„Die Freude ist ganz auf meiner Seite", murmelt William, während sein Blick endlich an meinen Augen hängen bleibt. Dann reicht er mir seine Hand. „Ich spiele gern Golf."

„Ähm, ja, toller Sport." Ich schüttle seine Hand, die so feucht ist, dass ich mir die Handfläche am liebsten an meinem Kleid abwischen würde, nachdem er mich wieder losgelassen hat. Der Junge ist ein reines Nervenbündel. Hat er noch nie eine Freundin gehabt? Ist er einer

Frau überhaupt jemals nah gekommen? Ich bin mir ziemlich sicher, dass er keine Erfahrungen hat, was das angeht.

„Williams Familie fördert Bodenschätze“, sagt der Mann, der neben William steht. „Er ist wirklich eine gute Wahl.“

Ich sehe ihn prüfend an. Er hat glatt gegelte, braune Haare, eine scharf geschnittene Nase und trägt eine verdammt teure Uhr an seinem Handgelenk.

„Und du bist?“ Mein Blick bohrt sich in seine grünen Augen, doch er bleibt ganz ruhig, was ich als Pluspunkt verbuche.

„Ferdinand Beaufort.“ Er deutet eine Verbeugung an.

„Er ist der Jahrgangsbeste in seinem Studiengang“, gibt Mr Mortimer bekannt.

„Glückwunsch.“ Ich nicke ihm zu. Der selbstsichere Ausdruck in seinem Gesicht gefällt mir, und auch, dass er sich für seinen hypernervösen Freund eingesetzt hat.

„Danke.“ Sein Lächeln ist warm und in seinen Augen sehe ich, dass er nur darauf brennt, mir Geschichten zu erzählen, in denen er der Held ist. Etwas Stolzes haftet ihm an, das auch mich fasziniert.

„Dann fehlt nur noch Andrew Stuart.“ Mr Mortimer tritt an Ferdinand und William vorbei zum Tisch, wo ein junger Mann in Uniform steht. Es dauert einen Moment, bis ich die alte Uniform der Streitkräfte aus dem letzten Jahrhundert erkenne. So sind die Männer an der Seite meines Urahnen einst in die Schlacht gegen den Tyrannen gezogen.

„Die Uniform steht dir.“ Ich trete auf ihn zu und reiche ihm meine Hand.

Er hat lange, braune Haare, die er traditionell zu einem Zopf gebunden trägt, und verneigt sich vor mir mit einem todernsten Gesichtsausdruck. „Prinzessin Neah, es ist mir eine Ehre, Sie kennenlernen zu dürfen. Meine Familie ist der Ihren immer treu ergeben.“

„Vielen Dank. Meinen Vater wird es freuen, zu erfahren, dass nach all der Zeit immer noch so ein Zusammenhalt unter den sieben Adelsfamilien herrscht.“

„Der Zusammenhalt war nie stärker als jetzt.“ Andrews Miene wird noch ernster. „Ich würde für meine Freunde in den Tod gehen.“

„Was für wundervolle Worte.“ Mr Mortimer scheint sichtlich gerührt, während ich schlucken muss, um zu verhindern, dass mir angesichts seiner pathetischen Stimme nicht die Kinnlade hinunterklappt.

In den Tod gehen? Du meine Güte. Diese Zeiten sind längst vorbei und das ist auch gut so.

„Nachdem sich alle vorgestellt haben, können wir uns nun zu Tisch begeben.“ Mr Mortimer schnippt mit den Fingern und ich bin froh darüber, dass ich erst einmal etwas Abstand zwischen mich und Andrew bringen kann.

Nachdem wir alle an der Tafel Platz genommen haben, serviert der Kellner die Vorspeise. Es gibt einen Salat mit Garnelen.

Da für einen Moment betretenes Schweigen herrscht, beobachte ich den Kellner bei seiner Arbeit. Seine Bewegungen sind flüssig, aber das, was er hier tut, ist nicht sein Beruf. Im Haus meines Vaters habe ich genug Personal bei der Arbeit gesehen, um zu erkennen, dass er nicht oft Essen serviert.

„Gibt es ein paar weise Worte, die dir dein Vater mit auf den Weg gegeben hat?“ Es ist Clives Stimme, die mich aus meinen Betrachtungen reißt.

Ich wende mich von dem Kellner mit den dunkelblauen Augen ab und sehe Clive an. Er sitzt mir direkt gegenüber und lächelt so strahlend, dass es sofort in meinen Mundwinkeln zuckt.

„Mein Vater …“, sage ich bedächtig und dehne die Wörter in die Länge, um mir Zeit zu geben, eine höfliche Lüge zu erfinden. Mein Vater hat mir in kurzen Worten mitgeteilt, dass ich einen der sieben Prinzen heiraten muss und mir einen Abschluss der Venturi Academy beschaffen soll. Auf meinen Einwand, dass ich weder dort studieren noch heiraten will, hat er mich daran erinnert, dass es meine Pflicht meiner Familie gegenüber ist, genau das zu tun, und dass er auch gern die Wahl für mich trifft und sich das Diplom von Rektor Mortimer einfach per Post schicken lässt, wenn ich nicht freiwillig gehe.

„Also mein Vater war sehr deutlich, was das angeht“, fahre ich schließlich fort. „Er hält jeden der sieben Prinzen für geeignet, das Amt des Königs irgendwann zu übernehmen. Aber die Wahl überlässt er ganz mir. Er hat Vertrauen in meine Entscheidung.“

„Wie schön“, sagt Thomas mit einem bedächtigen Nicken. „Er hat deine Weisheit genau erkannt.“

„Ja, genau so ist es vermutlich.“ Ich versuche ernst zu bleiben, während ich die Lüge ausspreche. Mein Vater nimmt es mir nach wie vor übel, dass ich nicht den Weg eingeschlagen habe, den mein Bruder und meine Schwester gegangen sind.

Aus dem Dunkeln höre ich schon wieder ein verächtliches Schnauben und dieses Mal bin ich mir sicher, dass ich mich nicht verhört habe.

Einen Moment lang sehe ich an Clive vorbei zu den Säulen, wo ich den Kellner vermute, der sich zurückgezogen hat.

Doch da außer mir niemand etwas bemerkt zu haben scheint, widme ich mich dem Essen. Mr Mortimer erzählt von den akademischen Höchstleistungen seiner Zöglinge und mich überkommt langsam, aber sicher der Verdacht, dass ich entweder von Wunderkindern umgeben bin, an denen man keinen Makel finden kann, oder dass Mr Mortimer ordentlich übertreibt, was die Qualitäten der Prinzen angeht.

Als das Geschirr abgetragen wird, mustere ich den Kellner genauer. Er verzieht keine Miene, als er die Teller einsammelt. Sein Gesicht ist glatt, sein Ausdruck konzentriert. Er sieht gut aus. Das fällt mir erst jetzt auf. Seine Haut ist hell und der Kontrast zu den dunklen Augen und den dunklen Haaren zieht meinen Blick auf ihn.

Ist er ein Student? Oder vielleicht sogar ein möglicher Attentäter? Mein Vater hat mich gewarnt, dass ich jetzt vorsichtiger sein muss. Es gibt Feinde der Monarchie da draußen. Sie sind alte Anhänger des enthaupteten Königs, dessen Ideen bis heute überlebt haben und von einer kleinen Minderheit mit einer Besessenheit am Leben erhalten werden, die beängstigend ist.

Diese Magier nennen sich die Gambinos und sie machen immer wieder Ärger und versuchen, Sand in das Getriebe der magischen Welt zu werfen.

Das letzte Attentat hat es vor fünfzehn Jahren gegeben und das Ziel ist mein Bruder Nox gewesen. Ich hole tief Luft, um die Gedanken an ihn zu vertreiben. Das Attentat war es nicht, was ihn das Leben gekostet hat. Sein Tod vor zehn Jahren hatte einen ganz anderen Grund.

Ich versuche meine Gedanken zurück in die Gegenwart zu lenken. Wäre der Kellner ein Attentäter, dann würde Mr Mortimer nicht so entspannt hier sitzen. Ich bin mir sicher, dass er das Personal einer gründlichen Prüfung unterzogen hat.

„Also“, sage ich und sehe in die Runde. „Was erwartet mich in der nächsten Zeit auf der Venturi Academy?“ Ich blicke in die Runde und bleibe schließlich an Mr Mortimers Gesicht hängen.

Er runzelt die Stirn und lächelt dann oberflächlich. „Das überlasse ich ganz den jungen Prinzen“, erwidert er und nickt Connor zu.

Connor übernimmt sofort das Wort. Er scheint immer der Erste zu sein, den Mr Mortimer anspricht, wenn es darum geht, seine Anweisungen auszuführen. Es ist wie eine einstudierte Choreografie, die mir immer genauer auffällt.

„Wir möchten dir gern einer nach dem anderen unsere Fakultäten zeigen“, sagt Connor. „Morgen beginne ich und übermorgen übernimmt dann Phillip und so weiter. So kannst du nach und nach alles kennenlernen, und damit auch uns.“ Er lächelt mich freundlich an.

„Ich verstehe“, sage ich gedehnt. Ich will gerade sagen, dass das gut klingt, als mich Mr Mortimer unterbricht.

„Und nach einer Woche entscheiden Sie dann, wer zukünftiger König wird.“ Mr Mortimer nickt mir zufrieden zu.

Ich sehe ihn einen Moment verblüfft an. Es ist schon schlimm genug, dass mir mein Vater sagt, was ich zu tun habe. Dass Mr Mortimer mich jetzt genauso herumkommandieren will, stößt mir übel auf.

„Und dann kann ich zügig mit dem Mann meiner Träume die Academy verlassen, nicht wahr?“ Den sarkastischen Ton in meiner Stimme kann ich nicht unterdrücken.

Mr Mortimer zuckt mit den Schultern. „Ein Tag ist doch genug, um sich von den offensichtlichen Qualitäten dieser fantastischen Herren zu überzeugen. Ich möchte nicht in Ihrer Haut stecken, Neah. Bei der Auswahl fällt die Entscheidung nicht leicht. Aber egal wen Sie nehmen, er wird Ihnen ein Ehemann sein, den Sie respektieren können, und natürlich ein großartiger König. Also zögern Sie nicht lang. Schlagen Sie zu, solange die jungen Herren alle noch Single sind."

Mr Mortimers Worte sind wie ein Stich in mein empfindliches Herz.

Ein Ehemann, den ich respektieren kann?

Als ob das der Traum jeder jungen Frau ist?

Am Tisch breitet sich Schweigen aus, während ich den Impuls bekämpfe, aufzustehen und zu gehen.

„Was wäre denn dein Vorschlag?" Es ist Thomas, der Poet, der mich ganz ruhig und gelassen ansieht. Um seine Lippen zuckt ein amüsiertes Lächeln. Er scheint zu verstehen, dass mir dieses Gespräch unangenehm ist.

„Mein Vorschlag?" Meine Worte klingen nicht ganz so entspannt, wie ich sie gerne klingen lassen möchte. Das, was ich will, spielt im Moment keine allzu große Rolle.

„Ja." Thomas nickt und sieht mich dabei ganz ruhig an. „Es geht ja hier um dich und deine Entscheidung."

„Entschuldigt", murmle ich, greife nach meinem Wasserglas und nehme einen großen Schluck. „Ihr gebt euch so viel Mühe und ich verderbe die gute Stimmung." Ich stelle das Glas wieder auf dem Tisch ab.

„Sie sind nun einmal eine Frau", sagt Mr Mortimer und lächelt mich verständnisvoll an. „Es ist Ihr gutes Recht, hin und wieder launisch zu sein."

Aus der Dunkelheit hinter den Säulen vernehme ich ein belustigtes Schnauben.

Die Worte des Rektors sorgen dafür, dass mir kurzzeitig die Fassung entgleitet. Das kann doch wohl nicht wahr sein. Muss ich mir wirklich solche sexistischen

Kommentare anhören? Nein, muss ich nicht. Jetzt reicht es aber. Egal wie altmodisch die Gesellschaft der Magier ist, das geht zu weit.

„Ich denke, ich werde hier mein Studium beginnen“, sage ich kurzerhand.

Die Mischung aus Überraschung und Entsetzen, die sich auf Mr Mortimers Gesicht ausbreitet, genieße ich in vollen Zügen.

„Was?“ Die Höflichkeit ist aus seiner Stimme verschwunden.

„Soll ich es noch einmal wiederholen?“, frage ich sanft. „Als Mann ist es Ihr gutes Recht, hin und wieder begriffsstutzig zu sein.“

Mr Mortimers Stirn verfinstert sich.

Ja, genau so gefällt mir das. Hah! Wie schmeckt dir deine eigene Medizin?

„Studieren?“, hakt Mr Mortimer dann doch mit erstaunlich ernster Miene nach.

„Ja, genau.“ Ich nicke. „Ich denke nicht, dass eine Woche genug ist, um diese wunderbaren Herren wirklich gut kennenlernen zu können. Außerdem habe ich meine Ausbildung bisher wirklich sträflich vernachlässigt.“

„Sie können hier nicht studieren. Sie haben ja nicht einmal eine Grundausbildung.“ Mr Mortimer verschränkt die Arme vor der Brust und der Kellner, der gerade den Hauptgang mit amüsierter Miene serviert, kann gerade noch seinem Ellbogen ausweichen.

Ich kann nichts dagegen tun, dass mich die Reaktion des Rektors wütend macht. Vielleicht ist es auch die Wut, die ich schon den ganzen Tag mit mir herumschleppe und die ich bis jetzt nicht zugelassen habe. Nun ist sie so stark, dass sie regelrecht aus mir herausbricht.

„Dann machen Sie es möglich“, sage ich eiskalt. „Sie wissen doch, dass mein Name am Haupthaus steht. Es erstaunt mich, dass Sie über meine Entscheidung so überrascht sind. Sie kennen sich doch gut mit Frauen aus und sollten wissen, dass wir schrecklich launisch sind und schnell unsere Meinung ändern.“ Ebenso wie Mortimer verschränke ich die Arme vor der Brust und schaue den Rektor herausfordernd an. Ich werde keinem Konflikt aus dem Weg gehen. Wenn er Streit will, kann er ihn gern haben. Mein Vater hat schließlich nicht gesagt, bis wann ich einen der Prinzen auswählen soll. „Es ist eine wichtige Entscheidung, wie wir alle schon festgestellt haben. Es geht um nichts anderes als den zukünftigen König der Magier. Das sollte wirklich gut überlegt sein.“ Ich greife zu meinem Besteck und widme mich dem Hirschragout.

Es dauert einen Moment, bis Mr Mortimer seinen Schock überwunden hat und zu essen beginnt. Schweigend verzehren wir den Hauptgang. Ich habe nicht nur Mr Mortimer durcheinandergebracht. Auch die Prinzen scheinen aus dem Takt gekommen zu sein. Sie werfen sich gegenseitig verstohlene Blicke zu und sagen kein Wort mehr.

Ich spüre, dass es mir für heute reicht und ich erst einmal verdauen muss, was alles geschehen ist.

Nach dem Hauptgang erhebe ich mich daher und verabschiede mich von meinen Verehrern. Mr Mortimer scheint es recht zu sein, dass der Abend endet. Er wahrt die Höflichkeit, aber wirklich begeistert ist er nicht über meine Entscheidung, länger auf der Venturi Academy bleiben zu wollen.

Als ich den Saal verlasse, in dem wir gegessen haben, höre ich, wie hinter mir intensives Gemurmel einsetzt.

Doch davon lasse ich mich nicht beirren. Ich weiß,

dass meine Entscheidung spontan und unüberlegt ist und dass ich sie garantiert noch bereuen werde. Aber der Gesichtsausdruck von Mr Mortimer ist es wert gewesen.

Ich öffne die Tür und trete aus dem Haupthaus. Dann hole ich tief Luft und atme ein paarmal tief durch. Jetzt muss ich nur noch Marno beichten, dass das mit der kalifornischen Sonne noch eine Weile dauern wird.

Ich schlendere von dem Gebäude weg und überlege schon, wie ich ihm alles erklären soll, als ich plötzlich innehalte. Da ist jemand. Ich spüre es ganz deutlich. Meine Nackenhaare stellen sich auf.

Ich starre zu den dunklen Hecken, die das Haupthaus umgeben.

Dann höre ich ein Rascheln und sofort überkommt mich eine Angst, die ich schon sehr lange nicht mehr gespürt habe.

Das Rascheln wird lauter und schließlich tritt jemand aus den Schatten.

KAPITEL 4

„Wer ist da?“ Ich starre in die Dunkelheit, in der ich nur die Umrisse eines Mannes erkennen kann.

Sofort klingen mir Marnos Worte in den Ohren, dass ich von nun an nicht mehr unter dem Radar fliege, wie ich es gewohnt bin. Meine Schwester Noir hat mir bisher die Arbeit abgenommen, im Rampenlicht zu stehen. Aber von einem Tag auf den anderen interessieren sich die Leute für mich, den jüngsten Spross der Venturi-Familie, der quasi über Nacht zur Kronprinzessin ernannt worden ist.

Steht da einer dieser Irren, der die Monarchie beenden will? Ein übler Stalker, der mir von nun an nicht mehr von der Seite weichen wird?

Ein Mann tritt aus dem Schatten und sieht mich ruhig und prüfend an. Er wirkt weder wie ein Irrer noch wie ein Triebtäter. Er sieht gut aus, hat dunkelblaue Augen, die in der Nacht beinahe schwarz wirken, und weiche Gesichtszüge.

Sicherheitshalber mache ich dennoch einen Schritt zurück Richtung Hauptgebäude. Diese braunen Haare kenne ich doch. Dort steht der Kellner, der eben noch beim Abendessen die Teller abgeräumt hat.

Als er meine Bewegung bemerkt, zucken seine Mundwinkel belustigt. „Du brauchst keine Angst vor mir zu haben. Obwohl …“ Er legt den Kopf schief. „Dein Ruf könnte leiden, wenn jemand sieht, dass du dich mit mir unterhältst. Mit einem Mitglied meiner

Familie lässt du dich besser nicht unter Zeugen sehen."

Es dauert nur den Bruchteil einer Sekunde, bis ich weiß, wer vor mir steht. Es gibt nur eine Familie, mit der ich mich nicht blicken lassen darf, und nur ein Mitglied dieser Familie, das zurzeit auf der Venturi Academy ist. „Lucian Morell", murmle ich erstaunt.

„Genau der bin ich."

„Mortimer hat dich als Kellner eingestellt?" Ich sehe Lucian erstaunt an. „Warst du freiwillig da?"

Er zuckt mit den Achseln. „Mortimer hat so gut gezahlt, dass ich nicht ablehnen konnte. Er weiß, dass Geld bei mir knapp ist. Da konnte ich sogar darüber hinwegsehen, dass er es passend fand, dass der Prinz der Morells die Sprösslinge der sieben Adelsfamilien bedient, während sie sich um die Krone balgen."

Ich kann nicht anders, als ihn einfach nur fassungslos anzustarren. Mortimer ist nicht einfach nur ein sexistischer Macho, er steht scheinbar darauf, andere zu demütigen. Es war absolut richtig, ihn heute in seine Schranken zu weisen.

„Dabei gibt es acht Adelsfamilien." Lucian sieht mich durchdringend an. In seinen Augen blitzt die Wut. „Nur für den achten Prinzen gab es keinen goldenen Teller an der Tafel."

„Ich habe es bemerkt", sage ich gedehnt. „Was willst du von mir?"

„Ich will mit dir darüber reden, wie du in Zukunft gedenkst, die Situation meiner Familie zu verbessern."

„Denkst du, daran kann ich etwas ändern?"

„Na sicher." Lucian gibt einen empörten Laut von sich.

„Da irrst du dich. Mein Vater ist der König und das wird er auch noch eine Weile bleiben. Und nach ihm wird einer der sieben Herren, denen du gerade das Hirschragout serviert hast, den Thron besteigen. Du solltest dich mit meinem Vater oder ihnen gut stellen, wenn du etwas ändern willst.“

„Was hat dein Vater denn über mich gesagt?“ In seinen Augen zuckt es und ich kann den Ausdruck auf seinem Gesicht nicht richtig deuten.

Ich schlucke, als mir klar wird, wie sinnlos mein Ratschlag ist.

Lucian verengt die Augen zu schmalen Schlitzen „Was hat er gesagt?“, fragt er mit kalter Stimme.

„Ich soll kein Wort mit dir reden“, wiederhole ich hastig eine der Anweisungen, die mir mein Vater mit auf den Weg gegeben hat, als ich zur Venturi Academy aufgebrochen bin.

Lucian stößt einen verächtlichen Laut aus. Dann macht er einen Schritt auf mich zu. Seine dunkelblauen Augen sind wie tiefe Seen, in denen man zu versinken droht.

„Was willst du?“, frage ich heiser und unsicher, was ich von dieser Begegnung halten soll.

„Ich will wissen, ob die Königin, die bald über die Magier herrschen wird, einsieht, dass es an der Zeit ist, meine Familie nicht mehr in Sippenhaft zu nehmen.“ Er mustert mich mit unverhohlener Skepsis und dass ich mich unter seinem Blick so klein fühle, macht mich wütend. „Aber du bist nichts anderes als eine verwöhnte Prinzessin, die sich vor ihrer Verantwortung drückt und brav macht, was ihr andere befehlen. Von dir kann ich keine Gerechtigkeit erwarten.“

Autsch! Das hat gesessen. Und dummerweise fühle ich mich auch noch getroffen. Doch ich will mich nicht so fühlen. Es gibt einen Grund, aus dem ich meine Entscheidungen getroffen habe.

„Und?“, frage ich herausfordernd, ohne darauf einzugehen, dass ich bestimmt über niemanden herrschen werde. „Hast du mich genug beleidigt und angestarrt? Dann kann ich ja jetzt gehen.“ Ich mache Anstalten, an ihm vorbeizutreten.

Doch er stellt sich mir in den Weg und lässt mich nicht passieren. „Du weißt hoffentlich, warum sie dich hergeholt haben.“ Seine Stimme klingt angespannt und in seinen Augen funkelt es gefährlich.

„Mach dir keine Sorgen“, erwidere ich scharf. „Ich bin bestens im Bilde und jetzt geh zur Seite, wenn du keinen Ärger willst.“

„Ärger?“ Er hebt eine Augenbraue. „Du kannst rein gar nichts. Jeder weiß, dass du keine Magie beherrscht.“ Er hebt die Hand und als dabei ein paar Funken zu Boden rieseln, wird mir schlagartig kalt.

„Das darfst du nicht“, zische ich.

„Was denn?“, fragt er mit Unschuldsmiene. „Die feine Prinzessin daran erinnern, dass sie eine Verantwortung hat und es an der Zeit ist, ein paar Dinge zu ändern, die ihre holzköpfigen Vorfahren nie ändern wollten? Vielleicht solltest du einmal kritisch nachfragen, warum du hier bist. Warum ist dein Cousin als zukünftiger König nicht mehr gut genug? Oder nimmst du alles so hin, wie man es dir sagt?“

Ich schwebe zwischen Neugier und Wut und kann mich noch nicht entscheiden, welches Gefühl überwiegt. „Ich habe keine Lust, mir deinen Unsinn noch länger anzuhören.“ Ich drehe mich um.

„Dein Vater hat dich hergeschickt, weil es ihm seine Wahrsagerin so gesagt hat.“ Lucians Stimme klingt mühelos zu mir herüber.

Meine Schritte werden langsamer. Ornella? Die Alte hat schon lange keine Prophezeiungen mehr gemacht. Wenn es so gewesen wäre, hätte es mir mein Vater doch gesagt, oder? Außerdem, woher soll Lucian davon wissen? Ornella wohnt in den Tiefen des Palastes meines Vaters und sie verlässt ihn nie. Wenn sie etwas prophezeit, dann ist mein Vater der Erste, der davon erfährt, und wenn es mich betrifft, dann informiert er mich. Ach was, das hat sich Lucian nur ausgedacht.

„Aber die Wahrsagerin hat gelogen", fährt Lucian unbeirrt fort. „Sie hat es getan, um deinen Vater zu entmachten."

Jetzt reicht es mir. Ich fahre herum und funkle Lucian wütend an. „Lass mich in Ruhe mit diesem Unsinn!", rufe ich.

„Das ist kein Unsinn." Lucians Worte klingen kalt. „Das ist die Wahrheit. Du willst sie nur nicht hören. Du willst gar nichts hören. Du gehst den leichtesten Weg und ignorierst einfach alles."

„Was weißt du schon von der Wahrheit?", fauche ich. „Du bist ein Morell. Deine Vorfahren haben gelogen, betrogen und Angst und Schrecken über die Welt gebracht."

„Ja", sagt Lucian kalt. „Meine Vorfahren, und nicht ich. Das ist ein wichtiger Unterschied. Schön, dass du ihn bemerkt hast. Das ist ja schon ein erster Schritt in die richtige Richtung."

Ich will schon zu einer wütenden Erwiderung ansetzen, als plötzlich etwas Helles vor mir auftaucht. Es geht so schnell, dass ich kaum etwas erkennen kann. Erst als Marnos Flügel so viel Luft aufwirbeln, dass mir der Atem stockt, weiß ich, dass mein Leibwächter da ist.

Da hat Marno Lucian auch schon am Hals gepackt. „Sie will nicht mit dir reden, Kleiner." Marnos Stimme ist kalt wie Eis und etwas Brutales liegt in jeder seiner Bewegungen.

„Es ging nur um die Wahrheit", keucht Lucian, während er die Arme hebt.

Marno versetzt ihm einen Stoß und Lucian taumelt zurück. „Verschwinde, ich will deinesgleichen nie wieder in der Nähe von Neah sehen."

„Natürlich." Lucian blickt Marno verächtlich an. „Mach es dir genauso einfach wie alle anderen, Elf. Als ob ich etwas für das kann, was meine Vorfahren vor 120 Jahren angerichtet haben."

„Die Familie Morell wird die Verantwortung tragen, und zwar bis zum Letzten ihres Blutes." Marno sieht aus, als ob er sich jeden Moment auf Lucian stürzen will, um ihm den Kopf abzureißen.

Lucian zögert einen erstaunlich langen Moment und ich bewundere seinen Mut. Dann winkt er ab, als ob es sich nicht lohnt, auch nur ein weiteres Wort zu verlieren. Er dreht sich um und verschwindet in der Dunkelheit.

Als sich seine Schritte entfernen, atme ich aus. Ich habe gar nicht gemerkt, dass ich die Luft angehalten habe.

„Dass er es überhaupt wagt, ein Wort mit dir zu wechseln." In Marnos Stimme schwingt immer noch Wut mit. „Hat er vergessen, was seine Familie angerichtet hat? Es war ein Morell, der die Elfen beinahe ausgerottet hat, und es war auch ein Morell, der die Menschen und die anderen Magier in seine Knechtschaft zwingen wollte."

Ich trete zu Marno und lege ihm beruhigend die Hand auf die Schulter. „Er hat es nicht vergessen", sage ich bitter. „Ganz im Gegenteil. Ich kann seine Wut sogar verstehen. Aber genauso wenig, wie er etwas für das kann, was seine Vorfahren getan haben, kann ich etwas für das, was meine getan haben. Selbst wenn ich etwas ändern wollte, könnte ich es nicht. Er überschätzt meinen Einfluss.“

„Lass dich nicht auf sein Gerede ein.“ Marno wendet sich von der Stelle ab, an der Lucian verschwunden ist. „Er ist ein wütender Junge, der sich nicht mit den Tatsachen abfinden will.“

„Er wollte mir noch etwas ganz anderes sagen.“

„Es kann nichts Gutes gewesen sein.“ Langsam beruhigt sich Marno wieder. „Entschuldige, dass ich zu spät hier war. Ich hätte verhindern müssen, dass dir der Junge überhaupt so nah kommt.“

„Lucian ist kein Junge.“

„Für mich schon. Er ist zwanzig. Ich bin achtmal so alt wie er.“

„Er hat …“ Ich versuche mich daran zu erinnern, ob ich es richtig erkannt habe.

„Was hat er getan?“ Marno blickt mich prüfend von oben bis unten an. „Bist du okay?“

„Er hat mir nichts getan“, beeile ich mich zu sagen. „Er konnte Funken aus seiner Hand schütteln.“

„Unmöglich.“ Marno schüttelt energisch den Kopf.

„Aber ich habe es doch gesehen.“

„Das ist ein Angriffszauber. Magie zum Kämpfen zu nutzen, ist zum einen für Magier verboten, und zum anderen gibt es niemanden mehr, der diese Künste lehrt. Alles Wissen darüber wurde vernichtet. Wir Elfen sind die Letzten, die den magischen Kampf beherrschen. Außerdem wäre selbst der jüngste Spross der Morell-Familie nicht so dumm, so etwas hier auf dem Campus zu tun. Wenn das jemand sieht, dann kommt er für Jahrzehnte hinter Gitter.“

„Na schön, dann habe ich mich vielleicht geirrt.“ Ich gehe an Marnos Seite den breiten Weg entlang, der an den Vorlesungsgebäuden vorbeiführt. „Aber er hat mir etwas über meinen Vater erzählt, was er unmöglich wissen kann."

„Dann weiß er es auch nicht." Marnos Antwort kommt wie aus der Pistole geschossen.

„Er hat etwas von Ornella erzählt."

„Ornella ist eine seltsame Alte, der man kein Wort glauben sollte."

„Mein Vater glaubt ihr aber."

Marno bleibt stehen. „Neah, ich bitte dich, vergiss, was dieser Typ gesagt hat. Lösche es aus deiner Erinnerung und konzentriere dich darauf, was du hier vorhast."

„Aber er sagt, dass Ornella meinen Vater betrügt."

„Dein Vater ist klug genug, die Zukunft der Monarchie nicht zu gefährden. Er kann Ornellas Worte schon richtig einordnen. Das kannst du mir glauben." Marno geht weiter und biegt in den Seitenweg ein, der uns an den Häusern und Bäumen vorbei zu unserem Haus führt.

Ich folge ihm schweigend und gehe die Begegnung mit Lucian immer wieder durch. Was hat er gesagt? Wie hat er es gesagt? Und warum ist er gekommen, um mir diesen Unsinn zu erzählen? Was hat er davon?

Je mehr ich darüber nachdenke, umso weniger ergibt das alles einen Sinn. Mir raucht nur der Kopf.

Lucian ist ein arroganter Typ, der nicht damit klarkommt, dass seine Familie solche Schrecken verbreitet hat, dass sie selbst 120 Jahre später noch dafür geächtet wird. Die wenigsten Mitglieder seiner Familie setzen sich diesem Hass aus. Viele ändern ihren Namen und verzichten auf ihr magisches Potenzial.

Diejenigen, die an der Venturi Academy studiert haben, kann man an einer Hand abzählen.

„Wie war das Abendessen?", wechselt Marno das Thema. „Kristallisiert sich schon ein Favorit heraus?"

„Nein, nicht wirklich", entgegne ich seufzend.

„Das ist alles, was du zu sagen hast?" Marno schmunzelt. „Da muss es doch mehr zu erzählen geben. Wer hat was gesagt? Hat dir einer von ihnen Komplimente gemacht?"

„Ja, schon, sie waren alle sehr nett und sehr zuvorkommend."

„Aber?" Marno bleibt vor unserem Haus stehen und sieht mich fragend an. „Irgendetwas ist nicht gut gelaufen. Das sehe ich dir doch an."

Ich hole tief Luft. „Ich habe Mortimer gesagt, dass ich hier studieren werde." Ich habe eilig gesprochen.

Es dauert einen Moment, bis Marno die Augenbrauen hebt und mich skeptisch anblickt. „Was?"

„Ich werde hier studieren."

„Hatten wir nicht einen anderen Plan?" Er bemüht sich, seine Stimme kontrolliert klingen zu lassen, aber ich sehe ihm deutlich an, dass er nicht mit meinen Worten gerechnet hat.

„Ja, das war, bevor mich Mortimer als launische Frau bezeichnet hat." Ich lächle Marno entschuldigend an. „Ich musste einfach etwas sagen, was ihn so richtig aus der Fassung bringt."

„Ist nicht dein Ernst? Hättest du nicht seine Krawatte kritisieren können? Oder ihn einen Pupsfrosch nennen können?"

Ich grinse und schüttle den Kopf. „Nein, das wäre nicht genug gewesen."

„Und er hat dich wirklich als launische Frau bezeichnet?"

Ich nicke. „Es war wirklich übel. Außerdem glaube ich nicht, dass er das allzu ernst nimmt."

„Denkst du, er ignoriert deine Worte einfach?"

„Ich glaube schon. Er will schließlich nicht, dass ich

auch nur einen Tag länger hierbleibe, als unbedingt nötig ist."

„Na schön." Marno seufzt. „Dann hoffen wir mal, dass du recht behältst, sonst wird es wirklich hart für dich." Er wendet sich dem Haus zu. „Und jetzt erzähle mir von dem Abendessen."

Mit einem Lächeln auf den Lippen folge ich Marno in unser Haus und dann beginne ich ihm minutiös von dem Abend zu berichten. Wir analysieren jede Geste und jedes Wort ganz genau. Eine Weile bin ich von der Begegnung mit Lucian abgelenkt.

Doch als ich später zu Bett gehe und mich hinlege, kann ich nicht in den Schlaf finden. Lucians Worte gehen mir immer wieder durch den Kopf und ich kann mich nicht entscheiden, ob ich sie ernst nehmen oder schnell wieder vergessen soll.

KAPITEL 5

Die Sonne malt helle Flecken an die Wand, als ich die Augen aufschlage. Es dauert einen Moment, bis ich begreife, wo ich bin. Die Academy, die Prinzen, Mr Mortimer, mein Gefühlsausbruch, Lucian und seine verrückten Theorien … es dauert nicht lang, dann ist alles wieder da.

Sofort treibt es mich aus dem Bett. Die Sonne erinnert mich daran, dass ich andere Träume für mein Leben habe. Gestern ist eine ganze Menge schiefgelaufen. Ich habe mich überhaupt nicht im Griff gehabt. Das muss eindeutig besser werden.

Schnell schlage ich die Decke zur Seite und stehe auf. Das ist genau der Grund, aus dem ich mich von allem ferngehalten habe. Diese verstaubte Gesellschaft mit ihren Benimmregeln aus dem vorletzten Jahrhundert und den Vorstellungen von Moral und Ehre, die mindestens genauso überholt sind wie die Kleidung, sind einfach nicht gesund für mich.

Ich werfe mir einen Morgenmantel über und gehe die Treppe hinab ins Erdgeschoss. Es riecht gut nach Kaffee und Frühstück.

„Guten Morgen, Neah.“ Marno sieht von der Zeitung auf. So wie jeden Morgen wirkt er frisch und ausgeruht. Elfen brauchen nur halb so viel Schlaf wie Menschen. So wie jeden Morgen war Marno schon joggen und hat sein Sportpensum erledigt. Zur Abwechslung gibt es leckeres und nicht gesundes Frühstück wie sonst.

„Guten Morgen." Meine Laune ist gleich besser. Marno hat Waffeln und Rührei gemacht. Doch sofort werde ich misstrauisch. „Ist etwas passiert?" Ich nehme mir eine Tasse Kaffee und setze mich Marno gegenüber an den Tisch. Er ist sonst ein Verfechter einer asketisch gesunden Lebensweise.

„Wegen dem Frühstück?" Er sieht von seiner Zeitung auf.

„Mmh." Ich greife nach einer Waffel und gieße mir reichlich Sirup darüber.

„Ich dachte nur, du könntest ein bisschen Nervennahrung brauchen." Marnos Stimme hat eine leichte Spannung.

Zwischen zwei Bissen in meine Waffel mustere ich ihn besorgt. Dann lasse ich die Gabel sinken. „Was ist los?"

Er holt tief Luft und atmet durch. Dann nickt er mit dem Kopf zur Tür.

Ich folge seiner Bewegung mit dem Blick und sehe zwei Körbe neben der Tür stehen. In dem einen steckt ein Bündel und aus dem anderen strahlt mich ein Strauß weißer Lilien an.

„Was ist das?" Ich spüle die Waffel schnell mit einem Schluck Kaffee herunter. Weiße Lilien? Echt? Ich ahne Schlimmes.

„Sieh selbst nach." Marno faltet die Zeitung zusammen und legt sie auf den Tisch. „Die Körbe standen heute Morgen vor der Tür, als ich vom Joggen zurückgekommen bin. Sie sind an dich adressiert. Deine Romeos haben sich bestimmt etwas einfallen lassen."

„Super." Ich lächle gequält. Es wäre ein Wunder, wenn sie mich nach meinem gestrigen Auftritt überhaupt noch sehen wollen. Ich habe alle Benimmregeln mit Füßen getreten. Langsam lasse ich mich zu Boden sinken und widme mich zuerst dem Korb mit den Lilien. Unter dem Strauß finde ich eine hübsch verpackte Pralinenschachtel und unter dem Geschenkband klebt ein Briefumschlag mit meinem Namen darauf. Als ich ihn öffne, hole ich noch einmal tief Luft.

Das dicke Papier fühlt sich gut an. Mit schwungvollen Bögen hat mir jemand einen Brief geschrieben.

Ich bin einen Moment irritiert. Seit ich mit Männern ausgehe, hat meine Kommunikation mit dem anderen Geschlecht immer auf meinem Handy stattgefunden. Wir haben uns Nachrichten geschrieben und Sprachnachrichten und Bilder geschickt.

Einen Brief habe ich noch nie bekommen. Ich setze mich im Schneidersitz auf den Boden und vertiefe mich in die Zeilen.

Liebste Neah,

unsere Begegnung gestern Abend hat einen starken Eindruck bei mir hinterlassen. Ich kann nicht aufhören, an dich zu denken. Deine Schönheit hat mich überwältigt, dein wacher Geist inspiriert und deine Stärke ist Mahnung für mich, dass wir alle stark sein müssen, für unsere Familien, für den König, für die Magier und für den Frieden, den wir uns so mühsam erkämpft haben. Ungerechtigkeit muss immer bekämpft werden, und sei sie auch noch so klein.

Ich möchte unsere Unterhaltung gern in aller Ruhe fortsetzen.

Ich würde mich freuen, wenn du mir die Ehre erweist, dich heute Abend ganz privat auf ein Glas Wein einladen zu dürfen.

In tiefer Verbundenheit
Phillip Stanley

Ich lasse den Brief sinken und atme erst einmal kurz durch.

„Oh“, höre ich Marno sagen. „Du kriegst ja ganz rote Wangen. Welcher deiner Verehrer hat dir denn geschrieben?“

„Phillip“, sage ich und überfliege die Zeilen noch einmal.

„Phillip?“ Marno hebt die Augenbrauen.

„Der gemütliche Phillip Stanley“, hole ich weiter aus.

„Ah!“ Marno nickt, als ob ihm das als Beschreibung reicht.

„Er lädt mich heute Abend auf ein Glas Wein ein, weil er in Ruhe mit mir reden möchte. Mein Auftritt gestern Abend scheint einen bleibenden Eindruck hinterlassen zu haben.“

„Die Herren sind es nicht gewohnt, dass Frauen so durchsetzungsstark sind.“ Marno ist zu mir gekommen. „Na ja, und dann gibt es noch die, die auf starke Frauen stehen, wenn du weißt, was ich meine.“ Er zwinkert mir zu. „Zeig mal.“

Ich hole tief Luft und reiche Marno den Brief. Er überfliegt ihn mit gespannter Miene.

Dann hebt er eine Augenbraue. „Also, der gemütliche Phillip steht eindeutig auf deine harte Seite. Du hast Eindruck hinterlassen. Geh hin und hör dir an, was er zu sagen hat. Er hat zumindest genug Einsatz bewiesen, um nach dem gestrigen Abend als Erster Kontakt zu dir aufzunehmen.“

„Das stimmt.“ Ich widme mich dem anderen Korb. In das dünne Packpapier ist ein Bündel Kleidung eingepackt und an der Kordel hängt ein Brief. „Vielleicht war er ja nicht der Einzige, der sich gemeldet hat.“ Ich öffne den Umschlag und mache mich auf einen weiteren Schwung süßer Worte gefasst.

Doch diese Nachricht enthält eine ganz andere Botschaft.

Sehr geehrte Ms Venturi,

nach Ihrer Entscheidung, das Studium an der Venturi Academy aufzunehmen, habe ich mir erlaubt, Ihnen Ihren Stundenplan zusammenzustellen und Ihnen Ihre Uniform zu übersenden. Seien Sie bitte pünktlich zu all Ihren Veranstaltungen und haben Sie im Kopf, dass wir die Ausbildung sehr ernst nehmen. Faulheit, Fehlstunden und mangelndes Engagement tolerieren wir nicht.

Ich wünsche Ihnen viel Erfolg und bin gespannt auf Ihre Leistungen.

Hochachtungsvoll
Louis Mortimer
Rektor

„Scheiße", entfährt es mir.

„Achte bitte auf deine Ausdrucksweise", ermahnt mich Marno mit einem vorwurfsvollen Ausdruck im Gesicht. „Fluchen ist nicht erlaubt. Was ist denn los?"

„Mortimer", sage ich und falte den Brief weiter auseinander. Hinter dem Anschreiben verbirgt sich ein weiterer Zettel, auf dem mein Stundenplan steht. Ich drehe den Zettel. „Welcher Tag ist heute?"

„Montag. Was ist denn los?" Marno beäugt den Brief.

Ich werfe einen Blick auf die Uhr. „Verdammt."

„Du sollst doch nicht fluchen. Das gehört sich nicht für eine Prinzessin."

Ich springe auf. „Mortimer hat mich beim Wort genommen. Ich studiere jetzt hier. In zehn Minuten beginnt meine erste Vorlesung und ich habe keine Ahnung von rein gar nichts. Ich weiß nicht einmal, wo ich hinmuss.“ Hastig fummle ich das Päckchen auseinander und ziehe ein schwarzes Kleid mit weißem Kragen heraus. „Das ist die Uniform.“ Ich sehe Marno erschrocken an.

„Scheiße“, murmelt er mit echtem Entsetzen im Blick.

Ich habe keine Zeit mehr, um herauszufinden, ob er das Kleid so hässlich findet oder über die Tatsache entsetzt ist, dass Mr Mortimer Ernst gemacht hat. Der Rektor weiß, dass ich nichts kann, und er will mich scheitern sehen. Der einzige Weg, um mein Gesicht zu wahren, ist es, mich nicht zu blamieren.

Hastig renne ich die Treppen hinauf in mein Zimmer. Ich ziehe mich in Windeseile um. Dann schnappe ich mir meinen kleinen Rucksack mit meinem Laptop und renne die Treppe wieder nach unten.

„Wo muss ich hin?“ Ich sehe Marno fragend an, der gerade meinen Stundenplan mit gerunzelter Stirn betrachtet.

„Hauptgebäude, Grundlagen der magischen Architektur, Hörsaal 3.“ Er reicht mir den Stundenplan. „Viel Glück.“

„Kann ich brauchen. Lass Phillip bitte ausrichten, dass er mich heute Abend abholen soll.“ Ich stopfe den Stundenplan in meinen Rucksack, haste an Marno vorbei und greife nach meinem Mantel, der an der Garderobe hängt. „Und denk dran.“

„An was?“ Marno sieht mich fragend an.

„Fluchen ist nicht erlaubt“, rufe ich ihm mit einem Lachen zu. Dann renne ich schon aus dem Haus.

Glücklicherweise stellt sich mir niemand in den Weg, als ich die Wege und Pfade entlangrenne und bei dem Hauptgebäude ankomme, das an diesem sonnigen Herbsttag hell in der Sonne strahlt.

Ich schließe mich ein paar anderen Studenten an, die ebenfalls spät dran sind.

In der Eingangshalle stolpere ich beinahe über ein Mädchen mit kurzen, blonden Haaren, die immer wieder von dem Stundenplan in ihrer Hand zu den verschiedenen Gängen hinübersieht, die von der Eingangshalle abgehen.

Ich blicke mich ebenfalls um. Gestern Abend sind wir dort links hineingegangen, aber ich glaube kaum, dass wir in einem Hörsaal diniert haben.

„Weißt du, wo Hörsaal 3 ist?“, frage ich das blonde Mädchen.

Sie sieht mich an und es dauert einen Moment, bis sie reagiert. Dann beginnt sie über das ganze Gesicht zu strahlen.

Anstatt einer Wegbeschreibung sagt sie: „Also ist es kein Gerücht. Prinzessin Neah ist wirklich hier.“

„Ja, das bin ich“, sage ich hastig. „Und Prinzessin Neah wird gleich mächtig Ärger bekommen, wenn sie nicht pünktlich um 8 Uhr in Hörsaal 3 erscheint.“

„Oh.“ Das blonde Mädchen wird blass. „Na klar. Ich muss auch dahin. Vorlesung für die Anfänger in Architektur. Es müsste dort langgehen, glaube ich.“ Sie zeigt zu dem Gang, der nach rechts führt.

„Dann los“, sage ich ungeduldig. „Du willst doch bestimmt auch nicht zu spät kommen.“

„Auf keinen Fall. Aber ich bin echt nicht gut darin, mich in einer neuen Umgebung zu orientieren.“

„Dann sind wir ja schon mal zwei.“ Ich gehe in die Richtung, in die sie gezeigt hat.

Sie folgt mir mit leisen und schnellen Schritten.

Endlich erreichen wir die ersten Türen, an denen Nummern stehen.

„25, 24, 23“, sage ich, während wir an den Türen

vorbeischreiten. „Ich hatte ja keine Ahnung, dass das hier drin so groß ist."

„Du weißt aber schon, was wir studieren", sagt das blonde Mädchen, und ich höre deutlich die Verwunderung in ihrer Stimme.

„Ja, na klar", erwidere ich. Verdammt, ich war so lange in einer Welt ohne Magie, dass es für mich nicht mehr selbstverständlich ist, dass ein Haus von außen eine andere Größe hat als von innen. Dabei ist das doch die Fakultät meiner Familie. Wir hasten weiter an den Räumen vorbei und nähern uns der Zahl drei. „Wie heißt du eigentlich?", frage ich.

„Ich bin Emilia Beaufort."

„Beaufort? Bist du mit Ferdinand verwandt?" Ich erinnere mich an den stolzen, jungen Mann mit den glatt gegelten, braunen Haaren und der scharf geschnittenen Nase, der sich für William eingesetzt hat und Jahrgangsbester ist. Sein Charisma ist mir im Gedächtnis geblieben, auch wenn wir uns nur kurz kennengelernt haben.

„Sehr weit verwandt", erwidert Emilia. „Er ist ein direkter Nachfahre und Prinz. Er kennt mich nicht einmal. Aber meine Mutter ist eine Venturi, deswegen studiere ich auch Architektur."

„Ich verstehe." Die Verwandtschaftsverhältnisse in den Adelsfamilien sind kompliziert und weitläufig. Aber man kann festhalten, dass wir alle irgendwie miteinander verwandt sind.

„Da vorne ist es." In Emilias Worten klingt Erleichterung mit.

Ich reiße die Tür zum Hörsaal auf und gerade in dem Moment, in dem eine grelle Glocke den Beginn der Vorlesung ankündigt, betreten wir den Saal.

KAPITEL 6

Das Erste, was ich wahrnehme, ist Mr Mortimers Gesichtsausdruck, der von einem triumphalen Lächeln zu echter Enttäuschung wechselt, als ich pünktlich den Vorlesungssaal betrete.

Mein Eindruck hat mich also nicht getäuscht. Er will mich blamieren und mir dabei zusehen, wie ich versage. Einmal mehr wächst in mir der Entschluss, dass ich ihm diesen Triumph nicht gönnen werde.

Schnell lasse ich mich in der letzten Reihe auf einen Stuhl sinken. Emilia nimmt neben mir Platz. Fast im gleichen Takt atmen wir erleichtert auf.

Ich blicke nach vorn und erst jetzt erkenne ich, dass Mr Mortimer neben einem Professor steht. Er hat sich zu ihm gebeugt und flüstert ihm etwas ins Ohr. Dann nickt er ihm noch einmal zu und verschwindet durch eine Tür, die sich hinter dem Pult befindet.

Mich überkommt ein ungutes Gefühl. Was hat er dem Professor zugeflüstert? Soll er mich mit Fragen quälen? Soll er mich vor den knapp hundert Studenten vorführen? Bestimmt weiden sich alle daran, wenn die Prinzessin an den einfachsten Übungen scheitert.

Doch zu meiner Erleichterung beginnt der Professor damit, sich und die Fakultät vorzustellen. Während ich mit halbem Ohr der Gründungsgeschichte lausche, habe ich Zeit, meine Umgebung zu mustern.

Der Vorlesungsaal ist riesig. Die Decke ziert eine Glaskuppel. Durch die hohen Fenster an den Seiten fällt helles Tageslicht. Die alten Holzbänke sind in einem Halbkreis aufgebaut und bis fast auf den letzten Platz besetzt. Ich lasse meinen Blick über die Reihen schweifen. Ich kenne hier niemanden. Aber das ist auch kein Wunder.

Als ich auf das Internat gewechselt habe, war ich elf. Seitdem habe ich kaum jemanden aus der magischen Welt getroffen. Ich habe mich von allem ferngehalten. Selbst in den Ferien bin ich nur selten nach Hause gefahren.

Während ich mich also mit Mathematik, Literatur und Geografie beschäftigt habe, ausgegangen bin, mich verliebt und Freunde gefunden habe, haben die Magier in diesem Raum ganz andere Erfahrungen gemacht. Sie hatten auch ganz normalen Unterricht, aber zusätzlich dazu haben sie eine Grundausbildung ihrer magischen Fähigkeiten erhalten und gelernt, dass ein Rocksaum immer unter dem Knie enden muss.

„Der Professor macht einen netten Eindruck", flüstert mir Emilia zu.

„Ja." Ich mustere den älteren Herrn mit der Nickelbrille und der fülligen Figur. Er trägt einen karierten Anzug und hat sich die Haare quer über den Kopf gekämmt, um die beginnende Glatze zu verdecken.

Emilia blättert in ihren Unterlagen. „Das ist Professor Olsberg."

„Gut zu wissen."

„Es gibt verschiedene Wege, um in dieser Studienrichtung erfolgreich zu sein", sagt Professor Olsberg gerade. „Sie können sich mit der Theorie beschäftigen. Sie können sich im Design verwirklichen, in der Berechnung der Statik. Also in der Theorie, wie wir sagen würden. Oder …" Er macht eine bedeutungsvolle Pause. „Sie beweisen Ihr magisches Talent und machen aus den Ideen Realität. Dieses Gebäude zum Beispiel wurde von Ramsel Venturi errichtet, dem Bruder unseres ersten Königs. Er war ein talentierter Baumeister und konnte den Gängen und Sälen so viel Raum geben, wie kaum ein anderer Magier vor oder nach ihm. Ein ähnliches Talent haben wir erst viele Jahre später wieder gesehen, und zwar als Noir Venturi hier studiert hat. Ihre verspielten Gebäude sind legendär. Sie haben bestimmt schon von ihr gehört, und wenn nicht, dann besuchen Sie Haus Nr. 43 in der Wohnsiedlung. Es ist eines ihrer Meisterwerke und darf gern jederzeit besichtigt werden. Aber passen Sie auf, dass Sie sich nicht verlaufen." Er lacht freundlich und man sieht ihm die Begeisterung für sein Fachgebiet an. „In diesem ersten Semester beschäftigen wir uns mit den Grundlagen und Sie können ausprobieren, für welche Richtung Sie ein Talent besitzen. Die praktischen Übungen in den Seminaren werden Sie herausfordern und Ihnen die Entscheidung leichter machen. Die Professoren stehen Ihnen natürlich jederzeit zur Seite. So." Er tritt an die Tafel und nimmt ein Stück Kreide in die Hand. „Und jetzt beginnen wir endlich. Sie sind bestimmt alle schon sehr gespannt, was die magische Architektur alles zu bieten hat."

Ganz automatisch greife ich zu meinem Rucksack und nehme meinen Laptop heraus. In den letzten beiden Jahren auf dem Internat habe ich nur noch digital gearbeitet.

Erst als alle um mich herum nach ihren Blöcken und Stiften greifen und mich einige verwirrt ansehen, begreife ich, dass hier niemand digital arbeitet. Ja, richtig. An der Venturi Academy lernt man ja noch wie vor hundert Jahren. Dass mir das auch immer wieder entfällt.

„Brauchst du Papier und einen Stift?", fragt Emilia hilfsbereit, als sie mein Unbehagen bemerkt.

„Ist vielleicht besser", murmle ich und lasse meinen Laptop wieder in der Tasche verschwinden. Ich will nicht auffallen. Also nehme ich den Stift und den Block, die sie mir gereicht hat, und beginne zu notieren, was Professor Olsberg vorne an der Tafel anschreibt. Eigentlich ist es ein Wunder, dass wir hier nicht mit Pergamentrollen, Tintenfässern und einem Federkiel sitzen.

Es geht um Gebäudekunde, technisches und künstlerisches Zeichnen und um Farbenlehre. Als die Vorlesung nach neunzig Minuten endet, raucht mir der Kopf.

„Das war mega interessant", teilt mir Emilia mit, als wir uns erheben. „Was hast du als Nächstes?" Sie sieht mich fragend an. „Ich habe technisches Zeichnen. Wir können ja zusammen hingehen."

Ich krame meinen Stundenplan aus meinem Rucksack, während wir aus dem Raum schlendern. „Daraus wird leider nichts. Ich habe als Nächstes eine Vorlesung in den Grundlagen der Reise- und Verkehrsgesellschaften", sage ich erstaunt.

„Da musst du in ein anderes Gebäude. Das ist im Howard-Building."

„Howard?" Ich brauche einen Moment, um zu verstehen, dass dieser Stundenplan nicht nur für eine Fachrichtung gedacht ist.

Emilia wirft einen Blick auf meinen Stundenplan. Mittlerweile sind wir wieder stehen geblieben. Die meisten Studenten laufen einfach an uns vorbei. Es gibt aber auch einige, die uns genau mustern, na ja, genau genommen mustern sie mich.

„Oh, das ist ja sehr ehrgeizig", sagt Emilia da auch schon in ehrfurchtsvollem Ton. „Du hast dich an allen Fakultäten eingeschrieben. Aber du bist ja auch eine Venturi." Sie sieht mich bewundernd an. „Deine Schwester war ja auch so ein Überflieger. Sie hat Architektur im Hauptfach und den Rest in den Nebenfächern studiert. Du bist bestimmt auch so gut wie sie. Was für eine Ehre, dass du neben mir gesessen hast."

„Danke, dass du mir geholfen hast, den Weg zu finden." Ich schenke Emilia noch ein warmes Lächeln, dann renne ich los. Ein kurzer Blick auf die Uhr hat genügt, um festzustellen, dass ich schon viel zu spät dran bin und leider keine Zeit mehr habe, um mich zu unterhalten.

Im Laufschritt stürme ich aus dem Haus und versuche mich kurz zu orientieren. Glücklicherweise stehen die Namen der Fakultäten direkt am Gebäude und ich kann das Howard-Building drei Häuser weiter erkennen.

Mittlerweile ist der breite Weg von Studenten gesäumt. Alle Frauen tragen unter ihren Mänteln das dunkle Kleid mit dem weißen Kragen und die Männer stecken in schwarzen Anzügen, auf denen das Logo der Academy prangt.

Als ich zwischen ihnen eintauche, fühle ich mich wie ein Teil von ihnen. Ich renne, so schnell ich kann, im Slalom an den Studenten vorbei, die mich teils erstaunt und teils belustigt ansehen. Ich bin einfach nur froh, dass ich mit niemandem zusammenstoße.

Als ich die Treppen zum Eingang des Howard-Buildings hochhetze, starre ich gleichzeitig auf den Stundenplan. Ich muss in Hörsaal 45 erscheinen. Wenn das Gebäude so riesig ist wie das Hauptgebäude, dann geht das nicht gut aus. Ich habe nur noch drei Minuten Zeit, bis die nächste Vorlesung beginnt.

„Entschuldige", quatsche ich einfach den nächstbesten Studenten in meiner Nähe an, als ich die Eingangshalle betreten habe, die noch größer ist als die im Hauptgebäude. Eine riesige Treppe führt nach oben und als mein Blick hinaufschwenkt, bleibe ich einen Moment erstaunt stehen. Das ist kein Gebäude, das ist ein eigenes Universum. Scheinbar endlos führt die Treppe nach oben und lange Galerien führen scheinbar ins Nirgendwo. „Ich suche Hörsaal 45." Ich schaffe es, den Studenten wieder anzuschauen.

Doch sein gehetzter Blick verheißt nichts Gutes. „Das ist ganz oben." Er zeigt irgendwo hinauf. „Entschuldige, ich bin selber zu spät dran." Und da rennt er auch schon los.

Verdammt. Das schaffe ich nie. Und das sollte ich auch nicht. Mortimer hat die Vorlesungen so gelegt, dass ich zu spät kommen muss. Ich will nicht aufgeben, aber ich muss mir eingestehen, dass ich gerade dabei bin, zu scheitern. Und das schon am ersten Tag und nach der ersten Vorlesung.

Dennoch gebe ich erst auf, wenn alles verloren ist.

Ich hole gerade Luft, um mich daranzumachen, die Treppe hinaufzurennen, als ich eine vertraute Stimme vernehme.

„Brauchst du Hilfe, Neah?"

Ich fahre herum und zu meiner Überraschung steht Connor hinter mir. Ich blinzle einmal. Der pflichtbewusste Connor? Er ist es wirklich.

Ich bin erleichtert, ihn zu sehen. „Die brauche ich tatsächlich", sage ich mit einem Seufzen. „Aber Wunder kannst auch du keine vollbringen. Ich muss in zwei Minuten in Hörsaal 45 sein und der ist irgendwo da oben." Ich zeige die Treppe hinauf.

„Zu Fuß unmöglich", teilt mir Connor mit.

„Das dachte ich mir schon." Es gelingt mir nicht, meine Enttäuschung zu verbergen. Ich spüre, dass es nicht nur Mortimers Vorurteile sind, die ich widerlegen will. Ich verliere einfach nicht gern.

„Aber ich kenne da einen Weg." Connor senkt seine

Stimme. „Komm!“

Ich frage nicht nach, sondern folge ihm einfach. Er biegt in einen dunklen Gang ein, der zu den Waschräumen führt. Dann sieht er sich noch einmal um. Hier ist niemand mehr. Alle sind auf dem Weg in ihre Hörsäle und Seminarräume.

Nachdem sich Connor noch einmal vergewissert hat, dass wir allein sind, zieht er eine Taschenuhr aus der kleinen Tasche seiner Weste. Sie hängt an einer goldenen Kette und wirkt so unscheinbar, wie solche Taschenuhren eben wirken.

Ein Relikt aus einer längst vergangenen Zeit, das durch digitale Uhren längst ersetzt wurde.

Erst als Connor die Uhr aufklappt und ich sehe, dass sich hinter dem goldenen Deckel kein Ziffernblatt verbirgt, wird mir klar, dass das hier keine normale Taschenuhr ist.

„Ist das etwa …?“, frage ich, und der ehrfürchtige Klang in meiner Stimme klingt mir fremd in den Ohren.

„Es ist genau das, was du denkst“, erwidert Connor mit einem überlegenen Grinsen. „Ich bin der Prinz der Familie Howard. Natürlich besitze ich einen der Ortswechsler.“

„Ein Ortswechsler.“ Ich betrachte die vielen Rädchen, die sich drehen, während Connor irgendetwas an dem Gerät einstellt. Es knackt, rasselt und dann laufen die kleinen Rädchen mit einem leisen Surren immer schneller und schneller.

„Es geht los“, sagt Connor, und jetzt sieht er mir in die Augen. Er macht einen Schritt auf mich zu und legt seinen Arm um meine Mitte. „Halt dich gut an mir fest. Du darfst auf keinen Fall loslassen.“ Seine Stimme ist ernst.

Ich zögere nicht lange. Ich weiß nicht allzu viel über

das Reisen mit den Ortswechslern, aber dass es nicht ganz ungefährlich ist, habe auch ich schon mitbekommen. Also dränge ich mich an Connor und halte mich an seinen Schultern fest. Er riecht dezent nach frisch gewaschener Wäsche und einem angenehmen Parfüm.

Da verschwimmt der Gang auch schon vor meinen Augen. Ich spüre, wie sich mein Magen verdreht. Eine Welle der Übelkeit überrollt mich. Mein ganzer Körper scheint sich plötzlich zu verbiegen und zu verdrehen. Ich weiß nicht mehr, wo oben und unten ist. Alles ist hell, aber ich starre geradeaus, weil ich Angst habe, die Augen zu schließen.

Kurz bevor ich mich tatsächlich übergebe, spüre ich, wie das Drehen nachlässt. Unter meinen Füßen ist wieder fester Boden und dann sehe ich einen Gang, der dem ähnelt, von dem aus wir gerade gestartet sind.

„Du kannst mich jetzt loslassen“, sagt Connor. „Wir sind da.“

Ich löse meine verkrampften Hände von seinen Schultern. „Na klar. Entschuldige bitte.“ Meine Stimme klingt belegt und mein Magen dreht sich immer noch. Ich bin bestimmt kreidebleich.

„Du musst dich nicht entschuldigen.“ Connor grinst mich an. „Von mir aus kannst du mich den ganzen Tag umarmen. Aber du kommst zu spät, wenn du jetzt nicht in den Vorlesungssaal gehst. Dann war die ganze Mühe umsonst.“

Er hat recht.

„Danke, Connor. Du bist echt mein Retter.“

„Immer gern, Prinzessin.“

Ich tapse erst wacklig und vorsichtig auf den Vorlesungssaal zu, aber mit jedem Schritt schwindet die Übelkeit und als ich den Saal betrete, fühle ich mich wieder ganz wie ich selbst. Ich sehe noch einmal zurück.

Connor steht immer noch da. Die dunkelblonden, wirren Haare fallen ihm locker ins Gesicht. Er mustert mich mit einem Blick, der mir sagt, dass er gern weiter den Tag mit mir verbringen und mir aus der Patsche helfen würde.

Dann klingelt eine Glocke und ich wende mich ab. Als ich nach vorn sehe, erkenne ich Mr Mortimer, der neben einem schlanken und jungen Professor steht. Natürlich ist er wieder da. Er wollte den triumphalen Moment persönlich genießen.

Ich starre ihn an. Dieses Mal liegt nicht nur Enttäuschung in seinem Blick, sondern ich sehe auch ernsthaftes Erstaunen.

Er erwidert meinen Blick für eine Weile und ich kann regelrecht erkennen, wie die Rädchen in seinem Kopf rattern und er versucht zu verstehen, wie ich seinen engen Zeitplan schaffen konnte.

Als ich mich in die letzte Reihe sinken lasse, wendet sich Mortimer ab und verschwindet wieder durch einen Seitenausgang aus dem Vorlesungssaal.

Ich atme einmal durch und nehme mir meinen Stundenplan vor, um mich auf die Herausforderungen des restlichen Tages besser vorbereiten zu können.

KAPITEL 7

Die Vorlesung bleibt so allgemein, dass ich nicht viel dazulerne. Der junge Professor redet hauptsächlich darüber, dass das Reisen immer ein Traum der Menschen war und es an uns ist, als Dienstleister diesen Traum wahr werden zu lassen. Die Howards haben in ihrer Fakultät mehrere Abteilungen geschaffen, die sich alle damit beschäftigen.

Es geht viel um Verwaltung, um das Entwickeln von Konzepten und die praktischen Seiten der Organisation von Reisen. Der Teil, in dem Magie vorkommt, betrifft nur einen winzigen Bereich der ganzen Fakultät. Einige wenige, besonders talentierte Magier werden ausgewählt und dürfen dann solche Geräte entwickeln wie den Ortswechsler. Der Professor macht nur ein paar vage Andeutungen, aber ich bin mir ziemlich sicher, dass es noch eine ganze Menge anderer Geräte gibt, die die klugen Köpfe unter der Leitung der Howards erfunden haben.

Doch bei seinen Ausführungen überkommt mich der Verdacht, dass deren Funktionsweise der Geheimhaltung unterliegt und nicht in der Grundlagenvorlesung preisgegeben wird.

Am Ende der Vorlesung mache ich mich schon bereit, sofort aufzuspringen und loszurennen. Meine nächste Vorlesung findet zwar direkt im Nebenhaus, im Cavendish-Building, statt, aber ich habe keine Ahnung, wie lange ich zum richtigen Vorlesungssaal brauche.

Doch zu meiner Überraschung habe ich genug Zeit, um mich zurechtzufinden. Dadurch, dass die Mittagspause zwischen den Vorlesungen liegt, komme ich überpünktlich an.

Als ich den Vorlesungssaal betrete, ist er leer, bis auf eine einzige Person. Diese roten Haare kommen mir doch bekannt vor. Ja, diesen gut gelaunten Sonnyboy habe ich gestern Abend erst getroffen.

Ich wundere mich, als ich Clive in der letzten Bankreihe sitzen sehe. Er grinst mich breit an, als er mich bemerkt.

„Ich habe dir einen Platz freigehalten." Er zeigt auf den Stuhl neben sich.

Ich sehe mich in dem leeren Hörsaal um.

„Danke, nett von dir. Sonst hätte ich echt stehen müssen." Ich lasse mich neben ihn sinken.

„Gern geschehen." Clive lehnt sich zurück und fährt sich durch die roten Haare.

„Sag mal", beginne ich gedehnt.

„Wegen gestern musst du dir keine Gedanken machen", unterbricht mich Clive. „Mortimer hat sich danebenbenommen. Seine Kommentare waren grenzwertig." Clive wird überraschend ernst. „Das tut mir echt leid."

Bisher habe ich ihn immer nur als lustigen Typen kennengelernt. Aber er kann auch ganz anders sein. Zumindest wenn wir allein sind.

„Danke, dass du das auch so siehst." Ich bin wirklich froh.

„Deswegen haben die Jungs und ich beschlossen, dass wir dir ein wenig helfen. Ich hoffe, das ist okay für dich?" Clive sieht mich fragend an.

„Ähm, du meinst, es war kein Zufall, dass ich vorhin Connor getroffen habe?"

„Wir haben uns deinen Stundenplan angesehen. Das, was Mortimer da zusammengestellt hat, ist ohne ein wenig Hilfe nicht zu schaffen."

„Und was erwartet mich hier, wenn du extra gekommen bist, um mir Gesellschaft zu leisten?" Ich sehe Clive fragend an.

„Ich bin hier, weil ich denke, dass du bei Professorin Hanson ein wenig Beistand brauchen kannst."

Ich schlucke. „Das klingt ja schon sehr vielversprechend."

„Ich hatte während des ersten Semesters Albträume wegen dieser Frau." Clive wirkt auf einmal noch etwas ernster.

Es fällt mir schwer, mir vorzustellen, was nun kommt. Nachdem sich der Vorlesungssaal gefüllt hat und die Stuhlreihen eng besetzt sind, betritt eine ältere, kleine Frau den Raum.

Sie ist weder groß noch besonders auffällig. Ihre kurzen, grauen Haare und das hochgeschlossene Kostüm wirken unscheinbar. Doch der Ausdruck auf ihrem Gesicht und der Blick, der in ihren Augen liegt, sorgen dafür, dass schlagartig alle Gespräche erstarren und sich eine gespenstische Ruhe ausbreitet, die nur von dem regelmäßigen Klicken der Absätze von Professorin Hanson unterbrochen wird.

Diese Frau umgibt eine Atmosphäre, die eisig und gefährlich ist.

Als sie am Pult ankommt, sich zu den Studenten umdreht und uns schweigend mustert, bin ich wirklich froh, dass Clive neben mir sitzt. Ich habe sogar das Bedürfnis, nach seiner Hand zu greifen.

„Guten Tag", begrüßt Professorin Hanson die Anwesenden. „Ich freue mich, dass Sie so zahlreich erschienen sind. Das zeigt mir, dass Sie etwas aus sich machen wollen. Und mit Mode haben Sie die richtige Entscheidung getroffen. Die Menschen brauchen immer etwas Neues, um sich zu kleiden, sich auszudrücken, ihren Gefühlen eine Farbe und ihren Emotionen einen Stil zu geben. Sie müssen die Antwort haben, wenn sich eine Frau begehrt fühlen will, wenn sie unscheinbar bleiben oder auffallen möchte."

Je länger Professorin Hanson spricht, umso entspannter werde ich. Was sie sagt, ist wirklich interessant. Doch mit der entspannten Stimmung ist es schnell vorbei. Als sie den ersten Studenten an die Tafel holt und er den Unterschied zwischen einem Twill- und einem Filzrock nicht erklären kann, verstehe ich, was Clive meint.

Professorin Hanson spart nicht nur mit Kritik, sie bezeichnet den armen Jungen als Totalversager, der es zu nicht mehr als einem Teppichdesigner bringen wird.

So geht es den Rest der Vorlesung weiter und als die Glocke klingelt und die Vorlesung vorbei ist, bin ich einfach nur heilfroh, dass mich Professorin Hanson nicht entdeckt und an die Tafel gebeten hat. Vielleicht lag es wirklich an Clive, dass sie das nicht gewagt hat, denn nicht nur einmal hat ihr Blick auf mir gelegen.

Ich bin auf jeden Fall heilfroh, dass ich das Vorlesungsgebäude wieder verlassen kann. Clive bringt mich noch in das Stuart-Building, wo meine letzte Veranstaltung für den heutigen Tag stattfindet.

Die Vorlesung zur Einführung in Sicherheitstechnik ist so langweilig, dass ich mehrmals davor bin, einzunicken. Das kann auch an dem Professor liegen, der mit so leiser und sanfter Stimme spricht, dass es nicht nur mir die Augen zuzieht.

In der Bank neben mir liegt ein Mädchen mit dem Kopf auf dem Tisch und schnarcht leise. Doch Professor Losten scheint es nicht zu stören. Er referiert über Garagentore, Kameraüberwachung und Bewegungsmelder.

Als ich das Gebäude endlich verlasse, fühle ich mich unendlich erschöpft. Aber es mischt sich auch ein Gefühl des Triumphes in meine Erschöpfung. Ich habe alles geschafft. Ich bin nie zu spät gekommen und ich habe mir auch sonst nichts zuschulden kommen lassen, was Mr Mortimer stören könnte.

Langsam mache ich mich auf den Weg zurück zu unserem Haus. Die Sonne steht schon tief und wird bald untergehen. Noch ist es halbwegs warm, aber ich spüre schon den Winter in der Luft, der hier oben in den Bergen viel schneller und viel kälter kommen wird.

Als ich das Haus betrete, ist Marno nicht da. Ich nehme mir eine Kleinigkeit zu essen aus dem Kühlschrank und gehe dann in mein Zimmer. Dann kippe ich ins Bett und schlafe sofort ein.

Als ich die Augen wieder aufschlage, ist es längst dunkel. Meine Glieder fühlen sich schwer an.

„Neah“, höre ich Marnos Stimme von unten rufen. „Mach dich besser mal fertig. Du hast noch ein Date heute Abend mit deinem Lilienkavalier.“

Die Lilien. Phillip Stanley. Richtig, da war ja noch etwas.

Ich erhebe mich, so schnell ich kann, und stolpere verschlafen die Treppe hinab.

„War der erste Tag so anstrengend?“ Marno mustert mich überrascht.

„Du hast ja keine Ahnung“, seufze ich. „Mortimer wollte mich scheitern sehen. Er hat mich quer über das ganze Gelände gejagt. Aber ich habe es geschafft.“

„In welchem Zustand bist du dann erst, wenn du mit den Seminaren anfängst und tatsächlich Magie anwenden sollst?“ Die Sorge in seinem Blick ist ernst.

Doch ich kann nicht mehr darauf antworten, denn in diesem Moment klopft es schon an die Tür.

„Verdammt!“ Ich reiße vor Schreck die Augen auf.

„Geh nach oben, zieh dich um und kämm deine Haare. Ich halte deinen Casanova ein bisschen hin.“ Marno macht sich auf den Weg zur Tür.

„Danke.“ Ich renne schon wieder die Treppe nach oben.

„Und vergiss nicht, die Sabberspuren im Gesicht wegzuwischen“, ruft er mir hinterher.

Meinen Fluch kommentiert er schon gar nicht mehr. Ich höre, wie er die Tür öffnet und Phillip begrüßt.

Ich beeile mich und bringe mich so gut in Ordnung, wie ich es in der Kürze der Zeit hinbekomme. Als ich wenig später die Treppe hinuntergehe, sehe ich an Phillips Blick, dass das Ergebnis zufriedenstellend ist. Zu einem engen, schwarzen Etuikleid trage ich hohe Stiefel und einen Pferdeschwanz.

„Oh, Neah“, flüstert Phillip ergriffen. „Ich musste den ganzen Tag an dich denken.“

„Ich hätte auch viel lieber an dich gedacht“, erwidere ich und greife zu meinem Mantel. „Aber Mr Mortimer hat dafür gesorgt, dass ich kaum Zeit zum Luftholen gefunden habe.“

Phillip nickt ernst. „Davon habe ich schon gehört. Aber heute hattest du Hilfe von Connor und Clive, nicht wahr?“

„Ja.“ Ich nicke. „Ohne sie wäre der Tag nicht so glimpflich abgelaufen.“

Phillip nickt bedächtig.

„Ihr nehmt das wirklich ernst mit dem Zusammenhalt?“ Ich sehe ihn prüfend an.

Er verzieht keine Miene. „Wir sind wie Brüder.

Deswegen halten wir zusammen. Keiner von uns würde dem anderen in den Rücken fallen."

Phillips Worte rühren mich. Vielleicht sind nicht alle der alten Werte schlecht. Nur ein paar sollten mal überholt werden.

„Aber jetzt vergessen wir die Strapazen des Tages und widmen uns den angenehmen Dingen des Lebens." Phillip reicht mir seinen Arm. Dann wendet er sich Marno zu. „Ich werde mich gut um die Prinzessin kümmern und sie pünktlich um 22 Uhr wieder hier abliefern."

Ich rechne es Marno hoch an, dass er ernst bleibt. Ich habe schon vor zwei Jahren die Nächte durchgetanzt und Marno hatte nie etwas dagegen. Er war der Meinung, dass ich das Leben auskosten und genießen soll, so lange ich es kann. Er hat mich immer begleitet und mich im Auge behalten.

„Amüsiert euch gut", sagt Marno und sieht mich an, als ob er wissen will, ob das ein passender Ratschlag war. Nicht nur ich muss mich wieder an die neue Umgebung und die neuen Regeln gewöhnen.

„Das werden wir bestimmt." Ich zwinkere ihm zu.

Dann verlasse ich mit Phillip das Haus.

„Marno ist eine Legende", sagt Phillip im Davongehen.

Ich höre deutlich die Bewunderung in seiner Stimme. „Ja, das ist er", entgegne ich. „Aber er ist auch mein bester Freund."

„Das ist gut. Man braucht jemanden, dem man zu einhundert Prozent vertrauen kann. Das ist leider nicht selbstverständlich unter den Magiern." Phillip biegt mit mir auf den Hauptweg ein. Gemütlich schlendern wir ihn entlang. Die niedrigen Laternen verströmen ein warmes Licht. Außer uns sind noch andere unterwegs.

Gelegentlich grüßt Phillip einen entgegenkommenden Studenten.

Phillips Worte überraschen mich nicht. Auch wenn er selber ein ausgeglichener und entspannter Mensch ist, kennt er die Gesellschaft gut. Der alte Adel der Magier ist ein neidischer, voyeuristischer und schadenfroher Haufen. Man steht ständig miteinander im Wettbewerb. Aber nach außen sind alle zuckersüß miteinander.

„Hast du jemanden, dem du so vertrauen kannst?" Ich sehe ihn fragend an. Es wird Zeit, dass wir uns besser kennenlernen.

„Den anderen Prinzen stehe ich sehr nah", entgegnet er, ohne lange nachzudenken. „Und meiner Familie natürlich." Sein Lachen hat einen nervösen Unterton und das macht mich neugierig.

„Erzähl mir von deiner Familie! Ich habe deine Eltern schon lange nicht mehr gesehen."

„Ja, du hast dich wirklich rar gemacht. Warum eigentlich?" Er fährt sich durch den Bart.

Ich schlucke. So gut kennen wir uns noch nicht, dass ich Phillip jetzt mein Herz ausschütten werde. „Du zuerst", sage ich mit einem Lachen.

„Meinen Eltern geht es gut", sagt Phillip mit einem Schmunzeln auf den Lippen. „Sie haben immer viel zu tun. Sie leiten schließlich einen riesigen Konzern. Sie sind viel unterwegs."

„Das klingt nach einer Menge Verantwortung." Ich beobachte Phillip. Er wirkt ernst und ich nehme an, dass er seine Eltern auch schon seit einer Weile nicht mehr gesehen hat.

„Ja, die tragen sie tatsächlich." Er nickt.

„Wie lange kennst du die anderen Prinzen schon?"

Phillip winkt ab. „Schon mein Leben lang. Wir waren auf demselben Internat."

„Ist nicht wahr?“ Diese Neuigkeit überrascht mich.

„Oh ja, deswegen kennen wir uns auch so gut und halten zusammen. Uns verbindet dasselbe Schicksal.“

Mir liegt es auf der Zunge zu sagen, dass sie von ihren viel beschäftigten Eltern ins Internat abgeschoben worden sind, genauso wie ich. Der einzige Unterschied ist, dass ich mir mein Internat selbst ausgesucht habe. Und dass ich Marno habe, der Schutzengel und bester Freund in einem für mich ist.

Wir kommen am Stanley-Building an. Alles ist dunkel. Die Vorlesungen sind längst vorbei. Dennoch geht Phillip zielstrebig auf die Eingangstür zu.

„Was hast du geplant?“ Ich sehe ihn fragend an.

Ein Lächeln zuckt um seine Lippen. „Lass dich überraschen.“

„Du machst es ja spannend.“ Ich beobachte Phillip, wie er die Tür aufschließt.

Dann betreten wir das Gebäude. Von außen wirkt es unscheinbar. Ein dreistöckiger Zweckbau mit hohen Fenstern, der mit ein paar Jugendstilelementen verschönert wurde.

Doch als Phillip das Licht anschaltet, sehe ich, dass es hier drinnen wunderschön ist. Während die Gebäude, die ich heute besucht habe, mich mit ihrer Größe beeindruckt haben, ist es die Eleganz, die mir hier zuerst auffällt. Die wunderschön geschnitzte Treppe führt in einem weiten Bogen in das nächste Stockwerk. Die Türrahmen sind mit Vögeln verziert und überall gibt es verspielte Ornamente.

„Lass dich nicht von dem bescheidenen Eingang täuschen“, sagt Phillip und schließt die Tür hinter uns wieder zu. „Das Gebäude ist genauso groß wie das der anderen Familien. Seine Größe ist nur etwas dezenter und erschlägt einen nicht gleich beim Betreten.“

„Ich bin gespannt, was mich erwartet." Das bin ich wirklich.

„Hier entlang bitte." Phillip zeigt nach links. „Wir dinieren in Raum 202. Der liegt ziemlich weit oben." Phillip schlendert mit mir an der imposanten Treppe vorbei und wir erreichen einen Aufzug, der so hinter ein paar Topfpflanzen versteckt ist, dass man ihn auf den ersten Blick gar nicht sehen kann.

Mit einem sanften Geräusch gehen die Lifttüren auf.

„Bitte schön." Phillip lässt mir den Vortritt, ganz der Gentleman.

Ich muss zugeben, dass mir seine zuvorkommende und ruhige Art immer besser gefällt. „Danke für deinen Brief", sage ich, während sich die Lifttüren hinter uns schließen. „Du hast so schöne Worte gefunden."

„Ich hätte gern noch viel mehr geschrieben." Phillips Augen bleiben an meinen hängen. „Halt dich besser fest."

„Ach so?"

„Ja, das ist besser. Der Lift ist nicht langsam." Phillip drückt auf die Zimmernummer, die er mir genannt hat, und ich greife währenddessen nach dem Handlauf.

Ich schlinge gerade noch im richtigen Moment meine Hände darum, denn da setzt sich der Lift schon in Bewegung. Wir schießen in einer Geschwindigkeit nach oben, die mir die Sprache verschlägt. Selbst wenn ich etwas hätte sagen wollen, hätte ich den Mund gar nicht bewegen können, so sehr zieht die Schwerkraft an meinem Unterkiefer. Doch nicht nur da. Ich fühle mich, als ob Tonnen von Gewicht an mir zerren. Dann ist es auch schon wieder vorbei. Der Lift hält und die Türen gehen mit einem leisen Geräusch auf.

„Wow", sage ich, als wir den Lift verlassen und ich alle Körperteile kurz auf Vollständigkeit kontrolliere.

„Das ist wirklich beeindruckend.“

„Nicht wahr?“ Phillip grinst. „Dieser Lift wurde von der Familie Stuart in Zusammenarbeit mit deiner Familie entwickelt.“

„Sicherheitstechnik trifft Architektur“, sage ich beeindruckt.

„Genauso ist es.“ Phillip nickt und geleitet mich durch einen schmalen Gang. Dieser Gang ist weder endlos noch riesig. Es gibt nur vier Türen. Sie führen zu den Zimmern 201, 202, 203 und 204.

„Es gibt enorm viele Etagen und die meisten kann man nur mit diesem Lift erreichen. Frage mich nicht, wie das funktioniert. Ich halte es für ein Wunder.“ Phillip öffnet Tür Nr. 202 und geht dann voran.

Ich folge ihm. Von Wundern würde ich nicht sprechen. Das, was hier passiert, ist Magie und auch wenn ich mich lange dagegen gewehrt habe, spüre ich in diesem Moment den Wunsch, auch etwas so Bedeutsames erschaffen zu wollen.

Doch der Impuls hält nur kurz an, denn als ich mich daran erinnere, welchen Preis ich dafür zahlen muss, vergeht mir der Wunsch sofort wieder.

Wir betreten einen kleinen, gemütlichen Salon, in dessen Mitte ein Tisch mit sechs Stühlen steht. Der Raum wird von ein paar Gaslampen und etlichen Kerzen erleuchtet. Das warme Licht hüllt mich ein.

Phillip bietet mir einen Platz an und ich setze mich.

Dann schiebt er einen der Stühle zur Seite und stellt sich an den Tisch. „Ich dachte, ich bereite das Essen heute einmal selbst zu.“

Ich sehe ihn erwartungsvoll an und während ich ihn in Gedanken schon mit einer Kochplatte und einer Packung Spaghetti hantieren sehe, fällt mir wieder ein, dass er ja Magie beherrscht.

„Du weißt ja, dass das mein Fachgebiet ist.“ Er holt tief Luft, hebt die Hände und atmet dann ein paarmal tief durch.

Ich fühle mich schlagartig unwohl. Erinnerungen kommen in mir hoch, die ich lange verdrängt habe. Magie ist eine gefährliche Macht. Magier haben die Kraft, Moleküle zu bewegen. Sie können Strukturen ändern, Dinge neu zusammensetzen, Materialien verändern und sie über weite Strecken transportieren. Ein Magier kann die Dinge nur scheinbar aus dem Nichts erscheinen lassen. Er muss sie irgendwo herholen und das ist gefährlich.

Doch die größte Gefahr kommt daher, dass ein Magier Energie aufwenden muss, um diesen Prozess in Gang zu setzen, und diese Magie muss aus ihm selbst kommen. Ein geübter Magier verbraucht bei einem Zauber, den er gut beherrscht, nur ein paar zusätzliche Kalorien, aber ein ungeübter Zauberer, der sich mit einem Zauber übernimmt, den er nicht im Griff hat, kann sich im schlimmsten Fall selbst umbringen.

Ich hoffe, dass Phillip weiß, was er tut, und versuche mich zu entspannen.

Als ihm Schweißtropfen auf die Stirn treten und seine Hände zu zittern beginnen, spüre auch ich die Macht im Raum. Es ist wie ein magnetisches Feld, das meine Haare zu Berge stehen lässt.

Ich möchte wegrennen und gleichzeitig näher rücken. Angst und Faszination liefern sich ein Duell in meinem Herzen.

Dann formen sich plötzlich unter Phillips Händen Teller und Schüsseln, Gläser und eine Karaffe. Sie erscheinen wie aus dem Nichts. Doch ich weiß, dass er sie von irgendwoher an diesen Ort befiehlt. Vielleicht hat er die Sachen vorbereitet und holt sie jetzt oder er ist wirklich gut und kann das, was er erscheinen lassen will, aus den Bausteinen erschaffen, die uns umgeben.

Doch die Möbel sehen noch heil aus, als sich die Teller und Schüssel mit einem Mal füllen. Ein Braten erscheint, Soße und Klöße und dann noch ein Kuchen.

Als Phillip die Augen wieder öffnet, steht auf dem Tisch eine ganze Mahlzeit. Selbst die Karaffe ist voller Wein.

„Beeindruckend", sage ich mit einem anerkennenden Nicken. Ich weiß, dass das, was er gerade getan hat, eine ganze Menge an Kraft erfordert.

Phillip lächelt zufrieden. Ich bin mir sicher, dass er mich mit seinem Können beeindrucken wollte, und das ist ihm auch gelungen.

„Vorgekocht?", frage ich. „Oder selbst herbeigezaubert?"

Phillips Lächeln wird etwas steifer. „Vorgekocht", sagt er dann mit einem Seufzen.

Ich lächle ihn an. „Das ist mir auch lieber. So komme ich gleich in den Genuss deiner Fähigkeiten als Koch."

Phillip entspannt sich wieder und füllt die Teller. Dann nimmt er neben mir Platz und gießt mir ein Glas Wein aus der Karaffe ein. „Ich freue mich, dass wir endlich unter uns sind. Wenn die anderen dabei sind, kann man nie wirklich man selbst sein."

„Da hast du recht." Ich hebe mein Glas und stoße mit Phillip an. „Auf einen schönen Abend."

Das Essen schmeckt hervorragend. „Du bist ein herausragender Koch", lobe ich Phillip, nachdem ich den Braten gekostet habe. „Liegt das Talent fürs Kochen in der Familie?"

„Das ist Pflicht", erwidert Phillip mit einem sauren Lächeln. „Wir sind eine Familie von Gastronomen und

Einzelhändlern. Gutes Essen und alles, was man darüber wissen muss, hat man mir schon als Kind beigebracht. Ich bin quasi mit einem Kochlöffel in der Hand aufgewachsen."

„Die Klöße sind perfekt, und diese Soße." Ich schließe genießerisch die Augen. „Die ist ein Gedicht."

„Danke." Phillip freut sich ernsthaft über mein Lob. „Was ist mit dir?", fragt er, nachdem wir unsere Teller geleert haben. „Warum hast du bisher einen Bogen um dein Erbe und die Magie gemacht? Viele Leute in der magischen Welt verstehen das nicht. Es gibt eine Menge Theorien."

„Theorien?" Ich sehe Phillip überrascht an. Davon höre ich gerade zum ersten Mal. „Heißt das, die Leute reden über mich und machen sich Gedanken darüber?"

„Na sicher." Phillip lacht. „Du gehörst zur königlichen Familie. Die Leute interessieren sich für jeden Schritt, den du machst. Kennst du gar nicht diese Zeitung, die jede Woche erscheint? Wie heißt sie gleich?" Phillip legt nachdenklich den Kopf schief. „Ach, ja, *The Secrets Of The Royal Witches*."

„Wie bitte?" Ich erstarre regelrecht.

Phillip sieht mich einen Moment verblüfft an. „Du kennst sie nicht?"

Ich schüttle den Kopf.

Sein Gesicht bekommt einen merkwürdigen Ausdruck. „Dann weißt du vermutlich auch nicht, dass sie schon seit Jahren über dich schreiben? Immer, wenn du das Internat verlassen hast, haben sie dir aufgelauert und Fotos geschossen. Du bist mal eine Zeit mit einem Typen ausgegangen, der lange Haare hatte. Das fanden alle richtig gut, weil er so traditionell aussah."

Ich muss schlucken und habe das dringende Bedürfnis, mit Marno ein ernstes Wörtchen zu reden. Ich habe ihm doch gesagt, dass er mir erzählen soll, wenn etwas Wichtiges in der Welt der Magier passiert. Vermutlich hat er diese Zeitung nicht als wichtig empfunden. Aber ich sehe das ganz anders.

„Das tut mir wirklich leid, Neah." Phillip scheint ernsthaft betroffen zu sein. „Vergiss, was ich gesagt habe. Das ist nicht wichtig. Vermutlich hat dir deswegen niemand davon erzählt. Es lohnt sich nicht, sich darüber aufzuregen."

„Stimmt." Ich nicke tapfer. „Das ist wirklich nicht wichtig. Ich bin die Einzige, die wirklich weiß und versteht, warum sie ihre Entscheidungen getroffen hat."

„Darf ich wissen, warum du dich von den Magiern abgewandt hast?" Phillips Stimme wird weich.

Ich sehe ihn eine Weile nachdenklich an. Dass diese Frage kommen würde, war mir klar. Wenn ich Phillip keine Antwort gebe, dann wird mich morgen jemand anderes fragen. Vielleicht ist es besser, mit offenen Karten zu spielen, anstatt weiter von Gerüchten umgeben zu sein.

„Also gut", sage ich gedehnt und trinke noch einen Schluck Wein. „Es ist kein Geheimnis. Du hast schon von meinem Bruder Nox gehört?" Ich sehe Phillip fragend an.

Er nickt und wirkt sofort beschämt, als ihm klar wird, worauf ich hinauswill.

„Er ist vor zehn Jahren gestorben, und zwar hier auf der Venturi Academy. Er war erst achtzehn Jahre alt, genauso alt wie ich jetzt. Aber er war ehrgeizig. Noir hatte gerade ihren Abschluss gemacht. Du weißt, wie gut sie ist. Sie ist außergewöhnlich in allem, was sie tut. Nox war der Thronfolger. Vermutlich wollte er meinem Vater beweisen, dass er mindestens genauso gut sein kann wie Noir. Seine Zauber waren zu groß. Er hat sie nicht geschafft. Sie haben ihn getötet. Eine Ader in seinem Kopf ist geplatzt. Nein, nicht geplatzt. Sie wurde regelrecht zerrissen. Er hatte keine Chance, das zu überleben. Niemand kann etwas dafür. Es war seine eigene Schuld." Meine Stimme wird rau. „Ich habe meinen Bruder geliebt. Er war immer mein Vorbild, mein Beschützer." Ich hole tief Luft. „Ich war damals acht Jahre alt und habe meine Entscheidung getroffen. Ich wollte keine Magie erlernen. Etwas, das einen tötet, kann nicht gut sein. Ich wollte nie wieder etwas damit zu tun haben. Mein Vater hat die Thronfolge an meinen Cousin weitergereicht und er hat meine Entscheidung akzeptiert, einen anderen Weg einzuschlagen. Damals zumindest konnte er mich noch verstehen." Ich seufze. „Doch mittlerweile haben sich die Dinge geändert."

Phillip nickt. „Das tut mir alles so leid."

„Das muss es nicht. Das ist eine Ewigkeit her." Ich lehne mich zurück und sehe Phillip nachdenklich an. „Es tut überraschend gut, endlich einmal darüber zu reden. Ich habe über die Sache schon lange kein Wort mehr verloren."

„Vielleicht bist du auch bereit, deine Meinung wieder zu ändern. Wenigstens ein Teil von dir. Warum sonst hättest du Mr Mortimer sagen sollen, dass du hier studieren möchtest? Wenn du es ganz tief in dir drin nicht gewollt hättest, dann wären dir die Worte auch niemals über die Lippen gekommen, egal wie sehr Mr Mortimer dich provoziert hätte."

„Meinst du, mein Unterbewusstsein hat beschlossen, dass es an der Zeit ist, meine Angst und meine Wut zu den Akten zu legen?" Ich lege den Kopf schief und denke darüber nach. Vielleicht ist etwas Wahres dran.

„Egal, wie du hergekommen bist." Phillip fährt sich durch den Bart. „Ich bin unendlich froh, dass wir jetzt beide hier sind.“ Er beugt sich näher zu mir. „Und ich danke dir für dein Vertrauen und deine Offenheit.“

„Es ist wirklich schön, sich mit dir zu unterhalten, Phillip.“ Mein Blick ruht in seinem.

„Es freut mich, dass du dich wohlfühlst“, flüstert Phillip. Er neigt sich noch ein wenig weiter zu mir.

Nein, nein, so war das nicht gemeint. „Fantastisch“, sage ich ausweichend und lehne mich leicht zurück. „Dann sollten wir jetzt den Kuchen anschneiden.“

„Ja, der Kuchen.“ Phillip räuspert sich. Einen Moment braucht er, dann nimmt er das Messer und konzentriert sich ganz auf das Gebäck.

Ich mustere ihn derweil ganz genau. Nein, ich bin nicht so eine Frau, die man beim ersten Date küssen kann. Bevor ich einem Mann erlaube, mir näher zu kommen, muss ich mir ganz sicher sein, dass er der Richtige ist. Besonders in meiner aktuellen Situation darf ich nicht spontan sein. Alles, was ich tue, hat eine Bedeutung.

Der Kuchen ist genauso fantastisch wie der Hauptgang.

„Du kannst nicht nur gut kochen, Phillip“, sage ich zwischen zwei Bissen. „Du bist auch als Bäcker talentiert.“

„Danke.“ Phillip wirkt gerührt.

„Wie ist in deiner Familie eigentlich die Unternehmensnachfolge geregelt? Du hast gesagt, deine Eltern arbeiten sehr viel. Angenommen, ich würde mich jetzt tatsächlich für dich als zukünftigen König entscheiden, dann müsstest du das aufgeben.“ Ich sehe Phillip fragend an. „Sind deine Familie und vor allem du dazu bereit?“

Er wirkt so, als ob ihn diese Frage nicht überrascht. „Ich habe genug Cousins, die das übernehmen können.“

Seine Antwort kommt, ohne zu zögern. „Wenn ich dafür jeden Tag an deiner Seite verbringen kann, verzichte ich gern auf das alles."

„Wirklich?" Ich schlucke. Phillips Antwort bringt mich aus dem Takt. Nach allem, was ich bisher gehört und gespürt habe, geht es Phillip wirklich um mich. Die Verantwortung, König zu sein, scheint er zu unterschätzen. Ich will Phillip nicht wehtun. Ich sollte jemanden wählen, dem es nur um seine höfische Karriere geht.

„Ja, wirklich." Phillip nickt.

„Du müsstest in Marseille wohnen", fahre ich fort. „Und es wäre mit großer Sicherheit wohl eher mein Vater, mit dem du viel Zeit verbringen würdest. Du weißt hoffentlich, dass ich als Königin nicht in die Regierungsgeschäfte eingebunden werde. Das obliegt dann allein dir."

Phillip legt den Kopf schief. „Das war mir gar nicht so bewusst."

„Deswegen erwähne ich es. Ich will nicht, dass du dir falsche Vorstellungen machst. Du nicht und auch die anderen nicht. Du weißt hoffentlich auch, dass wir der Gesetzgebung der Länder unterliegen, in denen wir wohnen. Die magische Monarchie hat einen eher dekorativen Charakter." Ich lasse Phillip nicht aus den Augen.

Doch er scheint mir gar nicht mehr zuzuhören. Stattdessen lehnt er sich zurück. „Das klingt alles so rational." Er seufzt und greift nach seinem Glas Wein.

„Phillip", sage ich ernst. „Dir muss klar sein, worauf du dich da einlässt."

„Das ist mir klar." Er erwidert meinen Blick. „Ich werde mit der schönsten und taffsten Frau verheiratet sein, der ich je begegnet bin. Ein größeres Glück kann es doch nicht geben. Pflichten habe ich überall. Ob nun als Geschäftsführer oder als König. Da sehe ich keinen großen Unterschied. Entweder sagen mir meine Eltern, was ich zu tun habe, oder eben dein Vater. Aber es gibt einen wichtigen Unterschied, und der bist du."

Ich sehe Phillip verblüfft an. Ist er wirklich ein hoffnungsloser Romantiker, der sich bei unserer ersten Begegnung sofort in mich verliebt hat? Es scheint mir fast so.

„Toll", sage ich und hebe mein Glas, weil ich gar nicht weiß, was ich jetzt antworten soll. Ich brauche etwas Zeit, um das zu verdauen.

Ich lenke unser Gespräch schnell auf belanglose Themen und die Zeit fliegt dahin, während wir über unsere Hobbys sprechen. Neben Phillips Leidenschaft fürs Kochen reist er auch gern. In den Semesterferien war er mit Connor schon an allen möglichen Orten in der Welt. Er weiß über jeden Kontinent ein paar unterhaltsame Anekdoten zu erzählen.

Als Phillips Blick kurz vor zehn auf die Standuhr in der Ecke des Raumes fällt, wird er plötzlich nervös. Er springt auf. „Ich muss dich zurückbringen. Marno bringt mich sonst um."

„Mmh", sage ich beiläufig. Da kennt er Marno aber schlecht. Aber ich sage nichts, weil der Abend nett war und ich Phillips Anstand irgendwie reizend finde.

Er hilft mir in meinen Mantel, hält mir die Tür auf und gemeinsam fahren wir im Lift wieder hinab ins Erdgeschoss. Die Fahrt nach unten kommt mir vor wie ein freier Fall. Ich bin mir sicher, dass zwischendurch meine Füße vom Boden abheben.

„Dieser Lift ist beeindruckend", murmle ich, als wir aussteigen und ich froh bin, dass mein Körper heil geblieben ist.

„Da kennst du noch nicht den Lift in dem Haus, das

deine Schwester erbaut hat.“ Phillip schließt die Tür auf und hält sie für mich auf. „Dagegen ist das gar nichts.“

„Du meinst dieses Haus Nr. 43“, sage ich. In der Architekturvorlesung habe ich heute schon davon gehört.

„Ja, genau.“ Phillip schließt die Tür hinter uns wieder zu. „Geh da besser nicht allein rein. Man verläuft sich leicht. Wenn es dich interessiert, begleite ich dich gern.“

„Ja, darauf komme ich bei Gelegenheit bestimmt gern zurück.“ Ich hole tief Luft und atme die kühle Luft ein.

Phillip bietet mir seinen Arm an und gemeinsam gehen wir den breiten Weg entlang. Mittlerweile sind nicht mehr viele Studenten unterwegs. Die kleinen Häuser in der Wohnsiedlung sind dafür hell erleuchtet. Man hört Lachen und Unterhaltungen. Von irgendwoher vernehme ich den Klang einer Gitarre.

„Ich habe übrigens einen großen Respekt vor deiner Entscheidung, dein Studium hier aufzunehmen“, sagt Phillip, nachdem wir eine Weile geschwiegen haben und in den schmalen Weg eingebogen sind, der zu meinem neuen Zuhause führt. „Das ist bestimmt nicht einfach.“

„Danke“, sage ich und muss schlucken, als mir bewusst wird, was zwangsläufig auf mich zukommen wird, wenn ich diesen Weg weitergehe. Ich weiß, dass ich jederzeit zu Mr Mortimer gehen und ihn bitten könnte, meine Entscheidung rückgängig zu machen. Einzig mein Stolz steht mir im Weg.

„Aber das ist die richtige Entscheidung. Eine zukünftige Königin sollte wenigstens ein paar Grundlagen beherrschen.“ Phillip bleibt vor der Haustür stehen.

„Das kommt darauf an, wie viel diese Königin in der magischen Welt präsent sein wird“, erwidere ich gedehnt. Phillip war offen zu mir und ich schulde ihm dieselbe Offenheit.

„Was meinst du damit?“ Er runzelt die Stirn.

„Phillip“, sage ich ernst.

Mein Tonfall sorgt dafür, dass er erwartungsvoll die Augenbrauen hebt. „Ja?“ Er beugt sich leicht zu mir und schließt die Augen.

Moment mal. Hier läuft schon wieder etwas schief. Ich wollte ihm eben mitteilen, dass ich nicht vorhabe, an seiner Seite in Marseille zu bleiben, und er denkt, ich will ihn küssen?

In diesem Moment fliegt die Tür auf und ich blicke in Marnos belustigtes Gesicht. Als Phillip erschrocken die Augen aufreißt, wird Marno sofort ernst.

Phillip läuft schlagartig rot an. Das ist das erste Mal, seitdem ich ihn kenne, dass er nicht die Ruhe in Person ist, sondern ernsthaft nervös wird.

„Marno.“ Phillip macht sofort einen Schritt von mir weg.

„Ihr seid pünktlich.“ Marno nickt Phillip zu.

„Ja. Vielen Dank für den wundervollen Abend, Neah. Es war mir eine Ehre, dass du dir Zeit für mich genommen hast.“ Phillip verbeugt sich förmlich vor mir. „Ich wünsche dir eine gute Nacht.“

„Ich dir auch“, sage ich leise. „Danke fürs Kochen. Das war wirklich gut.“ Dann trete ich an Marno vorbei ins Haus. Als er die Tür hinter mir zuzieht, hole ich tief Luft. Einen Moment atme ich tief durch. Dann geht es auch schon los.

„Dein Lilienkavalier geht ja mächtig zur Sache.“ Marno wirkt amüsiert.

Ich muss ihn nicht ansehen, um zu wissen, dass er grinst.

„Ich glaube, er ist total verliebt“, erwidere ich resigniert. „Anders kann ich mir sein Verhalten nicht erklären. Er will König werden, aber nur, weil er dann mich zur Frau bekommt." Ich ziehe meinen Mantel aus und hänge ihn an die Garderobe. „Aber wie ist das möglich? Wir kennen uns gerade einmal vierundzwanzig Stunden."

„Hast du ihm gesagt, dass du nicht vorhast, an seiner Seite in dem Palast zu vermodern?"

„Ich habe es versucht, aber dann wollte er mich küssen." Ich hebe die Arme und habe das ungute Gefühl, dass im Moment gerade eine ganze Menge schiefläuft.

„Ja, ich dachte, ich schreite da mal ein. Du hast nicht sehr glücklich ausgesehen."

„Hast du uns beobachtet?"

„Na sicher, es ist mein Job, ein Auge auf dich zu haben. Außerdem sind wir uns doch einig, dass man nicht schon nach dem ersten Date knutschen sollte." Marno sieht mich mit einem belustigten Grinsen an.

„Du hast ja recht." Ich bin wirklich froh, dass er eingeschritten ist.

„Und nun?" Marno sieht mich fragend an. „Wie geht es jetzt weiter?"

„Wenn es Phillip wirklich um mich geht, dann ist er nicht der Richtige", sage ich ernst. „Das, was er möchte, ist nicht das, was ich ihm geben kann. Ich will seine Gefühle nicht verletzen."

„Vielleicht verliebst du dich ja doch noch in einen der Prinzen und überlegst es dir anders." Marno sieht mich fragend an.

„Vielleicht", sage ich mit einem Seufzen. „Ich gehe jetzt besser schlafen. Morgen muss ich fit sein."

„Das stimmt. Der Tag ist voll." Marno nickt ernst. Im Gegensatz zu mir scheint er schon in den Stundenplan für morgen geschaut zu haben. „Schlaf gut, Neah."

„Gute Nacht, Marno."

KAPITEL 8

Mein zweiter Tag an der Academy verläuft überraschend ruhig. Ich habe den ganzen Tag Vorlesungen im Haupthaus und verbringe den Tag mit Emilia beim Konstruktionszeichnen und mit der Auffrischung unseres Wissens über die verschiedenen Kunstepochen. Keiner der Prinzen taucht während der Veranstaltungen auf und auch Mr Mortimer sehe ich nirgendwo.

Als ich am späten Nachmittag aus dem Haupthaus trete, fühle ich mich erstaunlich entspannt. Der Tag war angenehm und die Lehrveranstaltungen interessant. Ich schlendere mit Emilia zurück in die Wohnsiedlung.

„Wie läuft es eigentlich mit den Prinzen?", fragt sie, während wir im letzten Sonnenschein des Tages unter den bunt gefärbten Laubbäumen entlangschlendern.

„Wir lernen uns noch kennen", erwidere ich wahrheitsgemäß. „Gestern Abend hatte ich ein Date mit Phillip."

„Bart und die Gemütlichkeit in Person?" Emilia sieht mich fragend an.

„Ja, genau." Ich lächle. „Er ist wirklich sehr nett."

„Und? Hast du schon einen Favoriten?"

Ich schüttle den Kopf. „Dafür ist es noch zu früh. Einige von ihnen habe ich nur kurz getroffen und kenne sie kaum. Ich weiß noch zu wenig über sie, um eine Entscheidung zu treffen. Vielleicht kannst du mir etwas helfen. Wie hast du sie bisher erlebt?"

„Ich?" Emilia reißt die Augen auf.

„Ja, du.“ Ich nicke und lächle ihr zu.

„Gar nicht, ehrlich gesagt. Ich habe sie selten gesehen. Sie machen ihr eigenes Ding. Sie sind selten bei den Vorlesungen für alle.“

„Ich verstehe.“ Ich nicke und verstehe wirklich. Die Adeligen mischen sich nicht oft unter das gemeine Volk. Das war schon in meiner Kindheit so und das wird hier an der Academy anscheinend auch nicht anders gehandhabt.

„Ich kann dir wirklich nicht viel über sie sagen. Das meiste weiß ich auch nur aus der Zeitschrift.“ Emilia zuckt mit den Schultern.

„*The Secrets Of The Royal Witches*? Meinst du die?“

„Oh, ja.” Emilias Augen weiten sich. „Die Reporter haben ihre Augen und Ohren überall. Sie erscheint jede Woche.“

„Jetzt höre ich schon zum zweiten Mal davon.“ Ich hebe eine Augenbraue.

„Du kennst die Zeitung gar nicht?“ Emilie deutet meinen skeptischen Gesichtsausdruck ganz richtig.

Ich schüttle den Kopf. „Als ich ins Internat gegangen bin, war ich elf. Damals habe ich mich noch nicht für solche Zeitschriften interessiert.“

„Vielleicht ist es besser so, aber wenn es dich interessiert, habe ich die neue Ausgabe von gestern dabei. Ich habe sie schon ausgelesen. Du kannst sie dir gern ausleihen.“ Sie kramt in ihrem Rucksack und reicht mir ein Hochglanzmagazin, von dem mich mein eigenes Gesicht anstarrt.

Einen Moment halte ich verblüfft inne.

„Ja, du bist die Titelgeschichte.“ Emilia nickt. „Alle lesen das hier. Vielleicht ist es ganz gut, dass du Bescheid weißt, was sie über dich schreiben. Gib sie mir irgendwann zurück, wenn du fertig bist.“

„Danke." Ich nehme die Zeitschrift und blättere zu dem Artikel über mich vor. Hastig überfliege ich einige fett markierte Sätze.

Rasante Wendung im Spiel um den Thron – Hat König Bernard diesen Schachzug geplant oder war es eine spontane Entscheidung, Prinzessin Neah als Thronfolgerin einzusetzen? – Auf jeden Fall wird es für die sieben Prinzen nun ernst – Wer gewinnt das Spiel um den Thron und erobert die Hand der hübschen Prinzessin, der man eine Vorliebe für die Romantik des 18. Jahrhunderts nachsagt?

Ich lasse die Zeitung sinken. „Die Romantik des 18. Jahrhunderts? Wer denkt sich denn so einen Scheiß aus?" Ich sehe Emilia fassungslos an.

„Also stimmt das gar nicht?" Sie wirkt überrascht.

„Auf gar keinen Fall." Ich schüttle den Kopf. „Ich stehe auf gute Filme, lese gern Thriller und hab mit Geschichte nichts am Hut."

„Dann haben sie sich das alles ausgedacht?" Emilias Lippen beben ganz leicht.

„Mit mir hat zumindest niemand geredet." Ich seufze und rolle die Zeitung zusammen, damit ich mein Gesicht nicht mehr ansehen muss. Wann haben sie überhaupt dieses Foto gemacht?

„Tut mir echt leid, dass sie solches Zeug über dich schreiben." Emilia wirkt bedrückt, was zum Teil vermutlich einfach daran liegt, dass ich ihr gerade die Illusion genommen habe, dass alles stimmt, was in der Zeitschrift gedruckt wird.

„Das scheint einer der Nachteile zu sein, wenn man zur Venturi-Familie gehört. Es wird eben über einen geredet, ob man will oder nicht." Ich laufe weiter und bald taucht unser Haus auf. „Bis morgen." Ich verabschiede mich von Emilia. Dann gehe ich auf das Haus zu.

Es überrascht mich nicht, dass direkt hinter der Eingangstür zwei Körbe stehen. Marno sitzt bei einer Tasse Kaffee am Küchentisch und mustert mich erwartungsvoll, als ich das Haus betrete.

„Du hast Post bekommen", erklärt er unnötigerweise.

Ein Strauß roter Rosen und ein Strauß gelber Narzissen strahlen mich aus den Körben an. Doch ich muss erst einmal etwas anderes klären, bevor ich mich weiterer Liebespost widmen kann.

Mit der Zeitschrift in der Hand gehe ich zum Tisch und lege sie neben Marnos Kaffeetasse. Mein eigenes Gesicht sieht mich ernst an. „Du wusstest bestimmt, dass es diese Zeitschrift gibt, nicht wahr?"

Marno wirft nur einen kurzen Blick darauf, dann schnalzt er mit der Zunge. „Ignorier das einfach. Ich glaube, sie würfeln, was sie schreiben. Davon stimmt nichts."

„Das habe ich mir auch schon gedacht, aber ich glaube, viele Magier lesen das und denken, das wäre die Wahrheit."

„Ich weiß nicht, warum dein Vater das immer noch toleriert. An seiner Stelle hätte ich diese Zeitschrift längst verboten. Sie verbreiten Lügen. Das sollte nicht erlaubt sein." Er sieht zu mir auf. „Wie war dein Tag?"

„Entspannt." Ich drehe die Zeitschrift um, damit ich mein Gesicht nicht mehr sehen muss. „Ich bin selber ganz überrascht. Was hast du getan?"

„Ich habe mich in der Umgebung umgesehen, das heißt außerhalb der Sicherheitszäune. Es ist ein unwegsames Gelände."

„Und?"

„Alles ruhig. Keine Auffälligkeiten. Die Sicherheitstechnik rund um die Academy funktioniert einwandfrei.

Du musst dir keine Sorgen machen. Hier kann dir nichts passieren, solange du das Gelände nicht verlässt." Er blickt mich mahnend an.

„Keine Sorge. Ich habe kein Bedürfnis danach, mich durch unwegsame Schluchten zu quälen." Ich beuge mich hinab und mustere den Inhalt der Körbe. An jedem Blumenstrauß hängt ein Brief. Ich entferne sie und setze mich zu Marno, um sie zu lesen.

Der erste Brief ist von Phillip, der sich für den wundervollen Abend bedankt und darauf hofft, dass wir das bald wiederholen.

Der zweite Brief ist nicht von ihm. Ich bin gespannt, wer mir geschrieben hat, und vertiefe mich in die Zeilen.

Liebe Neah,

bisher sind wir uns nur kurz beim Abendessen begegnet und ich finde, das reicht noch nicht, um sich wirklich kennenzulernen. Deswegen habe ich mir erlaubt, heute Abend eine Kleinigkeit für uns vorzubereiten. Ich komme dich um 20 Uhr abholen.

Ergebenst
Andrew Stuart

„Andrew Stuart", sage ich nachdenklich. Ich erinnere mich nur an ein paar Details, und zwar an einen jungen Mann in Uniform. Er hat lange, braune Haare, die er zu einem Zopf gebunden hat. Mehr ist bei mir nicht von Andrew Stuart hängen geblieben „Er lädt mich auf ein Date ein."

„Der Erbe des Stuart-Imperiums." Marno nickt bedächtig und überfliegt die Zeilen. „Sehr vermögende Familie. Die Sicherheitstechnik findest du überall. Soweit ich gehört habe, ist er ein sehr akkurater junger Mann mit einer Vorliebe für militärische Disziplin."

„Meinst du, er wäre ein guter König?“ Ich trinke meinen Kaffee und versuche mich an ein paar Details zu erinnern. Aber außer seinem akkuraten Auftreten fällt mir immer noch nicht viel ein. Aber vielleicht reicht das schon. Als König kommt es auf die Würde und den äußeren Schein an.

„Mmh“, sagt Marno nachdenklich.

„Dass er so diszipliniert ist, ist doch eine gute Voraussetzung. Ich denke mittlerweile, dass es die beste Idee ist, jemanden zu nehmen, dem es gar nicht um mich, sondern wirklich nur um den Thron geht. Also jemanden, der gern König sein möchte und dem es ganz recht ist, wenn ich mich nicht einmische und mein eigenes Ding mache. Ob Andrew so jemand ist?“

„Finde es heraus“, sagt Marno. „Deswegen sind wir ja hier.“

„Richtig.“ Ich nicke.

„Na ja, und neuerdings auch, weil du Magie erlernen willst. Wann hast du eigentlich dein erstes Seminar?“ Marno sieht mich fragend an.

„Keine Ahnung“, erwidere ich ausweichend. „Ich lasse das ganz entspannt auf mich zukommen.“

„Falls du dich darauf vorbereiten willst, musst du mir nur Bescheid geben. Ich kann dir einen Crashkurs verpassen.“ Marno wirkt ernst. „Vielleicht wäre es nicht schlecht, wenn du vorher übst.“

Ich schlucke und sehe Marno prüfend an. Das ist nicht das erste Mal, dass er mir dieses Angebot macht. Doch ich habe jetzt keine Lust auf Schmerzen. „Ein anderes Mal“, sage ich hastig und erhebe mich. „Ich lege mich noch ein bisschen hin. Wer weiß, was der Abend bringt. Besser, ich bin ausgeschlafen.“

„Es ist wirklich erstaunlich, wie viel du schläfst.“ Marno schüttelt den Kopf.

„Das hält jung", entgegne ich grinsend und gehe dann nach oben. Ich lege mich hin und schlafe auch sofort ein. Als ich wieder erwache, ist es dunkel. Aber dieses Mal habe ich wenigstens nicht so lange geschlafen wie am Vortag. Ich habe noch genug Zeit, um mir in aller Ruhe etwas Passendes zum Anziehen herauszusuchen.

Als Andrew an der Tür klopft, habe ich schon meinen Mantel und ein paar elegante Stiefel an.

„Guten Abend." Er lächelt mir zu und zu meiner Erleichterung erkenne ich, dass er heute keine Uniform trägt. Stattdessen hat er eine Jeans und einen legeren Pullover an, über dem er einen warmen Parka trägt. Dann sieht er an mir hinab und bemerkt die Stiefel mit den hohen Absätzen und das Kleid unter meinem Mantel. „Oh!" Er schlägt sich mit der Hand gegen die Stirn. „Ich hätte schreiben sollen, dass wir ein Stück laufen. Vielleicht willst du dir etwas Bequemeres anziehen?"

„Kein Problem." Ich wechsle die Stiefel und den Mantel. „Fertig."

„Das gefällt mir. Sehr effizient." Andrew grinst mich zufrieden an. Dann wendet er sich Marno zu. „Sir, ich werde gut auf Prinzessin Neah aufpassen und sie pünktlich um 22 Uhr wieder hier abliefern." Er hat in einen zackigen Tonfall gewechselt.

Marno hebt eine Augenbraue. „In Ordnung, Junge. Versuch, Spaß zu haben."

„Jawohl, Sir." Er verbeugt sich tief vor Marno, dann reißt er die Tür auf und verbeugt sich dann auch noch vor mir.

Ich trete an ihm vorbei hinaus. Das kann ja ein interessanter Abend werden. Einen Moment lang bin ich skeptisch, doch als die Tür hinter uns zugeht, wirkt Andrew mit einem Mal wie ausgewechselt. Sein Lächeln ist weich, seine Haltung locker.

„Endlich sind wir allein", sagt er mit einem schelmischen Grinsen. „Worauf hast du Lust?" Er sieht mich fragend an. „Einen Sonnenaufgang? Einen Sonnenuntergang? Austern schlürfen auf einer Yacht im Mittelmeer? Oder ein Konzertabend in der Mailänder Scala?"

Es dauert eine ganze Weile, bis ich meine Überraschung überwinde. Doch man sieht mir mein Erstaunen garantiert an, denn Andrew grinst zufrieden.

„Ich dachte, wir dürfen das Gelände nicht verlassen", sage ich vorsichtshalber, um sicherzugehen, dass er das ernst meint.

„Das dürfen wir auch nicht. Aber das muss ja auch nicht jeder wissen. Ich habe mir den Ortswechsler von Connor ausgeborgt und wie man die Sicherheitsschilde rund um die Venturi Academy umgeht, weiß ich zufällig auch. Die Firma meines Vaters hat sie schließlich anbringen lassen. Du musst mir nur versprechen, kein Wort darüber zu verlieren." Er sieht mich ernst an.

„Kein Problem." Mein Grinsen wird breiter. „Ich bin für jeden Spaß zu haben."

„Den Eindruck hatte ich auch." Andrew greift einfach nach meiner Hand und zieht mich mit sich. Wir laufen zum Hauptweg und biegen dann zwischen dem Stuart-Building und dem Cavendish-Building in einen schmalen Pfad ein. Die Academy ist von Wald umgeben. Andrew hat eine Taschenlampe dabei und leuchtet den Weg aus. Eine Weile laufen wir schweigend nebeneinander.

Ich spüre Aufregung in mir aufsteigen und das ist ein herrliches Gefühl. Ich weiß nicht, was kommt, und genau das liebe ich. Alles ist möglich.

Wer hätte gedacht, dass Andrew so ein Doppelleben führt. Nach außen der akkurate, militärverliebte Prinz, aber eigentlich ein Liebhaber dekadenter Vergnügen und verrückter Ideen. Das gefällt mir.

Nachdem der Wald immer tiefer geworden ist, erreichen wir einen hohen Zaun. Dass er mit Magie gesichert ist, spüre ich schon beim Näherkommen. Diese elektrische Spannung ist sofort wieder da. Die Haare an meinen Armen stellen sich auf.

Andrew holt ein Gerät aus seiner Tasche, das aussieht wie die Fernbedienung zu einem Garagentor. Er zeigt damit auf den Zaun und drückt einen der vielen Knöpfe. Sofort verschwindet die Spannung. Das Kribbeln an meinen Armen ist weg.

„Der Abwehrmechanismus ist aus“, erklärt Andrew. „Jetzt schnell über den Zaun. Die Pause darf nicht zu lang sein. Sonst fällt es den Wachleuten am Eingangstor auf. Komm, ich helfe dir.“ Andrew lehnt sich an den Zaun und bietet mir seine verschränkten Hände an, damit ich daraufsteigen kann.

Das Lächeln auf meinem Gesicht wird breiter. Ich zögere nicht lang, sondern steige von seiner Hand auf seine Schulter. Dann schwinge ich mich über den Zaun und springe hinab.

Andrew folgt mir mit schnellen Bewegungen. Das ist nicht das erste Mal, dass er das macht. Einen Moment später ist das magnetische Summen wieder da.

„Geschafft“, sagt Andrew, und ich höre doch eine Spur Erleichterung in seiner Stimme.

„Und jetzt?“ Ich sehe ihn fragend an.

Doch da zieht er schon den Ortswechsler aus der Tasche. „Man kann sich mit diesem Teil innerhalb des Geländes der Academy bewegen, aber über diese Schutzbarriere kommt man auch mit dem Ortswechsler nicht hinweg. Aber von hier aus können wir überall hin. Also, Prinzessin, wonach steht dir der Sinn?“ Andrew sieht mich fragend an. Sein Blick ist intensiv.

Ich zögere nicht lang. Die Antwort liegt mir schon auf der Zunge. „Zeig mir, wo du sonst hingehst. Ich will wissen, was dir Spaß macht."

Andrew sieht mich einen Moment nachdenklich an. Vielleicht überlegt er, ob er mir zumuten kann, was er sonst so tut. Doch dann grinst er. „Also gut, gehen wir ins Dejavue."

„Ins Dejavue?" Ich sehe ihn fragend an, während er an den Rädchen des Ortswechslers dreht. Ich habe keine Ahnung, wovon er redet.

„Das ist ein Club, südlich von Marseille. Nur für Magier und Elfen." Andrew nickt zufrieden, als der Ortwechsler zu summen anfängt. „Komm!" Er schlingt den Arm fest um meine Mitte. „Festhalten."

Ich weiß schon, was jetzt kommt, und halte mich mit aller Kraft an Andrews Schultern fest. Dann beginnt mein Körper sich zu verdrehen. Übelkeit steigt in mir auf. Doch dieses Mal lasse ich die Augen geschlossen. Als das Drehen nachlässt, hole ich tief Luft und öffne langsam wieder die Augen. Das flaue Gefühl in meinem Magen ist nicht ganz so schlimm wie beim letzten Mal. Ob man sich irgendwann an das Reisen mit dem Ortswechsler gewöhnt? Schön ist es auf jeden Fall nicht.

Doch als warme Luft meine Wange streicht, vergesse ich sofort wieder den unangenehmen Teil der Reise. Wir stehen in einer schmalen, abgelegenen Straße neben einem unscheinbaren, alten Hof. Der Sternenhimmel über uns scheint mir vertraut zu sein. Der Wind raschelt in den niedrigen Bäumen und Büschen.

Doch erst als ich einen französischen Namen auf einem Klingelschild entdecke, bin ich mir absolut sicher, dass ich wirklich in der Nähe von Marseille bin.

„Sind wir hier richtig?" Ich sehe Andrew fragend an.

Es ist so still. Von einem Club ist nichts zu bemerken.

„Keine Sorge, wir sind absolut richtig hier", sagt Andrew, nimmt wie selbstverständlich meine Hand und zieht mich zu dem Gehöft. Wir betreten einen weitläufigen Hof, der von ein paar altersschwachen Laternen mehr schlecht als recht ausgeleuchtet wird. Doch als ich die vielen parkenden Autos sehe, glaube ich Andrew schon deutlich mehr.

Wir überqueren den Hof und bleiben vor einem Nebengelass stehen. Es ist ein niedriges, flaches Gebäude und so unscheinbar, dass ich es normalerweise nicht mal eines Blickes gewürdigt hätte.

Als aus dem Schatten ein breitschultriger, großer Mann tritt, begreife ich, dass das alles nur Teil einer geschickten Tarnung ist.

„Name?", fragt der Riese, ohne uns zu begrüßen.

„Andrew Stuart und Neah Venturi", sagt Andrew.

„Venturi?" Der Große sieht mich mit einem Stirnrunzeln an. Er beugt sich vor und im schwachen Schein der Laterne erkenne ich seine Glatze und das wahre Ausmaß seiner Körperfülle. Das vor mir sind 150 Kilo reine Muskelmasse.

Ich kann nicht verhindern, dass ich schlucke. Doch als sein Blick mein Gesicht streift, nimmt er plötzlich Haltung an. Wahrscheinlich liest er die *Secrets of the Royal Witches* und hat mein Gesicht noch vom letzten Titelblatt in Erinnerung.

„Willkommen", sagt der Große da auch schon und öffnet die Tür.

Die Ruhe ist schlagartig vorbei.

Bässe schallen mir entgegen und ich höre das Rufen von unzähligen Menschen, die im Takt der Musik ausgelassen feiern. Das ist ja wie in London. Eigentlich habe ich angenommen, dass ich in der nächsten Zeit nicht in den Genuss solcher Partys kommen würde. Aber so kann man sich irren.

Wir geben in der Garderobe unsere warmen Jacken ab und ich bin froh, dass ich ein kurzärmliges Kleid trage. Es ist warm, als wir uns unter die Menge mischen. Der Club ist so hoch und groß, dass er niemals in dieses unscheinbare Gebäude passen kann. Ein magischer Architekt muss hier seine Hände mit im Spiel gehabt haben.

Ich bewundere das viele Licht, die riesige Tanzfläche, die gemütlichen Sitzecken. Alles ist voll und es kommt mir vor, als ob wir aus allen Ecken angestarrt werden.

Andrew hat inzwischen seinen Arm um meine Taille gelegt. Vielleicht kommt es mir nur so vor, aber es scheint ihm zu gefallen, mit mir gesehen zu werden. Einen Moment bin ich skeptisch. Denkt er wirklich, dass unser Auftauchen in diesem Club geheim bleibt? Doch dann ist der Gedanke schon wieder weg, denn Andrew zieht mich auf die Tanzfläche.

Der Rhythmus ist schnell und ich denke nicht mehr nach. Ich lasse mich einfach treiben. Überall sehe ich verschwitzte Haut, sanfte Berührungen und Küsse.

Eine elektrisierende Stimmung schwebt über dem Club.

Andrew grinst mich an, während wir uns eng aneinanderpressen. Sein Gesicht schwebt direkt vor meinem. Er trägt ein kurzes Shirt, den dicken Pullover hat er in der Garderobe gelassen. Ich sehe, wie muskulös seine Oberarme sind, und kann nicht widerstehen, meine Finger über seine Haut gleiten zu lassen.

Nach einer Weile holt Andrew Cocktails und wir stoßen an. Mit einem Mal kann ich mir vorstellen, mit ihm ein Doppelleben zu führen. Bieder und korrekt auf den offiziellen Veranstaltungen und verrückt und ausgelassen auf den Partys hinter den Kulissen. Vielleicht muss ich gar nicht davonrennen. Mit jemandem, der mich versteht, könnte auch die Pflicht ein Spaß werden. Das ist das erste Mal, dass mir dieser Gedanke kommt.

„Und?“ Andrew sieht mich fragend an, während wir unsere Gläser leeren. „Wie gefällt es dir?“

„Es ist perfekt“, rufe ich ihm entgegen. Die Musik ist so laut, dass wir uns kaum unterhalten können. Also tanzen wir wieder, kommen uns näher, berühren uns, als würden wir uns schon lange kennen und nicht erst nur seit ein paar Tagen.

Es ist viel einfacher als reden. Andrews Lächeln macht mich froh.

Die Zeit verfliegt und ich habe das Gefühl, dass dieser Abend etwas ändern könnte. Wenn ich Andrew wähle, dann könnten wir ein ganz neues Leben führen.

Er fährt sich durch die Haare und sieht mich dann wieder an, während wir uns weiter im Takt der Musik bewegen. Von mir aus kann diese Nacht ewig dauern.

Doch wir wissen beide, dass er Marno versprochen hat, mich wieder pünktlich abzuliefern. Als ob wir gleichzeitig auf diesen Gedanken gekommen sind, bewegen wir uns an den Rand der Tanzfläche. Andrew ist wirklich sportlich, er hat ein gutes Rhythmusgefühl. Die Blicke der anderen folgen uns.

Ich lasse mich auf einen der freien Sessel fallen.

„Noch einen letzten Drink?“ Andrew sieht mich mit einem strahlenden Lächeln an.

Ich spüre zwar, dass mir der Alkohol schon ein wenig die Sinne vernebelt, aber ich nicke dennoch. Bald ist der schöne Abend vorbei. Ich will ihn bis zur letzten Sekunde auskosten.

Während Andrew zur Bar geht, sehe ich mich um. Einige Leute starren mich immer noch ganz unverhohlen an. Erst als ich ihren Blick erwidere, sehen sie weg. Keiner von ihnen kommt mir bekannt vor. Obwohl! Moment mal! Den Typ da hinten, der an der Wand lehnt und scheinbar versonnen den Blick über die Tanzfläche schweifen lässt, habe ich schon einmal gesehen.

Diese warmen, braunen Haare und die dunkelblauen Augen kommen mir sofort bekannt vor. Er trägt ein eng anliegendes, schwarzes Shirt, das seinen Oberkörper betont. Er sieht wirklich gut aus. Die Erkenntnis kommt mit einiger Verspätung.

Das kann doch nicht sein. Ich halte die Luft an. Das ist Lucian Morell!

Aber wie kommt er hierher?

Was macht er hier?

Als mich sein Blick streift und er mich über den Saal hinweg erkennt, sehe ich die Überraschung in seinen Augen. Er hat hier nicht mit mir gerechnet. Also ist er aus einem Grund hier. Marnos warnende Worte klingen mir in den Ohren. Er führt bestimmt nichts Gutes im Schilde. Außerdem könnte er uns verraten. Das ist das viel größere Problem.

Ich sehe mich suchend nach Andrew um. Er kommt gerade von der Bar zurück, in jeder Hand ein volles Glas. Als er mich sieht, lächelt er. Es ist ein leichtes Lächeln, voller Vorfreude und ohne Sorgen.

Ich versuche, in Richtung von Lucian zu deuten. Doch Andrew scheint nicht zu begreifen, was ich von ihm will.

Bevor ich jedoch Anstalten machen kann, ihm entgegenzulaufen und zu erklären, dass Lucian hier ist, ertönt ein lauter Knall.

Ich bin irritiert und springe aus dem Sessel auf. Dann sehe ich mich hektisch um.

Einige Leute kreischen, andere johlen begeistert,

wieder andere haben gar nichts mitbekommen und tanzen einfach weiter, als seien sie in einem Rausch.

Doch ich sehe genau, dass aus der Richtung des Eingangs plötzlich Leute hereinstürmen. Sie sind schwarz gekleidet und tragen Masken über ihren Gesichtern. Auf ihren Rücken erkenne ich gekreuzte Schwerter.

Ach du Scheiße, die sehen aus, als wären sie auf einem Kreuzzug.

Ich bin nicht die Einzige, die sie gesehen hat. Jetzt sind auch die Letzten aus ihrer Trance aufgewacht und Unruhe breitet sich aus. Das hier ist nicht normal. Dann ist plötzlich die Musik aus und das Kreischen setzt ein.

Ganz automatisch blicke ich zu Lucian hinüber. Hat er etwas mit denen zu tun? Der Gedanke ist sofort da. Doch Lucian steht nicht mehr dort. Er ist verschwunden.

Ich wende mich ab. Die Leute rennen quer durcheinander. Mein Blick sucht nach Andrew. Er muss uns hier rausbringen. Ich sehe zu der Stelle, wo er gerade noch gestanden hat. Da ist er auch. Er hat sich nicht fortbewegt und wirkt völlig erstarrt.

Mit weit aufgerissenen Augen starrt er die Männer an, die im Laufschritt näher kommen. Ich will ihm zurufen, dass er zu mir kommen soll. Doch bevor ich den Mund aufmachen kann, wirft mir Andrew schon einen schnellen Blick zu. Er scheint abzuschätzen, ob er es rechtzeitig zu mir schaffen kann.

Dann trifft er eine Entscheidung. Er zieht den Ortswechsler aus seiner Tasche, dreht ein paar Rädchen und einen Moment später ist er verschwunden.

Ich starre ungläubig die Stelle an, an der er eben noch gestanden hat. Das hat er nicht wirklich getan? Ist er geflüchtet und hat mich im Stich gelassen? Ich kann es kaum glauben. Doch Fakt ist, ich bin allein und die

Männer mit den Masken haben die Tanzfläche erreicht.

Als sie sehen, dass Andrew nicht mehr da ist, schreien sie empört auf.

Also waren sie wegen ihm hier. Was hat er angerichtet?

Egal was es war, ich muss erst einmal hier raus und weg von diesen Irren. Ich mache ein paar hastige Schritte von ihnen weg, stoße mit irgendwelchen Leuten zusammen, während ich nach einem Ausgang suche. Warum muss es hier drinnen nur so dunkel sein?

Und wie komme ich zurück an die Venturi Academy, und zwar möglichst bevor jemand merkt, dass ich mich davongeschlichen habe? Verdammt, ich will mir gar nicht vorstellen, wie sauer mein Vater sein wird, wenn er das mitbekommt. Vorausgesetzt, ich komme hier überhaupt lebend raus.

Ich haste weiter durch das Gedränge und folge den Menschen, während ich versuche, einen klaren Kopf zu bewahren.

Bestimmt wartet Andrew irgendwo da draußen auf mich. Genauso wird es sein.

Hinter mir grölt es lauter. Die Typen mit den Masken müssen ganz in meiner Nähe sein. Ich wende mich kurz um, und tatsächlich, sie sind nur wenige Meter hinter mir. Verdammt. Ich renne weiter, was in dem Gedränge gar nicht so einfach ist.

Die Männer hinter mir stoßen grölende Laute aus. Es klingt siegessicher.

„Da ist sie“, ruft einer der Typen. „Das ist die Prinzessin. Eine echte Venturi. Was für ein Fang. Scheiß Monarchie. Wir werden euch alle auslöschen.“

Ich höre das metallene Schleifen, als er sein Schwert aus der Scheide zieht.

Ich wende mich kurz um. Sie sind mir ganz nah und

jetzt ziehen die anderen auch ihre Waffen. Schwerter? Sie wollen mich wirklich mit einem Schwert umbringen? Mit einem Mal spüre ich meine Beine nicht mehr, so viel Panik schießt durch mich hindurch. Sie lähmt mich regelrecht.

Ich kann nicht wegsehen, sondern starre die Waffe entsetzt an. Was habe ich getan, dass sie mich so hassen? Mir fällt einfach nichts ein. Meine Beine zittern. Ich werde langsamer.

So etwas ist mir in meinem Leben noch nie passiert. Was soll ich jetzt tun? Ich fühle mich hilflos. Ich kann weder mit einer Waffe umgeben, noch weiß ich, wie ich hier rauskomme.

Während ich noch in der Leere meines Kopfes nach einem Ausweg suche, packt mich plötzlich jemand am Arm und zieht mich mit sich.

Ich wehre mich nicht, sondern laufe mit in die Richtung, in die ich gezerrt werde. Das ist bestimmt Andrew. Er hat den Standort gewechselt, um mich hier rauszuholen. Na bitte, ich habe mich in ihm getäuscht. Er ist gar kein Feigling. Stolpernd drehe ich mich um und erkenne, wer mich gepackt hat.

Ich hebe kurz den Blick. Doch neben mir läuft nicht Andrew.

Es ist Lucian, der mich gepackt hat und mich jetzt in einen dunklen Gang zieht.

Die Typen mit den Masken folgen uns und sie kommen schnell näher. Lucian bleibt ganz plötzlich stehen und schiebt mich hinter sich.

Dann dreht er sich um. Ich kann nicht anders, als ihn anzustarren.

Da hebt er auch schon die Arme. Funken sprühen aus seinen Händen und erhellen den Raum.

Die Männer mit den Masken sind irritiert und stolpern zurück. Es riecht verbrannt. Lucian nutzt den Moment, dreht sich um und rennt weiter. Im Vorbeigehen packt er mich und zieht mich mit sich.

Da ich zu den Männern mit den Masken noch weniger Vertrauen habe, lasse ich es geschehen. Dann reißt Lucian plötzlich eine Tür auf der rechten Seite auf und schiebt mich hinein. Er folgt mir und wirft die Tür hinter uns zu. Dann verriegelt er sie von innen. Ich will weiterrennen, aber das kann ich nicht. Wir sind in einem winzigen Vorratslager eingesperrt. Überall stehen volle Flaschen. Kartons stapeln sich direkt neben uns. Man kann kaum einen Schritt vorwärts machen.

Ich will gerade sagen, dass es eine wirklich dämliche Idee war, hier hineinzugehen, als Lucian zu meiner Überraschung einen Ortswechsler aus der Tasche zieht. Er wirkt alt und abgewetzt und glänzt auch nicht golden. Doch als Lucian beginnt, an den Rädchen zu drehen, scheint er genau zu wissen, was er tut.

Dann beginnen die feinen Zahnrädchen zu surren und zu pfeifen.

Fäuste hämmern gegen die Tür. Ich höre Tritte.

Das Holz splittert krachend und ich sehe einen schwarzen Stiefel.

„Festhalten“, sagt Lucian und schlingt seinen Arm um meine Mitte.

Ich lasse mich nicht zweimal bitten. Eine Faust fliegt gerade durch die Tür und verfehlt nur knapp meinen Kopf.

Ich klammere mich mit aller Kraft an Lucian.

Er riecht nach frischem Schweiß, nach Leder und versengten Haaren. Dann dreht sich mein Magen und mein Körper scheint sich zu verbiegen. Aber dieses Mal bin ich froh darüber. Einen Moment später sind wir verschwunden.

KAPITEL 9

Als das Drehen verebbt, rast mein Herz und ich kann kaum noch atmen. Es ging alles so schnell. Ich reiße die Augen auf und versuche mich zu orientieren. Es ist kalt und dunkel. Der Geruch von nassem Laub und frischer Erde steigt in meine Nase. Wir sind nicht mehr im Süden.

„Wo sind wir?", frage ich zitternd.

„In der Nähe der Academy." Lucian lässt mich los. Dann macht er ein paar Schritte von mir weg.

Meine Augen gewöhnen sich langsam an die dunkle Umgebung. Ich sehe, wie Lucian sich an einen Baumstamm lehnt und mich mustert.

„Was wolltest du im Dejavue?", fragt er vorwurfsvoll. „Das ist kein Ort für dich."

Ich bin noch so entsetzt über die Ereignisse, dass ich einfach antworte, ohne mich über seinen Tonfall zu beschweren. „Andrew wollte ausgehen. Ich habe ihn gebeten, dorthin zu gehen, wo er sonst auch hingeht, wenn er Spaß haben will."

„Andrew ist ein Dummkopf und ein Feigling", sagt Lucian verächtlich. „Er denkt immer nur an sich. Eine Prinzessin hat dort nichts zu suchen."

„Das habe ich gemerkt." Ich spüre, wie Wut in mir aufsteigt. Sofort sehe ich die Männer mit den Masken wieder vor mir. „Danke, dass du mich da rausgebracht hast", sage ich heiser.

„Mmh", erwidert Lucian. „Einer musste es ja machen, sonst wärst du jetzt tot."

Ich schlucke. Erst jetzt wird mir bewusst, wie ernst die Lage war. „Sind das diese Leute, die die Monarchie abschaffen wollen? Die Gambinos?"

„Genau die waren das. Fanatische Irre, die ihre Ideen mit Gewalt umsetzen wollen. Irgendjemand muss ihnen Bescheid gesagt haben, dass du im Dejavue bist. Beinahe hätte es geklappt und es wäre nicht das erste Mal, dass sie jemanden aus deiner Familie töten." Lucian stößt sich von dem Baum ab. „Komm, ich bringe dich zurück. Es ist schon kurz nach 22 Uhr. Du sollst bestimmt längst zu Hause sein."

„Was sagst du da?" Ich kann mich plötzlich nicht bewegen.

„Du bist spät dran."

„Nein, das mit meiner Familie. Wie meinst du das?"

Lucian stößt ein gequältes Seufzen aus. „Ich vergesse immer wieder, dass du absolut ahnungslos bist." Er schüttelt den Kopf. „Besser, wir lassen es dabei, Prinzessin, sonst schläfst du schlecht, wenn ich dich mit echten Problemen konfrontiere."

„Rede nicht so mit mir", fauche ich. „Was meinst du damit, dass jemand aus meiner Familie getötet wurde? Wer?"

„Na, wer wohl?" Lucians Stimme ist spöttisch. „Dein Bruder Nox natürlich. Wer denn sonst?"

„Nox?" Ich starre Lucian ungläubig an. „Das kann nicht sein."

„Das kann nicht sein", äfft er mich nach. „Du bist wirklich in einem goldenen Käfig aufgewachsen. Oder du hast mit Absicht die Augen vor allem verschlossen, was du nicht sehen wolltest." Er schüttelt den Kopf und macht Anstalten zu gehen.

„Warte", sage ich ernst.

„Warum?“

„Erzähl mir, was du weißt oder was du glaubst zu wissen.“

„Genau aus diesem Grund bringt das nichts.“

„Aus welchem Grund?“ Ich sehe ihn ungläubig an.

„Weil du mir nicht glaubst.“

„Warum sollte ich das?“

„Wer hat dein Leben gerettet und wer ist davongerannt, weil ihm sein eigenes Wohlergehen wichtiger ist?“ Lucians Worte sind scharf.

Sie tun mir weh und das ist gut so. Denn er hat recht.

„Wem kannst du glauben und wer lügt dich nur an?“ Er wird lauter und macht einen Schritt auf mich zu.

Ich spüre Angst in mir aufsteigen, aber ich mache keinen Schritt zurück, sondern erwidere seinen Blick, der so hart und direkt ist, dass ich schlucken muss.

„Sag es mir“, flüstere ich.

„Vielleicht ein anderes Mal.“ Lucian wendet sich von mir ab. „Für heute reicht es mir. Komm, Marno wird auf dich warten. Ich habe gehört, dass man ihn nicht verärgern sollte.“

Ich folge Lucian. Was bleibt mir auch anderes übrig?

Er geht quer durchs Unterholz und es dauert nicht lang, dann stehen wir wieder vor dem Zaun.

Ich erwarte regelrecht, dass er genauso wie Andrew ein Gerät hat, mit dem er den Zaun abschalten kann. Doch als er hinter einen Baum tritt und ich das Knarren von Holz vernehme, begreife ich, dass er einen anderen Weg gefunden hat, um das Gelände zu verlassen.

Ich folge ihm, und tatsächlich. Im Halbdunkel dieser sternenklaren Nacht sehe ich, dass er eine Luke geöffnet hat, die zwischen ein paar Büschen verborgen ist.

Er steigt hinein und nickt mir zu, ihm zu folgen. „Es ist ein niedriger Gang“, sagt er. „Du musst auf allen vieren kriechen.“

Ich zögere kurz.

„Oder du gehst am Eingangstor klingeln und erklärst Mortimer, wo du herkommst.“

„Schon gut.“ Er muss den Vorschlag nicht wiederholen. Auf Mortimer habe ich keine Lust. Also steige ich in den Tunnel und krieche in die Dunkelheit hinein.

Ich muss nicht nur auf allen vieren kriechen, zwischendurch muss ich auch auf dem Bauch robben, so niedrig wird der Gang. Die Erde ist kalt und feucht. Es riecht nach vermodertem Laub. Ich höre Lucian hinter mir atmen.

Dann geht es wieder nach oben und ich stoße mit dem Kopf gegen eine Holzklappe. Mit all meiner Kraft drücke ich sie nach oben und dann weht endlich wieder frische Luft um meine Nase. Ich steige aus dem Gang und sehe mich um. Der Ausgang des Tunnels liegt versteckt hinter Bäumen und Büschen.

Lucian folgt mir leise. Ich höre ihn kaum, als er die Luke wieder schließt und Laub daraufwirft.

„Hier entlang“, flüstert er und geht an den Bäumen vorbei. Es dauert nicht lang, dann sehe ich Gebäude vor mir auftauchen. Einen Moment später stehe ich auf dem Hauptweg.

Ich bin tatsachlich wieder hier. Die Ereignisse der letzten Minuten kommen mir absurd vor. Sie sind wie ein Alptraum, aus dem ich gerade noch rechtzeitig aufgewacht bin. Ich beginne am ganzen Körper zu zittern und kann rein gar nichts dagegen tun.

„Komm, du hast keine Jacke an.“ Lucian schiebt mich weiter. Er merkt wohl, dass ich langsam, aber sicher am Ende meiner Kräfte angelangt bin.

Ich spüre, wie er mir im Gehen seine Jacke über die Schultern legt, und hülle mich dankbar darin ein. Viel bekomme ich nicht davon mit, wie wir über die schmalen Wege und Pfade gehen. Dann stehen wir endlich wieder vor meinem Häuschen.

Lucian stellt mich vor der Tür ab und klopft dann dagegen.

„Danke“, flüstere ich noch. Doch da ist er schon wieder verschwunden. Nach seiner letzten Begegnung mit Marno hat er wohl keine Lust, ihn noch einmal zu treffen.

„Ziemlich spät, mein Junge.“ Marno hat eine gespielt ernste Miene aufgesetzt. Vermutlich wollte er Andrew ein wenig erschrecken. Doch als er mich sieht, wie ich schmutzig, ohne meine Jacke und mit Panik im Blick vor der Tür stehe, wird er sofort ernst. „Neah.“ Seine Stimme schwankt zwischen Sorge und der grollenden Drohung, denjenigen umzubringen, der für meinen Zustand verantwortlich ist. Er zieht mich ins Haus und setzt mich an den Tisch. Dann blickt er mich mit seinen bernsteinfarbenen Augen durchdringend an. „Was ist passiert und wer war das?“

„Andrew ist mit mir ins Dejavue gegangen“, beginne ich stockend zu erzählen. Ich versuche gar nicht erst, irgendetwas zu verheimlichen. Dafür kenne ich Marno zu lang und weiß, dass er keine Ruhe geben wird, bis er das kleinste Detail erfahren hat.

„Was?“ Marno reißt die Augen weit auf. „Ihr habt das Gelände verlassen? Ohne Schutz?“ Es kostet ihn einige Mühe, ruhig zu bleiben. Er nickt mir zu, damit ich weitererzähle.

„Andrew kann die Sicherheitsvorkehrungen am Zaun ausschalten.“

„Natürlich kann er das. Und dann? Hat er etwa auch noch einen Ortswechsler?“

Ich nicke. „Von Connor ausgeliehen.“

„Dieser …“ Marno lässt unvollendet, für was er Andrew hält. Doch an seinem Gesichtsausdruck sehe ich, dass es nichts Gutes ist.

„Es war ein schöner Abend. Wir haben Spaß gehabt. Aber dann sind diese Leute hereingekommen.“ Ich stocke. „Sie hatten Masken auf.“

„Was für Masken?“

„Ich weiß nicht, es ging alles so schnell.“

„Dann denk nach und erinnere dich.“

„Okay.“ Ich schließe kurz die Augen und jetzt sehe ich es wieder vor mir. Die Tanzfläche, die riesigen Kerle. „Es waren schwarze Masken über den Augen und an der Seite war ein blauer Schmetterling. Außerdem hatten sie gekreuzte Schwerter auf dem Rücken. Sie haben gesagt, dass sie die Monarchie hassen.“

„Das sind Gambinos.“ Marno schüttelt missbilligend den Kopf.

„Ich weiß, aber was sind das für Leute?“

„Das ist ein Familienclan von Magiern, der beschlossen hat, die Monarchie auszurotten. Sie denken, dass es ihre heilige Pflicht ist, die Königsfamilie auszulöschen und die Magier von der Unterdrückung zu befreien.“

„Warum weiß ich so wenig über sie?“ Ich bin ganz ruhig, als ich Marno ansehe. Lucian hat recht. Ich habe wirklich von nichts eine Ahnung.

„Du warst acht, als du beschlossen hast, dich von der Magie und den Magiern abzuwenden. Als du auf das Internat in London gegangen bist, warst du elf. Damals war es noch zu zeitig, dir mehr davon zu erzählen, und nachdem du entschlossen warst, der Gesellschaft der Magier komplett den Rücken zu kehren, gab es keinen Grund mehr für mich, dich mit diesen Sachen zu belasten. Die Gambinos hatten ohnehin kein großes Interesse an dir. Aber das hat sich ja nun geändert.“

Ich nicke langsam. Ich kann Marno nicht übelnehmen, dass er mir nichts davon erzählt hat. Ich brauche mir nichts vorzumachen. Wir wissen beide, dass ich davon nichts hätte hören wollen.

„Und dann?“ Marno sieht mich durchdringend an.

„Andrew ist einfach abgehauen“, sage ich heiser.

„Was?“ Jetzt wird Marno laut. Das Entsetzen ist ihm anzusehen.

Ich nicke. „Er hat mich dort einfach stehen lassen und ist mit dem Ortswechsler verschwunden.“

„Aber wie …?“ Marnos Augen sind so weit aufgerissen, dass sie riesig wirken.

„Wie ich es rausgeschafft habe?“ Der Geruch von Lucians Jacke steigt mir in die Nase; Leder, frischer Schweiß und Rauch. Es riecht gut. Ich mag diese Mischung. „Lucian Morell hat mich da rausgeholt.“

Marno wird noch blasser, als er ohnehin schon ist. „Das ist ein Witz?“ Er sieht mich an, als ob ich einen ganz üblen Scherz gemacht habe.

Ich schüttle den Kopf. „Er war auch dort. Er hat die Gambinos mit einem Funkenregen auf Abstand gehalten und dann sind wir mit seinem uralten Ortswechsler verschwunden.“

„Und der Zaun?“

„Tunnel.“

Marno schließt die Augen und holt sehr laut und sehr langsam Luft. Dann steht er auf, als ob er es nicht mehr aushält, auch nur eine Sekunde ruhig vor mir sitzen zu bleiben.

Ich sehe ihm dabei zu, wie er eine Weile zwischen der offenen Küche, dem Sofa und dem Esstisch hin- und herläuft. „Lucian hat gesagt, dass die Gambinos für den Tod von Nox verantwortlich sind. Wusstest du das?“

Marno bleibt stehen und sieht mich eine Weile schweigend an. Lang genug, damit ich zu dem Schluss kommen kann, dass er schon einmal davon gehört haben muss.

„Es gab ein Gerücht“, sagt er schließlich. „Aber es konnte nie eindeutig bewiesen werden. Nox war ehrgeizig und du kennst die Gefahren durch die Magie. Mortimer hat immer beteuert, dass an diesem Tag außer seinen beiden engsten Freunden niemand da war, der ihn hätte manipulieren können.“

„Seine beiden besten Freunde?“

Marno nickt. „Jules und Franco.“

„Das sind meine Cousins“, sage ich gedehnt. „Das sind die älteren Brüder von Frey.“

„So ist es.“ Marno kommt zum Tisch zurück. „Du kennst die beiden. Sie sind ehrliche und freundliche Zeitgenossen. Warum sollten sie lügen? Vor allem, wenn es um Nox geht. Du weißt es vielleicht nicht mehr, aber die drei waren immer zusammen. Sie waren wie Brüder.“

Ich nicke langsam. Natürlich erinnere ich mich an meine Cousins, wenn auch nur vage. Sie waren nett, aber mehr kann ich dazu nicht sagen.

„Warum hat Lucian dir geholfen?“

„Weil ich sonst tot wäre.“ Ich sehe Marno wieder in die Augen. „Wenn er mir nicht geholfen hätte, dann hätten die mich erwischt.“

„Wollte er eine Gegenleistung?“

Ich schüttle den Kopf. „Dafür ist er viel zu anständig.“

„Anständig.“ Marno schließt die Augen. „Verdammt.“

„Tut mir leid.“ Mir ist klar, dass es Marno nicht gefällt, dass ein Morell etwas Gutes und ganz Uneigennütziges getan hat. Doch so ist es nun einmal passiert und ich kann nichts davon rückgängig machen. „Ich wusste nicht, dass es inzwischen derart gefährlich ist, vor die Tür zu gehen."

„Wie auch?" Marno öffnet wieder die Augen und wirkt auf einmal sehr entschlossen. „Wenn wir weiterhin in der Welt der Magier unterwegs sind, wird es Zeit, dass du dich mit ein paar Dingen beschäftigst. Aber das Wichtigste ist Folgendes …", Marno hebt mahnend den Zeigefinger, „… du kannst dich auf dem Gelände der Academy frei bewegen, aber sobald du auch nur einen Schritt hinter diesen Zaun machst, dann werde ich dich begleiten. Du bist dort draußen nicht mehr sicher. Verstanden?"

Ich nicke. „Mehr als nur verstanden." Nach diesem Abend habe ich begriffen, wie ernst die Gefahr ist, in der ich nun schwebe. Außerdem habe ich keinerlei Bedürfnis, so etwas zu wiederholen.

Marno lächelt mir zu. „Du hast Glück gehabt." Er wendet sich der Tür zu.

„Was hast du vor?" Ich sehe ihn stirnrunzelnd an.

„Du gehst jetzt schlafen und ich werde mir Andrew vorknöpfen. Dieser feige Adelsspross wird sich wünschen, dass er niemals auf die dämliche Idee gekommen wäre, überhaupt nur an das Dejavue zu denken."

„Davon wirst du dich wohl nicht abhalten lassen, oder?"

Marno schüttelt den Kopf. „Und ich werde mich bei Lucian dafür bedanken, dass er dein Leben gerettet hat." Marno gibt ein missmutiges Knurren von sich.

„Das ist sehr anständig von dir. Ich weiß, wie schwer dir das fällt."

Marno sagt nichts mehr, sondern nickt mir einfach nur zu und geht dann aus dem Haus.

Ich atme noch einmal durch, dann gehe ich nach oben unter die Dusche. Ich will nicht nur den Dreck abwaschen, ich will auch die Angst wieder loswerden, dass es da draußen Leute gibt, die mich umbringen wollen.

KAPITEL 10

Das trübe Wetter draußen sorgt dafür, dass ich mich am liebsten wieder umdrehen und weiterschlafen will. Die Nacht war unruhig. Ich bin immer wieder aufgewacht. Die Bilder aus dem Dejavue haben mich bis in meine Träume verfolgt. Doch auch wenn der gestrige Abend total verrückt und turbulent war, wird das Mr Mortimer als Entschuldigung nicht gelten lassen. Genau genommen darf er niemals davon erfahren. Also schalte ich den Wecker aus und quäle ich mich aus dem Bett.

Das schwarze Kleid mit dem weißen Kragen hebt meine Laune kein bisschen, aber ich schlüpfe dennoch hinein. Wenigstens ist es bequem.

Als ich nach unten komme, steht das Frühstück schon auf dem Tisch. Nur von Marno ist nichts zu sehen. Ist er noch beim Sport? Oder fahndet er immer noch oder schon wieder nach Andrew oder nach Lucian?

Ich weiß es nicht, aber er hat mir Pfannkuchen gemacht. Das macht den Tag schon mal besser. Ich esse sie hungrig, trinke meinen Kaffee und suche dann meinen Stundenplan heraus. Heute ist Mittwoch und der Tag wird wieder lang. Es gibt zwei Vorlesungen im Haupthaus und dazwischen noch zwei Seminare. Oje, jetzt wird es ernst. Ich spüre, wie mich sofort eine unangenehme Unruhe überkommt.

Dennoch packe ich meine Schreibsachen ein, ziehe meinen Mantel über und mache mich auf den Weg. Im

Flur gehe ich an Lucians Jacke vorbei und einen Moment kreisen meine Gedanken um ihn. Diese dunkelblauen Augen, die so voller Wut sind. Aber dann tut er etwas absolut Uneigennütziges und rettet mich. Hinter all dem Zorn steckt ein anständiger Mann. Warum zählt das nicht mehr als der Name, für den er nichts kann? Ich kann nichts dagegen machen, dass ich immer wieder an ihn denken muss, während ich zum Haupthaus gehe.

„Guten Morgen." Emilia wartet schon vor dem Venturi-Building auf mich.

„Guten Morgen." Ich gehe mit ihr gemeinsam in die Eingangshalle. „Hast du auch eine Vorlesung bei Professor Olsberg?" Es tut gut, über etwas ganz Normales zu reden.

„Ja, habe ich", sagt sie und sieht mich erwartungsvoll an. „Wie war eigentlich dein Abend gestern? Ich habe gehört, du hattest ein Date mit Andrew?"

„Aufregend", erwidere ich und belasse es dabei. Es muss niemand wissen, was geschehen ist. Wenn wir Glück haben, wird sich wegen des Durcheinanders in dem Club keiner mehr daran erinnern, dass wir dort waren. „Ich bin gespannt, wer sich als Nächstes mit mir treffen will."

Emilia seufzt. „Das ist alles so spannend. Ich wünschte, ich wäre in deiner Situation. Sieben Prinzen, und alle interessieren sich für dich."

„Wen würdest du denn wählen?" Ich sehe Emilia fragend an, während wir den Gang entlangschlendern.

„Du weißt, dass ich sie nicht kenne. Deswegen ist das schwierig." Sie legt den Kopf schief und fährt sich durch die kurzen, blonden Haare. „Mit Clive wird es bestimmt nie langweilig. Er soll sehr fröhlich sein."

„Ja, ein richtiger Sonnyboy. Er hat immer gute Laune." Ich nicke bestätigend.

„Dafür ist sein Bruder Thomas wohl sehr gebildet und der kluge Kopf der beiden. Er soll wunderschöne Gedichte schreiben."

„Ja, Gedichte kann er."

„Mit ihm kann man sich bestimmt ewig über Bücher und solche Sachen unterhalten", fährt Emilia fort. „Aber Connor ist auch nicht übel. Man sagt ihm nach, er sei sehr hilfsbereit und charmant."

„Ich würde eher sagen pflichtbewusst."

„Ja, kann sein. William ist sehr schüchtern."

„Ja, das ist wahr. Er war total nervös, als wir uns das erste Mal getroffen haben."

„Dafür soll er sehr intelligent sein."

„Was hältst du von Ferdinand?" Ich sehe Emilia fragend an.

„Er wird als charismatisch und stolz beschrieben. Eine echte Führungspersönlichkeit." Emilias Worte klingen ehrfürchtig.

„Ja, das passt." Ich nicke bedächtig. Genau diesen Eindruck hatte ich auch, als ich Ferdinand getroffen habe.

„Jeder hat seine Vorteile. Mmh, gar nicht so einfach, sich da zu entscheiden."

„Finde ich auch." Wir biegen in den Vorlesungssaal ab. Zu meiner Überraschung sehe ich Andrew am Eingang stehen. Sofort mache ich keinen Schritt weiter.

„Oh, da wartet ja schon jemand auf dich. Das Date gestern Abend muss wohl Eindruck hinterlassen haben." Emilia lächelt mir zu und huscht dann an Andrew vorbei.

Oh ja, der Abend hat Eindruck hinterlassen, aber bestimmt nicht so, wie Andrew sich das vorgestellt hat. Er trägt wieder seine Uniform und wirkt angespannt. Kerzengerade steht er da. Er sieht mich an und weicht dann meinem Blick aus. So ein Versager. Wie konnte ich nur eine Sekunde denken, dass das mit uns beiden etwas werden könnte? Am meisten ärgert mich meine eigene Arglosigkeit. Sie hätte mich beinahe das Leben gekostet.

„Was willst du hier?“, frage ich und registriere seine zerknirschte Miene.

„Ich möchte mich entschuldigen“, erwidert er und sieht zu Boden.

Er hat noch immer nicht die Courage, mir in die Augen zu sehen.

„Wärst du auch gekommen, wenn Marno dir gestern Abend keinen Besuch abgestattet hätte?“ Ich blicke ihn an, doch er schafft es immer noch nicht, nach oben zu sehen. Er antwortet nicht, sondern fängt an, nervös die Hände ineinanderzureiben. „Das dachte ich mir schon“, sage ich. „Du bist so eine Niete. Wage es ja nicht, auch nur ein Wort mit mir zu wechseln.“ Mehr gibt es zu der Sache nicht zu sagen. Ich trete an Andrew vorbei und gehe in den Vorlesungssaal. Dann lasse ich mich neben Emilia sinken.

„Andrew wirkt aber nicht sehr glücklich“, sagt sie besorgt und sieht noch einmal zu ihm zurück.

„Er ist leider nicht mein Typ“, erwidere ich bedauernd. „Ich stehe mehr auf zuverlässige Männer. So einer ist er definitiv nicht.“

„Aber diese Uniform steht ihm wirklich gut.“

„Na ja. Sie ist etwas aus der Zeit gefallen. Wir haben seit 120 Jahren keinen Krieg mehr. Wir haben nicht mal eine eigene Armee. Das Kämpfen ist verboten. Es gibt keinen Grund mehr, Uniform zu tragen.“ Ich hole meinen Block und ein paar Stifte aus meinem Rucksack und lege alles bereit, denn gerade hat Professor Olsberg den Raum betreten.

„Du klingst, als ob er dich verärgert hat.“ Emilia

mustert mich skeptisch.

„Nicht so wichtig." Ich winke ab. „Es gibt ja noch sechs andere Prinzen."

„Stimmt auch wieder." Emilia lächelt mir zu und dann konzentrieren wir uns auf den Vortrag von Professor Olsberg, der mit seinen Ausführungen zur Geschichte der magischen Architektur an dem Punkt einsteigt, an dem er das letzte Mal geendet hat. Ich mache mir Notizen und schreibe fleißig mit. Die Vorlesung vergeht zügig.

Als ich wenig später aus dem Saal trete, fühle ich mich gut. Das war interessant. Professor Olsberg hat eine Menge über die ersten Anfänge erzählt, darüber, wie Magier versucht haben, kleine Räume zu vergrößern, um zusätzlichen Wohnraum zu schaffen. Von dort bis zu dem riesigen Geschäft, das meine Familie mittlerweile mit magisch verbesserten Immobilien betreibt, war es ein langer Weg.

Meine nächste Veranstaltung findet im Cavendish-Building statt. Es wundert mich wenig, als ich Clive entdecke, der dort schon im Eingangsbereich auf mich wartet. Seine roten Haare und seine große Gestalt sind schon von Weitem zu erkennen.

„Guten Morgen, Prinzessin." Er grinst mich strahlend an. Von der Sache mit Andrew hat er scheinbar noch nichts gehört. Oder doch und er weiß, dass seine Chancen gerade enorm gestiegen sind?

„Guten Morgen, Clive, habe ich wieder eine Vorlesung, bei der ich Unterstützung brauche?" Ich hole den Stundenplan aus meinem Rucksack.

„Na ja, genau genommen hast du sogar dein erstes Seminar."

„Stimmt." Ich runzle die Stirn und studiere den Stundenplan. „Und das auch noch bei Professorin Hanson.“ Ich schlucke, während ich den Stundenplan wieder wegpacke. Das klingt nicht gut.

„Ich dachte, du könntest vielleicht meine Hilfe gebrauchen.“

„Gute Idee.“

Clive reicht mir seinen Arm und ich hake mich ein. Dann betreten wir gemeinsam den Seminarraum im Erdgeschoss. Er wirkt unscheinbar. Ein einfacher Unterrichtsraum mit großen Tischen, die in Dreierreihen hintereinanderstehen.

„Da wir gerade noch einen Moment Zeit haben.“ Clive zieht einen Stuhl in der letzten Reihe hervor und bietet mir den Sitzplatz an. Dann fährt er sich mit der Hand durch die roten Haare, als ob er sich noch einmal vergewissern will, dass er auch gut aussieht. „Ich wollte dich heute Abend einladen.“

„Wozu?“ Ich mustere Clive skeptisch. Nach dem gestrigen Abend frage ich besser nach, was auf mich zukommt.

Er winkt ab. „Nur ein kleines gemütliches Zusammensein mit William, Ferdinand und Thomas.“

„Wo?“

Clive scheint es nicht zu wundern, dass ich alles so genau wissen will. „In unserem Haus“, erwidert er. „Wir wohnen nicht weit weg von dir. Aber ich komme dich natürlich trotzdem abholen. Sieben Uhr? Passt dir das?“

„Na klar.“ Ich bin froh, dass Clive etwas ganz Normales vorhat. Ein lustiger Abend in gemütlicher Runde ist genau die richtige Abwechslung, um mich von dem Durcheinander der letzten Tage abzulenken.

Der Seminarraum füllt sich langsam. Nach und nach kommen die Studenten zusammen. Da ich in den anderen Fakultäten von Mr Mortimer immer in einen anderen Kurs gesteckt werde, erkenne ich keinen von ihnen wieder. Nur Clive grüßt hin und wieder ein paar Studenten und wechselt ein paar kurze Worte mit ihnen.

Immer wieder bekomme ich neugierige Blicke ab. Aber das stört mich kaum. Langsam gewöhne ich mich daran. Solange keine Männer mit Masken und blauen Schmetterlingen darauf auf mich zustürmen, komme ich mit allem klar.

Die Stimmung im Seminarraum ist entspannt. Bis Professorin Hanson auftaucht. Sofort verstummen die Gespräche und jeder holt hektisch seine Stifte und Blöcke aus der Tasche oder setzt sich ordentlich hin.

Als Professorin Hanson mit einem tiefen Atemzug vor dem Pult stehen bleibt und ihren Blick über die Reihen schweifen lässt, sind alle fertig und harren schweigend der Dinge, die nun kommen.

Ich wundere mich darüber, wie angespannt viele Studenten sind. Sie haben doch an ihren Internaten eine Ausbildung bekommen und sollten gelernt haben, ihre Magie anzuwenden. Doch entweder ahnen einige schon, dass Professorin Hanson beinahe unmögliche Dinge von uns verlangen wird, oder sie waren nicht gut.

„Guten Tag, liebe Studenten.“ Professorin Hanson wirkt entspannt. Ich sehe sogar ein kleines Lächeln auf ihren Lippen, das nur Vorfreude sein kann. „Ich bin sehr gespannt auf die heutige Veranstaltung. Sie alle werden nun die Gelegenheit haben, zu beweisen, ob das viele Geld, das Ihre Eltern in Ihre Internatsausbildung investiert haben, verschwendet oder gut angelegt war.“

„Verdammt“, höre ich jemanden vor mir murmeln. Er ahnt wohl schon, dass der Tag nicht gut laufen wird.

„Magie ist eine Kraft, die aus Ihrer Mitte kommt“, fährt Professorin Hanson fort. „Wenn Sie Ihre Aufgabe also nicht schaffen, dann sollten Sie sich einmal überlegen, ob Sie ein paar Blockaden haben. Ich empfehle

Ihnen, diese bei Bedarf schnellstens loszuwerden, denn das Bestehen dieses Kurses ist Voraussetzung dafür, dass Sie Ihr Studium an der Venturi Academy fortsetzen dürfen. Sie sind Magier und ein Mindestmaß an einsatzbereiten Fähigkeiten wird selbst von denjenigen erwartet, die eine Karriere in der Verwaltung anstreben. Sie müssen schließlich wissen, was der Kern unseres Geschäftes ist, und der ist es nun einmal, mit einem quasi lachhaft geringen Materialeinsatz hochwertige Kleidung herzustellen, die maximalen Ertrag verspricht. Also …“ Sie hebt die Hände. Auf einen kleinen Wink ihrer Finger liegt plötzlich vor jedem eine Fadenrolle. „… Ihre erste Aufgabe wird es sein, aus diesem Faden Stoff herzustellen. Es muss nicht viel sein. Ich will einfach nur erkennen können, dass Sie in der Lage sind, Ihre Kräfte zielgerichtet einzusetzen. Wer aus dem selbst hergestellten Stoff ein Kleidungsstück herstellen möchte, kann mich gern mit seinen überdurchschnittlichen Leistungen überraschen. Und Sie, Mr Cavendish …“, Professorin Hanson hebt drohend einen Zeigefinger, „… Sie packen jetzt Ihre Sachen und verschwinden. Wenn ich Sie dabei erwische, dass Sie Ms Venturi die Arbeit abnehmen, dann bekommen Sie Ärger und es ist mir egal, dass Ihr Vater diese Fakultät finanziert. Mr Mortimer legt Wert darauf, dass Ms Venturi ihre Aufgaben selbst erledigt.“

Clive zuckt zusammen. Dann wendet er sich mir zu. „Tut mir echt leid.“

„Schon gut.“ Ich winke ab. „Danke, dass du wenigstens versucht hast, mir zu helfen. Das ist mehr, als manch anderer tun würde.“

„Wir sehen uns heute Abend.“ Clive steht auf.

„Ich freue mich schon drauf.“ Ich versuche fröhlich zu klingen, doch angesichts dessen, was mir nun bevorsteht, gelingt es mir nicht. Meine Stimme zittert.

Clive verlässt den Raum und mit ihm geht meine Hoffnung, halbwegs glimpflich davonzukommen. Ich starre die Rolle mit dem weißen Faden darauf an. Jetzt ist es also so weit. So viele Jahre habe ich diesen Moment von mir weggeschoben, habe ihn verdrängt und gedacht, dass ich mich ihm nie stellen muss.

Ich hatte Angst davor, so viel Angst, dass ich mein ganzes Leben danach ausgerichtet habe. Vielleicht hat Phillip recht und unterbewusst war ich schon lange bereit, es doch zu probieren. Es kann sein, dass ich mir nicht eingestehen wollte, dass meine Neugier eigentlich viel größer war als die Furcht.

„Sie können beginnen", sagt Professorin Olsen. „Sie haben eine Stunde Zeit. Wer eher fertig ist, darf gehen und wer es nicht schafft, bleibt so lange hier, bis er etwas zustande gebracht hat."

Ein Raunen geht durch den Raum. Getuschel setzt ein und ich spüre die Anspannung um mich herum anschwellen. Alle starren ihre Fäden an, murmeln vor sich hin, heben die Hände, lassen sie über die Rolle schweben.

Da vernehme ich schon die ersten Flüche, die mir sagen, dass das keine einfache Aufgabe ist. Was mich allerdings viel mehr irritiert, ist die junge Frau mit den glatten, braunen Haaren und der schwarz umrandeten Brille, die gerade zu Professorin Hanson vorgeht und ihr einen Handschuh aus hellem Stoff reicht.

Als ich sehe, wie sich das Gesicht von Professorin Hanson aufhellt und sie breit lächelt, wird mir ganz mulmig zumute.

„Isabella Beaufort", sagt Professorin Hanson begeistert. „Das ist fantastische Arbeit. Sehr gut gemacht. Sie können gern gehen."

Isabella lächelt und macht sich auf den Weg. Während sie nach draußen geht, folgen ihr viele Blicke und ich sehe eindeutig den puren Neid in vielen Augen flackern.

Ich beschließe, dass es nun an der Zeit ist, mich meiner Aufgabe zu stellen. Eigentlich sollte das nicht schwer sein. Ich muss nur den Faden dazu bewegen, ein Muster zu bilden. Ein paar Fäden längs, ein paar Fäden quer.

Ich hole tief Luft und beobachte die anderen. Da vorne sitzt ein Student mit lockigen, schwarzen Haaren, dessen Kopf sich schon bedrohlich rot färbt.

Nein, ich darf mich nicht ablenken lassen. Ich habe diese Kraft in mir. Meine Schwester hat damit wahre Wunder vollbracht und mein Bruder hat sich damit aller Wahrscheinlichkeit nach umgebracht. Da werde ich wohl ein paar Fäden in eine neue Ordnung legen können.

Ich erinnere mich an das, was ich in meiner Kindheit über die Magie aufgeschnappt habe. Man muss eine bestimmte Atemübung machen, um seine Kräfte besser heraufbeschwören zu können.

Also atme ich drei Sekunden ein, halte fünf Sekunden die Luft an und atme dann acht Sekunden aus. Gar nicht so einfach. Ich mache das ein paarmal, dann ist mir schwindelig. Doch das ist genau der Zustand, den ich brauche.

Ich sehe den Faden an, hebe die Hände darüber und stelle mir vor, wie er sich bewegt. Nichts passiert.

Vielleicht haben mich meine Eltern adoptiert. Ich finde den Gedanken irgendwie erleichternd und erschreckend zugleich. Dann atme ich noch ein paarmal. In den Augenwinkeln sehe ich, wie zwei weitere Studenten den Raum verlassen. Oh ja, ich liebe Druck. Das macht alles so viel einfacher.

Vor mir wird geflucht und eine junge Frau beginnt zu weinen.

Ich würde sie gern trösten, aber mir stehen selber fast die Tränen der Verzweiflung in den Augen. Wie lange wird mich Professorin Hanson hier wohl einsperren? Wenn es nach Mr Mortimer geht, wohl so lange, bis ich einwillige, einen Heiratskandidaten auszusuchen und die Academy sofort zu verlassen.

Der Gedanke, dass ich das Kräftemessen mit Mr Mortimer verlieren könnte, entfesselt etwas in mir. Ich spüre plötzlich ein seltsames Kribbeln in meiner Brust aufsteigen. Meine Arme zittern. Um Himmels willen, das fühlt sich an, als würde ich einen Herzinfarkt bekommen.

Das Kribbeln wird stärker. Nein, das ist nicht gesund. Jetzt beginnen meine Finger zu schmerzen. Es fühlt sich an, als ob sie eingefroren gewesen waren und jetzt auftauen. Was für ein widerliches Gefühl! Das ist nicht normal.

Ist es das, worauf ich warte? Ist das die Magie, die in mir steckt? Oder sterbe ich gerade?

Das ist doch eindeutig ein Kopfschmerz da hinter meiner Stirn. Der Gedanke an Nox und die geplatzte Ader in seinem Kopf schickt eine Welle der Panik durch meinen Körper.

Was auch immer es ist, ich will, dass es endet, und zwar schnell.

Also starre ich den Faden vor mir an. Daraus soll Stoff werden, okay, ich versuche mir vorzustellen, wie das Ganze am Ende aussehen soll. Doch alles, was mir in diesem Moment einfällt, ist diese verdammte Uniform, die Andrew letztens getragen hat. Warum muss ich jetzt daran denken? Das ist doch verrückt. Doch die blassblaue Farbe geht mir einfach nicht aus dem Kopf.

Ich gebe mir Mühe, mir vorzustellen, wie der weiße Faden auf der Rolle sich in einen kleinen Fetzen Stoff verwandelt. Aber dieses Kribbeln in meinem Oberkörper, meine tauben Finger und der pochende Schmerz hinter meiner Stirn lenken mich ab.

Die Spannung in meinem Körper steigt immer mehr an. Es fühlt sich an, als ob ich bald platzen werde. Was für ein widerliches Gefühl.

Da gibt es plötzlich einen heftigen Hieb. Der Faden vor mir explodiert regelrecht. Mein Kopf fühlt sich an, als ob er von meinem Hals gerissen wird. Ich presse die Augen zusammen.

Dann ist alles vorbei. Die Spannung ist mit einem Mal weg und ich atme erleichtert auf. Ich will gerade tief durchatmen, als die ersten Schreie um mich herum laut werden.

Sofort reiße ich die Augen auf. Okay! Was ist los?

Es dauert einen Moment, bis ich wirklich begreife, was hier geschehen ist. Vor mir liegt eine Jacke aus hellblauem Stoff, gemischt mit weißen Stoffflicken. Sie ist nicht schön, genau genommen sieht sie sogar ziemlich hässlich aus. Die Ärmel sind ungleich lang und der Kragen ist viel groß.

War ich das? Aber wo kommt der ganze Stoff her? Ich hatte doch nur eine kleine Rolle mit Faden.

Ich hebe meinen Blick und sehe in die Runde. Sofort wird mir einiges klar. Einigen Studenten fehlen Teile ihrer Kleidung. Dort ein Kragen, dort ein Schal, da drüben ein Stück aus der Hose. Selbst ein Rucksack fehlt zur Hälfte. Die Stifte sind auf den Boden gefallen.

Dann wandert mein Blick vor zu Professorin Hanson. Sie ist bestimmt stocksauer. Zu meiner Überraschung sieht sie mich aber nicht wütend an. Sie wirkt eher besorgt und gleichzeitig interessiert.

Sie sagt etwas. Doch ich verstehe sie schlecht. In meinen Ohren rauscht es so seltsam. Und was ist mit meiner Nase los? Sie fühlt sich so nass an.

Als ich mit den Fingern an meine Nase greife, ist alles feucht. Ich will schon nach einem Taschentuch suchen, als ich bemerke, dass meine Finger voller Blut sind.

Selbst meine Ohren fühlen sich plötzlich so feucht an.

Das Rauschen um mich herum wird lauter. Ich muss nur kurz an meine Ohren greifen, um zu wissen, dass mir das Blut nicht nur aus der Nase, sondern auch aus den Ohren strömt.

Irgendetwas ist gerade schiefgelaufen. Das ist das Letzte, was ich denken kann. Dann wird mir mit einem Schlag schwarz vor den Augen und ich kippe nach vorn auf die Jacke, die ich gerade aus der Kleidung meiner Kommilitonen hergestellt habe.

KAPITEL 11

Als ich die Augen wieder aufschlage, ist es draußen dunkel. Mein Kopf tut weh, aber nicht nur der. Alles tut mir weh, meine Arme, meine Beine. Der Schmerz dehnt sich bis in den kleinen Zeh aus. Ich stöhne gequält.

Da zuckt es neben mir.

„Na endlich", murmelt Marno und schaltet ein kleines Licht ein.

Ich blinzle in die Helligkeit. Ich liege in meinem Bett in meinem Zimmer und ich bin eindeutig noch am Leben. „Was ist passiert?"

„Du hast gezaubert", sagt Marno nicht ohne eine Spur Spott in der Stimme.

„Sehr witzig." Ich versuche erst gar nicht, mich aufzusetzen. Ich ahne schon, dass das nicht ohne schreckliche Schmerzen vonstatten gehen wird.

„Du hast recht, das ist nicht lustig." Marno seufzt und wird ernst. „Ich habe mir Sorgen um dich gemacht."

„Gab es dazu einen Grund?"

„Der Arzt war da." Marno steht auf und öffnet das Fenster, damit frische Luft hereinkommt. „Dadurch, dass du so spät mit der Magie begonnen hast, ist es schwerer für deinen Körper, damit klarzukommen. Aber es geht dir gut. Du wirst keine bleibenden Schäden davontragen. Du brauchst nur ein paar Tage Ruhe. Der Arzt hat angeordnet, dass du den Rest der Woche zu Hause bleiben sollst."

„Okay." Ich fühle mich auch gerade nicht danach, aufzustehen und die Welt einzureißen.

„Clive habe ich wieder weggeschickt. Er war vorhin hier und wollte dich zu einem Date abholen. Ich habe es für dich aufs Wochenende verschoben."

„Ach ja, das Date." Ich will die Hand heben, um abzuwinken, aber als ich die Finger bewege und mich ein widerlicher Schmerz durchzuckt, lasse ich es.

„Er wusste gar nicht, was passiert ist. Ich habe ihn aufgeklärt, dass du erst einmal eine Weile ausfallen wirst."

„Okay, danke." Ich gähne.

„Du schläfst besser weiter", sagt Marno besorgt.

Und das tue ich gern. Ich schließe die Augen und döse wieder ein.

Als ich das nächste Mal aufwache, ist es heller Tag. Die Sonne scheint und ich kann zumindest die Arme wieder halbwegs bewegen. Selbst aus dem Bett komme ich kurz, um ins Bad zu gehen. Doch das läuft nicht gut. Mein Kreislauf macht mir zu schaffen. Ich krieche auf allen vieren zurück in mein Zimmer.

Marno pflegt mich mit Hingabe und kocht mir meine liebsten Speisen, damit ich wieder zu Kräften komme. Außerdem schickt er alle Leute weg, die mir Besuche abstatten wollen. Ich bin ihm dankbar dafür. Ich will nicht, dass mich jemand so sieht.

Es dauert ein paar Tage, bis ich die Treppe wieder hinab- und hinaufkomme. Aber am Wochenende ist es schließlich so weit. Ich sitze zum Frühstück unten am Tisch und fühle mich wieder halbwegs wie ich selbst.

„Na bitte", sagt Marno zufrieden und reicht mir einen Teller mit Rührei und Speck. „Ein bisschen Ruhe und etwas Pflege und schon geht es dir wieder gut."

„Mmh." Ich nehme mir eine Gabel und mache mich

über das Frühstück her. „Habe ich eigentlich etwas verpasst?" Ich bin bereit, mir anzuhören, was in den letzten Tagen an der Academy los war.

„Nicht viel", sagt Marno und setzt sich zu mir. „Der gute Phillip war fünfmal hier, um sich nach deinem Wohlergehen zu erkundigen. Außerdem hat er dir Blumen und Pralinen schicken lassen." Marno nickt zur Wohnzimmerecke hinüber, wo neben dem Sofa mehrere Sträuße und ein Stapel Süßigkeiten stehen.

„Wie nett", sage ich zwischen zwei Bissen und habe ein schlechtes Gewissen, weil ich Phillips Gefühle nicht so erwidern kann, wie er es verdient hätte.

„Connor war dreimal da", fährt Marno fort. „Und Clive, Thomas, William und Ferdinand einmal. Von Andrew habe ich nichts mehr gehört."

„Das wundert mich nicht." Ich nehme mir Toast und beschmiere ihn großzügig mit Marmelade.

„Ach ja, und eine Emilia war jeden Tag hier und hat dir die Kopien ihrer Mitschriften für Architektur vorbeigebracht."

„Das ist gut." Ich nicke. Wenigstens verpasse ich dann nicht so viel.

„Ja, und dann kamen noch mehrere Genesungswünsche als Brief." Marno nickt zu einem Stapel hinüber, der auf dem Wohnzimmertisch liegt. Er ist riesig. „Die ganze Academy weiß inzwischen von deinem ersten Auftritt."

Ich lasse meinen Marmeladentoast sinken. „Hat es sich so schnell herumgesprochen?"

„Das hat es." Marno nickt.

„Und?" Ich sehe ihn fragend an.

„Die Gerüchteküche brodelt heftig. Manche haben dich für tot gehalten. Andere haben erzählt, du hättest alle Kommilitonen komplett entkleidet."

„Das habe ich nicht", beeile ich mich zu sagen. „Nur ein bisschen. Hier und da ein kleiner Fetzen Stoff." Ich beiße in meinen Toast.

„Andere halten dich für übermächtig und werden dir demnächst aus dem Weg gehen." Marno runzelt die Stirn. Dann greift er zur Zeitung, die auf dem Tisch liegt. „Aber das ist vermutlich alles nicht mehr sehr wichtig, denn heute Morgen stand das in der Zeitung." Er schiebt mir die Tageszeitung der magischen Welt hin.

Normalerweise lese ich sie nicht, denn es geht darin meist um die wirtschaftliche Entwicklung der sieben großen Unternehmen und die Neuigkeiten rund um Vorstandssitzungen, Investitionen und Quartalsberichte.

Nur heute prangt eine ganz untypische Schlagzeile auf der ersten Seite.

Anschlag auf Club aufgeklärt – Gambinos gefasst

„Das ist doch gut", sage ich. „Sie müssen diese Idioten aus dem Verkehr ziehen."

„Nein, das ist nicht gut", sagt Marno und sieht mich ernst an.

„Warum? Sollen die damit etwa ungeschoren davonkommen?"

„Nein, natürlich nicht, aber wenn sie die Gambinos gefasst haben, dann werden sie sie auch verhören."

„Oh", sage ich erschrocken, als ich verstehe, worauf er hinauswill.

„Ganz genau", sagt Marno. „Sie werden erzählen, dass sie Prinzessin Neah umbringen wollten, und das wird die Frage aufwerfen, was Prinzessin Neah im Dejavue zu suchen hatte."

„Mmh." Ich lasse meinen Toast sinken. „Das ist nicht gut."

„Nein, das ist es nicht, weder für dich noch für mich."

„Also leugnen wir?“ Ich sehe Marno fragend an.

Er nickt bedächtig. „Ja, das ist das Beste. Du warst nie dort und von einem Club namens Dejavue weißt du auch nichts. Andrew wird seine Klappe halten, dafür habe ich gesorgt, und Lucian, nun ja.“ Marno holt tief Luft und legt den Kopf schief. „Ich weiß nicht, was ich von dem Jungen halten soll.“

„Hast du mit ihm gesprochen?“

„Ja, natürlich.“ Marno nickt. „Ich habe mich bedankt. Aber er war kurz angebunden und hat mir die Tür schnell wieder vor der Nase zugeschlagen.“

„Das wundert mich nicht. Du hast ihn angegriffen und ihm gedroht“, erinnere ich Marno an unseren ersten Abend an der Academy.

„Ja, das könnte unser Verhältnis etwas belastet haben.“ Marno verengt die Augen zu Schlitzen.

„Vielleicht sollte ich mal mit ihm reden?“

„Auf keinen Fall.“

„Wenn er mich hätte töten wollen, hätte er die Gelegenheit gehabt. Er hätte die Gambinos einfach nicht aufhalten müssen.“

Marno vergräbt das Gesicht in den Händen. Dann springt er auf. „Na schön“, sagt er. „Rede mit ihm. Erklär ihm die Sache und bitte ihn, Stillschweigen zu bewahren. Notfalls kannst du ihn bestechen.“

„Womit?“

„Du hast ein eigenes Konto dafür.“

„Ja, richtig. Meine Familie ist wirklich schlimm.“ Ich schüttle den Kopf. Ich hatte ganz vergessen, dass es so etwas gibt. Obwohl, vergessen ist vielleicht nicht das richtige Wort. Ich habe es wohl eher verdrängt, weil es mir nicht gefällt.

„Nutze deine Möglichkeiten“, sagt Marno.

„Du klingst schon wie mein Vater.“ Ich kratze die

letzten Krümel von meinem Teller.

„Das Gegenteil ist der Fall. Er klingt wie ich, denn diese Weisheit hat er von mir.“ Marno grinst schelmisch. „Ich habe sie ihm beigebracht, als er fünf war.“

„Das ist gruselig.“ Ich erhebe mich und bringe meinen Teller zur Spüle. Dann gehe ich zur Garderobe und greife nach meinem Mantel. Es hängt nur mein dünner Mantel hier. Bis der Schnee kommt, muss ich mir noch etwas Wärmeres besorgen. Moment mal! Eigentlich habe ich doch einen dicken Wintermantel. „Mein Mantel“, sage ich da auch schon gedankenverloren, während ich Lucians Jacke anstarre.

„Was ist mit deinem Mantel?“ Marno ist zu mir getreten.

„Der hängt noch im Dejavue“, sage ich. „In der Garderobe.“

„Das könnte jedermanns Mantel sein.“

„Meine Initialen sind hineingestickt“, erinnere ich Marno. „Das macht nur einer, und zwar unser Hofschneider.“

„Hättest du an diesem Abend nichts von der Stange anziehen können?“ Marno gibt ein schlecht gelauntes Knurren von sich. „Das ist nicht gut. Der alte Kauz kann seine eigenen Kreationen exakt wiedererkennen.“

„Und nun?“ Ich sehe Marno fragend an.

Er wäre nicht Marno, wenn er nicht sofort eine Lösung parat hätte. „Ich gehe zu Andrew und werde das mit ihm wieder in Ordnung bringen.“

„Ihr wollt ins Dejavue und den Mantel holen?“

„Genau das werden wir tun. Wenn er sich einmal den Ortswechsler von Connor ausborgen kann, dann kann er das bestimmt auch noch ein zweites Mal tun.“

„Klingt logisch.“

Marno nickt. „Und du gehst zu Lucian und redest

mit ihm."

„Einverstanden." Ich greife zu Lucians Jacke. Das ist eine gute Gelegenheit, sie ihm zurückzubringen und mich noch einmal für meine Rettung zu bedanken. Wie knapp das alles gewesen ist, wird mir erst jetzt wirklich klar. „Wo wohnt er?"

„Denkst du, ich weiß das?" Marno zieht sich seine Jacke über.

„Natürlich weißt du das." Ich schlüpfe in meine bequemen Stiefel. „Denn du warst schon bei ihm und hast ihm nächtelang aufgelauert, um absolut sicherzugehen, dass er kein geheimes Doppelleben als Terrorist führt."

Marno schnalzt. „Du kennst mich viel zu gut, kleine Prinzessin."

„Ist das eine Beschwerde?"

„Ich bin der glücklichste Leibwächter der Erde. Du musst den schmalen Pfad nach rechts gehen bis über die kleine Brücke. Dahinter ist es das erste Haus auf der rechten Seite."

„Danke."

„Bis später, sei vorsichtig, Kleine." Marno wirft mir noch einen ernsten Blick zu.

„Er wird mir schon nichts tun."

Marno holt Luft. Vermutlich um mir zu sagen, dass er sich da nicht so ganz sicher ist. Aber dann lässt er es und hält mir die Tür auf.

Während er nach links abbiegt, biege ich nach rechts ab und folge dem schmalen Pfad. Es geht an einem Teich vorbei und dann sehe ich schon bald die Brücke, von der Marno gesprochen hat. Unter ihr schlängelt sich ein schmaler Bach durch die Siedlung. An seinen Ufern stehen Trauerweiden. Der harmonische Anblick fesselt mich einen Moment. Ich überquere die Brücke und blicke nach rechts. Etwas nach hinten versetzt steht ein hellblaues Häuschen auf einer weiten Rasenfläche.

Das muss es sein.

Ich biege auf den Plattenweg ab, der zur Eingangstür führt.

Ich spüre deutlich, dass ich aufgeregt bin. Egal wie sehr ich dieses Gefühl zu vertreiben versuche. Ich werde es einfach nicht los. Vermutlich liegt es daran, wie unsere letzte Begegnung abgelaufen ist. Ich war in Lebensgefahr. Kein Wunder, dass ich aufgeregt bin, das bringt all die Erinnerungen zurück.

Als ich an die Tür klopfe, zittern meine Finger.

Ich warte eine Weile. Alles ist ruhig. Vielleicht ist er gar nicht da. Es ist Wochenende. Er hat bestimmt Besseres vor, als hier herumzusitzen. Viele Studenten verlassen die Academy an den Wochenenden und fahren nach Hause zu ihren Familien.

Gerade als ich schon gehen will, vernehme ich doch noch ein Geräusch hinter der Tür. Ich räuspere mich. Dann schwingt auch schon die Tür auf.

Ich sehe Lucians dunkelblaue Augen und eine ganze Menge nackter Haut. Meine Augen huschen orientierungslos hin und her. Knallharte Bauchmuskeln, beeindruckende Oberarme und eine Haltung, die eines griechischen Gottes würdig wäre.

„Ähm", sage ich wenig geistreich und sehe konzentriert in Lucians dunkelblaue Augen. Ich werde einem Mann nie wieder einen Vorwurf machen, wenn er mein Dekolleté anstarrt. Es gibt Reize, denen man nur schwer widerstehen kann.

„Guten Morgen." Auf Lucians Lippen liegt ein Grinsen. Er merkt genau, was mit mir los ist.

Ich komme mir dämlich vor. Da stehe ich in Jogginghose, Mantel und Stiefeln vor seiner Tür, während er mir halbnackt öffnet und seine Jeans dabei so lässig auf den Hüften hängen, dass man …

Nein! Ich hole tief Luft und konzentriere mich auf den Zweck meines Besuches. „Guten Morgen." Ich reiche ihm seine Jacke. „Die wollte ich zurückbringen. Vielen Dank noch einmal."

„Für die Jacke?" Er nimmt sie, ohne diesen durchdringenden Blick von mir zu nehmen.

„Ähm, ja, für die Jacke und dafür, dass du mein Leben gerettet hast. Also hauptsächlich dafür. Erfroren wäre ich vermutlich nicht so schnell." Was rede ich da nur für einen Müll? Kann sich Lucian nicht endlich etwas anziehen?

„Kein Problem", erwidert Lucian und tritt von einem Bein auf das andere.

Ich kann nicht anders, als nach unten zu sehen, wo das Muskelspiel seiner Bauchmuskeln meine Konzentration auffrisst.

„Noch etwas?"

„Ja, also, da ist wirklich noch etwas." Ich zwinge meine Augen in die Horizontale. Und da sind auch Marnos warnenden Worte wieder in meinem Kopf. „Wir müssen reden."

„Sehr gut." Lucian nickt zufrieden. „Du kannst gern reinkommen. Ich wohne allein hier. Keiner hat Lust, mit einem Morell zusammenzuleben. Allein mein Name schreckt alle potenziellen Mitbewohner ab, aber das wird sich ja jetzt ändern. Wenn ich geahnt hätte, dass es deine Dialogbereitschaft erhöht, wenn ich dein Leben rette, hätte ich mir schon eher etwas einfallen lassen. Hereinspaziert, Prinzessin Neah." Er betont meinen Namen so spöttisch, dass ich kurz zusammenzucke. „Lass uns darüber reden, wie es für die Morells weitergeht, wenn du Königin wirst."

„Darüber wollte ich eigentlich nicht sprechen", sage

ich irritiert.

Lucians Miene verfinstert sich. Ich sehe die Enttäuschung in seinem Gesicht. „Was willst du dann?"

„Sie haben ein paar der Gambinos gefasst, die ins Dejavue gekommen sind."

„Und?" Lucian verschränkt die Arme vor der Brust.

Einen Moment sehe ich den perfekten Bogen seiner Muskeln an. Dann holt mich der Ernst wieder ein. „Sie werden erzählen, weswegen sie dort waren."

„Wo genau ist das Problem?"

„Ich hätte nicht dort sein dürfen. Falls sie es behaupten, dann werde ich es leugnen."

„Du lügst?" Lucian nickt bedächtig, als ob er nichts anderes von mir erwartet hat.

„Ich werde weder meinen Vater in Aufregung versetzen, noch Marnos Job gefährden."

„Warum nicht? Übernimm Verantwortung für dein Handeln. Das wäre mal etwas ganz Neues für dich und deine Familie." Lucian zuckt mit den Schultern. „Das sollte Andrew übrigens auch tun."

„Denkst du wirklich, dass er das tun wird?" Meine Stimme wird lauter. „Er hat mich da hängen lassen."

„Natürlich wird er keine Verantwortung übernehmen. Weder Andrew noch du." Um Lucians Mundwinkel zuckt ein spöttisches Lächeln. „Ihr lügt, betrügt, bestecht. Was soll man auch anderes erwarten? Während andere für ihren Abschluss hart arbeiten müssen, wird er dir hinterhergeworfen. Wenn es ein Problem gibt, wird es mit Geld und Lügen aus der Welt geschafft. Falls du gekommen bist, um mich zu bitten, für dich zu lügen, dann bist du umsonst gekommen. Das werde ich nicht tun. Das widerspricht meiner Überzeugung von Recht und Gerechtigkeit."

Ich nicke langsam. Habe ich wirklich erwartet, dass

Lucian mich versteht? „Du gefällst dir in der Rolle des Anständigen, nicht wahr? Es ist so leicht, gerecht zu sein, wenn man nichts zu verlieren hat. Aber so funktioniert diese Welt nicht. Manchmal muss man auch mit seinen eigenen Prinzipien brechen, um irgendwie durchzukommen."

„Durchkommen?" In seinen Augen blitzt es. Dann macht er einen Schritt auf mich zu. Er ist unbeherrscht und wütend. „Als ob du dir ernsthaft darüber Gedanken machen musst, durchzukommen."

„Was ist dein Problem?" Ich trete ihm entgegen und sehe ihm fest in die Augen. Dieses Blau macht mich verrückt. „Willst du mir wehtun? Willst du deine Wut an mir auslassen? Bist du dir sicher, dass danach alles besser wird?"

Seine Lippen zucken. Er holt tief Luft. Dann beben seine Nasenflügel.

Ich spüre Angst gemischt mit Respekt und dann zieht mich etwas zu ihm. Es ist diese düstere Seite in mir, die mir sagt, dass er so verdammt recht mit allem hat, mit seiner Wut, seinem Anstand und seinem Anspruch auf Gerechtigkeit. Ich weiß es und ich sehe die Probleme ganz klar vor mir. Aber dennoch habe ich mich schon vor langer Zeit dafür entschieden, ihnen aus dem Weg zu gehen. Lucian erinnert mich daran und ich schäme mich plötzlich dafür.

Ich halte es nicht länger aus und wende mich von ihm ab. „Also danke noch einmal dafür, dass du mein Leben gerettet hast. Ich stehe in deiner Schuld und werde sie begleichen."

„Nicht nötig." Lucian winkt ab. „Ich will dein Geld nicht."

Bevor ich noch etwas sagen kann, hat er die Tür schon wieder geschlossen.

Im Davongehen spüre ich, wie sich etwas in mir schmerzhaft zusammenzieht. Lucian bringt meine Welt ins Wanken und das fühlt sich nicht gut an.

KAPITEL 12

Ich laufe eine Weile durch die Siedlung, um mich wieder zu beruhigen. Als ich schließlich zu Hause ankomme, ist es schon Mittagszeit. Ich mache mir eine Kleinigkeit zu essen und widme mich der Post, die sich angehäuft hat. Als ich alles durchgesehen und eine Packung Pralinen verputzt habe, ist es dunkel geworden und Marno kommt wieder. Er wirkt alles andere als begeistert.

„Was ist los?", frage ich besorgt.

„Ach." Er zieht seine Jacke aus und hängt sie an die Garderobe. „Erst einmal ist dieser Andrew ein wirklich widerlicher Zeitgenosse. Er ist wie ein glitschiger Aal. Da sehe ich mich doch kurz im Dejavue um und erwische ihn gerade noch, wie er mit dem Ortswechsler abhauen will. Ich habe ihm das Ding dann abgenommen, sonst wäre ich jetzt noch in Frankreich und erst in drei Tagen wieder hier."

„Und was ist mit dem Mantel? Hast du ihn?"

Marno schüttelt den Kopf. „Der liegt als Beweismittel bei der Polizei."

„Bei welcher?" Meine Stimme zittert leicht.

„Unserer", sagt Marno mit einem schwermütigen Seufzen.

„Verdammt."

„Du sagst es." Marno lässt sich neben mich sinken. „Wie lief es bei Lucian?"

Ich schüttle den Kopf. „Er macht nicht mit."

„Lügen widerstrebt seinem Anstandsgefühl, nicht

wahr?" Marno sieht mich an, als ob er schon damit gerechnet hat, dass ich so etwas sagen würde.

„Genau so ist es", entgegne ich. „Warum hast du mich gehen lassen, wenn du das schon wusstest?"

„Ich habe nicht immer recht und dieses Mal hätte ich mich gern geirrt." Marno lehnt sich zurück. „Also gut. Es ist nur eine Frage der Zeit, bis sie hier auftauchen und Fragen stellen. Wie wollen wir vorgehen?"

Ich blicke Marno eine Weile nachdenklich an. „Ich erzähle einfach die Wahrheit", erwidere ich schließlich achselzuckend.

„Die Wahrheit?" Marno sieht mich an, als ob ich nicht ganz richtig im Kopf bin.

„Warum nicht?"

„Andrew wird leugnen, was passiert ist, und Lucian wird niemand glauben. Er ist ein Morell. Außerdem steckt der hoch anständige Lucian selbst bald mächtig in der Klemme."

„Warum?"

„Ich habe mich im Dejavue ein wenig umgehört. Er ist regelmäßig dort und macht manchmal ein paar Jobs im Lager. Jedenfalls kennen ihn die Leute und an jenem Abend wurde er dabei gesehen, wie er Verteidigungsmagie anwendet. Das ist verboten, erst recht für ihn. Außerdem können Zeugen belegen, dass er aus einer Vorratskammer verschwunden ist, zu der es keine Hintertür gibt. Das bedeutet, er muss einen Ortswechsler besitzen. Das dürfte er aber nicht. Die Familie Morell darf keinerlei magisch verbesserte Gerätschaften besitzen."

„Das klingt nicht danach, als ob die Wahrheit eine gute Idee ist." Ich runzle die Stirn.

Marno zuckt mit den Schultern. „Die Wahrheit ist, dass du auf einen Taugenichts hereingefallen bist, der null Verantwortungsgefühl besitzt, und von einem Gerechtigkeitsfanatiker gerettet wurdest, der es mit der Gesetzgebung selber nicht so genau nimmt. Wenn wir alles so erzählen, wie es war, dann wird dein Vater kurzen Prozess machen und dich wieder zurück nach Hause beordern, und zwar mitsamt dem Ehemann, den er dir natürlich aussuchen wird. Ich bin meinen Job als Leibwächter los, Lucian kommt hinter Gitter und Andrew duckt sich weg, bis sich die Wogen geglättet haben. Während Lucian im Verlies schmort, ich mich vor deinem Vater verantworten muss und du mit deinem neuen Mann in Marseille schon mal den Blumenschmuck für deine baldige Hochzeit aussuchen kannst, wird Andrew, der wahre Schuldige, in aller Ruhe sein Leben weiterleben und Spaß haben."

„Nein, das geht nicht." Ich schüttle entschlossen den Kopf.

„Der Meinung bin ich auch. Beschaff dir ein anderes Alibi. Ich versuche derweil, meine Kontakte in Marseille spielen zu lassen. Vielleicht kann ich deinen Mantel aus der Asservatenkammer verschwinden lassen."

„Das geht?"

„Es geht alles, wenn man die richtigen Leute kennt. Außerdem ist es manchmal auch von Vorteil, dass die magische Welt, was die Digitalisierung angeht, im Mittelalter stecken geblieben ist." Marno erhebt sich wieder. Dann zieht er den Ortswechsler aus der Tasche.

Ich hebe die Augenbrauen. „Du hast ihn noch? Sag bloß, Andrew hat ihn dir freiwillig überlassen?"

„Nicht ganz freiwillig", erwidert Marno mit einem Schmunzeln.

Ich will gerade fragen, was er ihm angedroht hat, da klopft es an der Tür. Hektisch sehen wir uns beide an. Dann schlägt sich Marno mit der Hand gegen die Stirn.

„Das Date“, sagt er schließlich.

„Du meinst Clive?“ Ich erinnere mich ganz verschwommen daran, dass Marno gesagt hat, dass er meine Verabredung auf das Wochenende verschoben hat.

„Ja, genau.“

„Mist.“ Ich sehe an mir hinab. Ich stecke immer noch in Jogginghose und Schlabberpulli.

„Mach dich fertig. Ich halte ihn derweil hin. Um abzusagen, ist es zu spät.“

Ich renne los, während Marno zur Tür geht.

Wenig später komme ich in einem langen, dunkelblauen Kleid wieder die Treppe hinab. Mir ist gar nicht nach einem Date. Ich würde viel lieber mit Marno weiter darüber reden, wie wir die Sache mit dem Dejavue aus dem Weg räumen können.

Doch als Clive mich fröhlich ansieht, denke ich, dass es vielleicht gar nicht schlecht ist, wenn ich auf andere Gedanken komme. Im Moment kann ich ohnehin nicht viel tun. Außerdem ist er vielleicht dazu bereit, mein Alibi zu sein.

„Guten Abend, Neah.“ Clive lächelt mir zu. Er trägt heute einen dunkelgrünen Parka, der perfekt zu seinen roten Haaren passt. Während ich ihn noch ansehe, eilt er zur Garderobe, holt meinen Mantel und hilft mir hinein.

„Viel Spaß!“, ruft uns Marno noch hinterher, nachdem ihm Clive versichert hat, dass er mich pünktlich nach Hause bringen wird.

Wir laufen ein paar Schritte rechts entlang, bis mein Häuschen hinter einer Wegbiegung verschwunden ist.

„Wie geht es dir?“, fragt Clive und strahlt mich an. Wie immer ist er bester Laune.

„Viel besser“, sage ich. „Ich habe unterschätzt, wie heftig es sein wird, wenn ich das erste Mal Magie bewirke."

„Das war wirklich dein erstes Mal?"

Ich nicke. „Ja, ich habe das vorher noch nie gemacht."

„Wahnsinn." Clive wirkt ehrlich erstaunt. „Dafür war es jedenfalls ein ziemlich mächtiger Zauber. Du hast eine Uniformjacke hergestellt, erzählt man sich. Stimmt das?"

Ich nicke. „Ja, das stimmt. Aber schön war die wirklich nicht."

„Magst du Uniformen?" Clive sieht mich fragend an.

„Uniformen?" Ich ahne schon, worauf er hinauswill.

„Ja, weil du eine hergestellt hast. Es scheint dir ja im Kopf herumgegangen zu sein."

„Das ist es, aber ich mag keine Uniformen. Sie sind so aus der Zeit gefallen."

„Ach, wirklich?" Clive legt den Kopf schief, während wir an einem See vorbeischlendern. Er scheint zufrieden mit meiner Antwort zu sein.

Ich lasse meinen Blick schweifen. Das matte Licht der niedrigen Laternen beleuchtet die Wasseroberfläche.

„Ja, wirklich", bekräftige ich meine Worte. „Ich mag es lieber, wenn Männer etwas lockerer sind und einen guten Modegeschmack haben."

Clive strahlt und dann führt er mich über eine schmale Brücke.

Es dauert einen Moment, bis mir auffällt, dass ich diesen Weg heute schon einmal gegangen bin.

Erstaunt sehe ich nach rechts. Dort ist das Häuschen, in dem Lucian wohnt. Die Fenster sind hell erleuchtet. Er scheint zu Hause zu sein.

„Was machen wir hier?", frage ich erstaunt. „Dort wohnt doch Lucian."

„Du meinst Morell?" Clive sieht mich stirnrunzelnd

an.

Ich nicke.

„Woher weißt du, wo er wohnt?“

„Marno hat ihn ausgekundschaftet“, wiegle ich die Sache ab.

„Ach so. Wir wohnen gleich hier drüben“, sagt Clive und zeigt nach links. Dort steht ein hübsches, zweistöckiges Haus, das doppelt so groß ist wie das von Lucian. Eine überdachte Terrasse umgibt es und in der ersten Etage gibt es einen weitläufigen Balkon. Im Garten entdecke ich sogar einen Pool, der jetzt abgedeckt ist.

„Ihr habt es echt schön“, sage ich anerkennend.

„Freut mich, dass es dir gefällt. Du bist jederzeit bei uns willkommen.“ Clives Charme ist wirklich überwältigend. Er bringt mich zur Tür und öffnet sie mit einer galanten Geste. „Hereinspaziert in unser gemütliches Heim.“

Ich trete an ihm vorbei ins Haus. Das Erste, was mir auffällt, sind die vielen Kerzen, die den Eingangsbereich in ein weiches Licht tauchen. Dann lasse ich meinen Blick schweifen. Der Raum öffnet sich. Ein paar Treppen führen hinab in eine große Bibliothek. Die Wände sind mit Bücherregalen gesäumt. In der Mitte stehen dunkle Ledersofas und niedrige Tische. Es sieht aus, als wäre ich in einem Clubhaus aus längst vergangenen Zeiten gelandet.

Erst mit einiger Verspätung erkenne ich die Männer, die rechts neben dem Eingang stehen und meinen erstaunten Gesichtsausdruck mit einem zufriedenen Lächeln quittieren.

Die Prinzen der einflussreichsten Familien leben natürlich in keinem normalen Haus. Hinter der schon recht imposanten Fassade verbirgt sich ein noch viel imposanteres Innenleben.

„Guten Abend, Prinzessin Neah." Den schmalschulterigen, schlanken Mann, der auf mich zukommt, erkenne ich sofort wieder.

Das ist William Egerton, der schüchterne Prinz der Egerton-Familie, die ihr Geld mit dem Herstellen seltener Bodenschätze machen. Er nimmt mir meinen Mantel ab und hängt ihn an eine Garderobe hinter der Tür. Seitdem die Egertons in den Fünfzigerjahren herausbekommen haben, wie man Gold herstellt, sind sie steinreich. Was vermutlich auch daran liegt, dass einige kluge Köpfe der Familie geschickt die Goldmengen auf dem Markt knapp halten, damit der Preis hoch bleibt und immer weiter steigt.

Williams hellgraue Augen flackern sofort nervös, als er zu mir zurückkommt und ich ihm meine Hand reiche. Er fährt sich durch die blonden Locken und rückt sich seine Brille gerade. Dann greift er zu meiner Hand und schüttelt sie entschlossen. „Ich freue mich, dass wir uns endlich widersehen."

„Ich mich auch." Ich erwidere seinen feuchten Händedruck. „Ihr habt es wirklich schön hier."

Jemand tritt von der Seite zu mir. „Wenn du möchtest, führe ich dich gern herum." Der charismatische Mann mit den glatt gegelten Haaren und der scharf geschnittenen Nase ist nicht zu verkennen.

„Sehr gern, Ferdinand", erwidere ich und schüttle auch seine Hand zur Begrüßung. „Aber erst einmal möchte ich noch Thomas begrüßen." Ich trete an Ferdinand vorbei auf den zierlichen, rothaarigen Mann zu, der meine Hand mit einem Lächeln nimmt.

„Wie schön, dich zu sehen, Neah." Thomas' Lächeln ist warm. Er scheint sich wirklich zu freuen, mich zu sehen. „Ein Tag ohne dich ist sinnlos für mich."

Ich grinse anlässlich seines kleinen Reimes und hoffe, dass er das nicht allzu ernst meint.

„Bevor wir eine Hausführung machen, sollten wir erst einmal etwas trinken“, wirft Clive ein. Er geht die Stufen zur Bibliothek hinab.

„Gute Idee.“ Ich folge ihm, während ich mich interessiert umsehe. So wie ich Clive kennengelernt habe, glaube ich kaum, dass er viele der Bücher in diesem Raum gelesen hat.

Clive geht zu einem Sofa, neben dem ein Kühler voller Eis steht, in dem schon ein paar Champagnerflaschen liegen. Auf einem Tablett daneben stehen Gläser bereit.

„Du bist gut vorbereitet“, sage ich anerkennend.

„Ach, das ist noch lange nicht alles“, sagt Clive grinsend, öffnet eine Flasche und gießt so schwunghaft Champagner ein, dass eine ganze Menge danebengeht. Doch er achtet nicht einmal darauf und reicht mir ein Glas.

Mittlerweile sind auch William, Ferdinand und Thomas zu uns gekommen und nehmen sich Champagner.

Wir stoßen an und ich frage mich, ob sich die leicht nervöse Stimmung noch lockern wird. Vielleicht sollte ich damit anfangen. Also lasse ich mich in einen der weichen Sessel fallen und blicke Thomas fragend an. „Du bist bestimmt derjenige, der auch ein paar der vielen Bücher gelesen hat, oder?“ Als Freizeitpoet wird er sich doch mit Literatur auseinandergesetzt haben.

„Ein paar habe ich tatsächlich gelesen.“ Thomas kommt mit seinem Champagnerglas in meine Richtung geschlendert. Er trägt einen dunkelbraunen Anzug mit einer schwarzen Weste, was ihn außerordentlich elegant wirken lässt. „Aber die meisten Bücher sind von William. Deswegen haben wir diese riesige Bibliothek überhaupt erst gebraucht."

Mein Blick wandert zu William, der sein Glas abgestellt hat, um die Hände nervös ineinanderzukneten. „Wirklich?"

Er nickt und dann strafft sich seine Gestalt. „Ich interessiere mich für viele Dinge und will eigentlich immer alles genau wissen."

„Für was für Dinge interessierst du dich denn? Bis jetzt weiß ich nur, dass du gern Golf spielst." Ich sehe William an und plötzlich bemerke ich, dass eine Wandlung vor sich geht.

Die Nervosität scheint von ihm abzufallen, als er beginnt, über die verschiedenen Verfahren der Goldherstellung zu sprechen. Er wirft mit Fachbegriffen um sich und bald kann ich ihm nicht mehr folgen, als es um Modulationsrückkehrer und Verwechslungs- und Verwandlungsprozesse geht. Ich merke nur eins. William ist unfassbar klug.

Clive beginnt demonstrativ zu gähnen, als William kein Ende findet.

Selbst Thomas blickt demonstrativ auf die Uhr. Doch erst als sich Ferdinand auffallend laut räuspert, unterbricht William seinen Redefluss.

„Du musst wirklich gut sein", nutze ich die Gelegenheit, um etwas zu sagen. „Willst du später mal in die Verwaltung oder in die Produktion?"

„Eindeutig Produktion", sagt William, und seine Augen beginnen zu leuchten. „Ich habe schon ein paar Ideen, um neue Produktionsprozesse zu integrieren. Wenn das alles klappt, was ich so im Kopf habe, dann stehen wir vor einer Zeitenwende." William runzelt plötzlich die Stirn. „Ähm", sagt er gedehnt und sieht mich entschuldigend an. „Es sei denn, du wählst mich zum König. Dann werde ich natürlich den Magiern dienen.“ Er klingt patriotisch, aber wenig begeistert.

Clive grinst zufrieden. Er hat wohl schon damit gerechnet, dass sich William über kurz oder lang um Kopf und Kragen reden wird.

„Ich bin mir sicher, dass du das als König auch gut machen würdest“, sage ich bekräftigend und trinke mein Glas aus. Dann erhebe ich mich und auch wenn ich wirklich keinen Zweifel habe, dass William die höfischen Pflichten bestimmt akkurat erledigen würde, glaube ich, dass es ein untragbarer Verlust für die Firma seiner Eltern wäre, wenn dieses Genie seine Zeit damit verschwendet, platte Reden zu schwingen und Protokolle am Hof einzuhalten.

„Was macht eigentlich deine Familie?“ Ich wende mich an Ferdinand. „Bis jetzt weiß ich nur, dass du der Jahrgangsbeste bist.“

Ferdinand lächelt mich entspannt an, während er sich auf die Lehne eines Sofas sinken lässt und eine lässige Position einnimmt. „Die Familie Beaufort verdient ihr Geld im medizinischen Bereich. Von Einwegspritzen über Kanülen bis hin zu Krankenhausbetten und Ultraschallgeräten verkaufen wir alles, was der Gesundheit dienlich ist. Nach dem Studium hier wollte ich eigentlich noch Medizin studieren. Allerdings muss ich zugeben, dass das nur ein Vorwand ist, um den Pflichten in meiner Familie zu entkommen. Ich spüre, dass ich mehr kann, als Tupfer herstellen. König zu sein, ist schon lange mein Traum. Aber bisher habe ich nie die Chance dazu bekommen. Doch das hat sich nun ja ganz plötzlich geändert.“ Er grinst. „Ich hätte nichts dagegen, wenn du mich an den Hof abkommandierst. Ich habe genug ältere Brüder, die sich schon um die Unternehmensnachfolge prügeln.“ Er nickt mir zu und hebt sein Glas. Dann leert er es in einem Zug.

Bevor ich etwas sagen kann, beginnt Thomas langsam in die Hände zu klatschen. „Was für eine fantastische Ansprache“, sagt Thomas, und ich höre eine Prise Neid heraus. „Wir wissen alle, wie gern du König werden möchtest, Ferdinand.“

„Das ist doch keine schlechte Voraussetzung“, sage ich und blicke Thomas entspannt an. „Es sollte nur König werden, wer das auch wirklich will. Das Leben am Hof ist nicht jedermanns Sache.“

Thomas ist einen Moment verblüfft. Ich sehe ihm an, dass er etwas anderes von mir erwartet hat. Vielleicht hat er auch die *The Secrets Of The Royal Witches* gelesen und glaubt, dass ich eine Vorliebe für die Romantik des 18. Jahrhunderts habe.

„Was denkst du, weswegen ich hier bin?“ Ich merke langsam, aber sicher, dass es schwieriger wird, um bestimmte Fragen einen Bogen zu machen.

„Ich denke, du suchst einen Mann fürs Leben, für die Ehe und für die Liebe.“ Thomas sieht mich fragend an. „So ist es doch, oder?“

Puh, das ist eine sehr direkte Frage. Ich zögere kurz. Bin ich schon bereit, mit offenen Karten zu spielen? In diesem verrückten Moment fällt mir meine Begegnung mit Lucian wieder ein. Er hat gesagt, ich würde lügen, ganz genauso wie es alle tun. Vielleicht sollte ich einfach die Wahrheit sagen, damit jeder weiß, dass ich nicht vorhabe, nach Marseille zu gehen und dem zukünftigen König dabei zuzusehen, wie er die höfischen Protokolle abspult.

Doch bevor ich antworten kann, mischt sich Clive schon wieder ein.

„Leute“, sagt er und stellt sein Glas ab. „Ich glaube kaum, dass das hier die passende Runde für tiefgreifende philosophische Fragen ist. Wir wollen Neah besser kennenlernen und sie soll uns besser kennenlernen. Wer dann was aus welchem Grund entscheidet, spielt doch heute Abend keine Rolle."

„Da hast du recht." Ich erhebe mich. „Also, wie sieht es mit der Hausführung aus?"

Ferdinand und William sehen das ganz genauso. Sie schließen sich Clive an, der schon auf dem Weg zu einer Tür am anderen Ende der Bibliothek ist. Nur Thomas zögert noch kurz. Doch nachdem auch ich mich den anderen angeschlossen habe, höre ich, wie er sein leeres Glas auf das Tablett stellt und uns folgt.

Clive bleibt vor der Tür stehen und reißt die Augen auf. Er sieht aus, als ob jetzt etwas folgen wird, das ihm wirklich viel Freude bereitet.

Ich bin gespannt, was ich nun zu sehen bekomme.

Da öffnet Clive auch schon die Tür und stößt sie auf. Ich staune wirklich nicht schlecht. Warme, feuchte Luft strömt mir entgegen.

„Ihr habt ein Schwimmbad in eurem Haus", sage ich erstaunt und mustere das große Becken, das sich vor mir in die Dunkelheit erstreckt. Es ist kein ödes Hallenschwimmbad mit einem langen Becken zum Bahnenziehen. Nein, das hier sieht aus wie eine Grotte aus einem Wellnesstempel. Die Wände, die sich höhlenartig wölben, sind aus dunklem Stein. Überall gibt es dezentes Licht. Kletterpflanzen ranken sich an manchen Stellen am Stein empor. Es gibt verschiedene Bereiche und von hier aus ist nicht abzusehen, wie groß das Becken ist.

„Na, Lust reinzuspringen?" Clive sieht mich fragend an. Die Begeisterung funkelt in seinen Augen.

Das Glas Champagner ist inzwischen in meinem Blut angekommen. Ich fühle mich gelöst und ich merke, dass mir die Probleme der letzten Tage so sehr zugesetzt haben, dass ich sie für eine Weile vergessen will.

Ich will wieder unbeschwert sein und positiv nach vorn sehen. Daher grinse ich Clive nun verschwörerisch an. „Warum eigentlich nicht?"

„Echt jetzt?" Der schüchterne William sieht mich überrascht an. „Ich dachte, du bist sehr förmlich."

„Ich und förmlich?" Ich fange beinahe an, laut zu lachen. Gerade im letzten Moment kann ich mich noch stoppen. „Nein", sage ich kichernd. „Ich bin bestimmt nicht förmlich. Ich bin vor dem ganzen Irrsinn davongerannt. Ihr wisst doch bestimmt, dass ich auf einem ganz normalen Internat war. Nur Mathe, Geschichte und Physik, ganz normale Fächer eben. Ich habe nicht viel Ahnung von den ganzen Vorschriften und Benimmregeln der Magier."

„Das gefällt mir." Clive grinst. Dann zeigt er auf eine Tür auf der rechten Seite. „Dort ist eine Umkleide. Wir haben auch Badeanzüge da."

„Klingt gut." Ich wende mich von den anderen ab und gehe zu der Umkleide. In einem Schrank finde ich ein paar Badeanzüge und Bademäntel. Ich ziehe mich schnell um und hülle mich in einen Bademantel. Dann gehe ich wieder hinüber zum Schwimmbad. Die anderen haben sich inzwischen auch umgezogen. Clive und Thomas sind schon im Wasser, während Ferdinand und William am Beckenrand stehen und sich unterhalten.

Sie tragen lange Shorts, die genauso anständig sind wie mein Badeanzug, der überall hochgeschlossen ist. Ich gehe an den beiden vorbei, werfe im Gehen den Bademantel ab und springe dann ins Wasser. Es ist herrlich warm und ich spüre, wie auch die letzte Anspannung von mir abfällt. Als ich wieder aus dem Wasser auftauche, liegt ein lockeres Lächeln auf meinen Lippen.

Ich schwimme zu Clive und Thomas hinüber, die auf der anderen Seite am Beckenrand hängen. Neben ihnen stehen gefüllte Champagnergläser und Teller mit kleinen Häppchen.

Ich lange kräftig zu und unterhalte mich mit den Cavendish-Brüdern über Professorin Hanson. Wir lachen viel, während sie mir die schrecklichsten Geschichten erzählen, die sie kennen. Dann schwimmen wir um die Wette durch das Becken und ich schaffe es sogar einmal, Thomas abzuhängen. Wir trinken das nächste Glas Champagner und dann noch eins.

Als wir etliche Stunden später völlig aufgeweicht aus dem Becken steigen, bin ich satt, müde, zufrieden und ein bisschen angetrunken.

„Das war ein herrlicher Abend", sage ich zu Clive und nehme ihn zum Abschied in den Arm. Dabei schwanken wir beide. Oje, ich glaube, ich hatte ein paar Gläser Champagner zu viel. Ich bin nicht nur ein bisschen angetrunken.

„Das war es wirklich." Clive drückt mich an sich. „Du bist so lustig. Von mir aus kannst du jeden Abend vorbeikommen und wir machen Party."

„Das mache ich, Clive." Ich klopfe ihm kichernd auf die Schulter. „Du wärst bestimmt ein toller König. Die Partys von meinem Vater sind immer so langweilig, aber deine Partys sind das bestimmt nicht."

„Nein, ich werde die besten Partys der Welt feiern, wenn ich König werde. Versprochen." Clive grinst mich schief an. „Nimm mich und wir werden jeden Abend betrunken sein."

„Das klingt lustig." Ich kichere schon wieder. Clive hat noch mehr Champagner getrunken als ich und das merkt man ihm auch deutlich an. Dann wende ich mich William zu. „Und du, Kleiner, du bist viel zu klug, um auf dem Thron zu versauern. Glaub mir, die Welt braucht dich und deinen Kopf." Ich tippe William an die Stirn.

Er gluckst. „Ich will auch gar nicht König werden“, gesteht er mir lallend. „Das ist was für Idioten.“

„Recht hast du, und deswegen will ich ja auch gar nicht Königin werden. Ich will eigentlich in Los Angeles studieren, und zwar Psychologie.“ Ich hebe die Hand. „Ich will nämlich den Menschen helfen, weißt du.“

„Das willst du bestimmt“, sagt Ferdinand und strahlt mich an. „Du hast so ein gutes Herz.“ Er legt sein Ohr an meine Brust und kichert. „Ich kann es hören.“

„Echt?“ Ich gluckse, bis mir einfällt, dass ich eigentlich noch etwas erledigen muss. „Sagt mal, Jungs.“ Ich lasse meinen Blick von einem zum anderen wandern. „Wäre einer von euch so nett und würde mein Alibi für gestern Abend sein?“

„Dein Alibi?“ Clive grinst. „Aber du warst doch mit Andrew unterwegs. Er ist dein Alibi.“

„Andrew ist eine Niete“, sage ich und winke ab. „Es wird noch Probleme wegen ihm geben.“

„Nee du“, sagt William. „Wir haben uns geschworen, dass sich keiner beim anderen einmischt. Jeder hat dieselben Chancen bei dir.“

Die anderen nicken bekräftigend.

„Ach so.“ Ich zucke mit den Schultern. „Dann eben nicht. Ich muss jetzt gehen.“ Ich greife zu meinem Mantel.

Es ist Thomas, der zuerst da ist und mir hineinhilft. „Ich bringe dich noch nach Hause“, sagt er entschlossen.

Ich knöpfe den Mantel zu. „Auf keinen Fall.“ Ich schüttle den Kopf. „Ich gehe allein. Ich bin eine erwachsene Frau und hier auf dem Gelände bin ich sicher. Außerdem müsst ihr noch die Badehandtücher aufhängen. Vergesst das nicht.“ Ich hebe mahnend einen Zeigefinger.

„Versprochen“, sagt Thomas und hebt die Hand zum Schwur.

„Das machen wir bald mal wieder.“ Ich winke in die Runde und gehe dann einfach los.

Mit einem Ruck ziehe ich die Tür hinter mir ins Schloss.

KAPITEL 13

Kälte strömt mir entgegen und ich atme tief ein und aus. Frost liegt in der Luft. Die niedrigen Temperaturen klären meinen Kopf und vertreiben den Nebel in meinen Gedanken. Dennoch schwanke ich bei den ersten Schritten.

Oh je. Ich habe es wirklich etwas übertrieben. Langsam verlasse ich das Grundstück und gehe zu dem Weg, der mich wieder nach Hause führen wird. Dabei fällt mein Blick auf Lucians Haus. Hinter den Fenstern ist es dunkel. Bestimmt ist er längst im Bett.

Ich biege nach rechts ab und versuche nicht mehr an ihn zu denken. „Pff", sage ich leise. „Du hast ja keine Ahnung von der Welt. So einfach ist die Sache mit dem Recht und der Gerechtigkeit nämlich nicht, wie du denkst." Ich trete auf die Brücke.

„Und ob sie das ist", murmelt eine tiefe Stimme.

Ich stoße einen erschrockenen Schrei aus und springe ein Stück zurück. Aus der Dunkelheit löst sich ein Schatten. Es ist Lucian. Er hat am Brückengeländer gelehnt und mustert mich jetzt mit durchdringendem Blick.

„Musst du mich so erschrecken", motze ich ihn an.

„Oh, da ist jemand aber schlecht drauf. War die Party mit den reichen Jungs nicht gut?"

Ich mache einen Schritt auf Lucian zu. „Die Party war super", sage ich, hebe einen Zeigefinger und tippe Lucian auf die Brust. „Im Gegensatz zu dir können die anderen wenigstens Spaß haben."

„Ja, aber mehr können sie auch nicht." Lucian hebt eine Augenbraue und schnuppert in meine Richtung. „Sag mal, wie viel hast du heute Abend getrunken?"

„Das geht dich gar nichts an."

Lucian runzelt die Stirn. „Hat dich Clive abgefüllt? Das macht er nämlich gern. Er lädt die Frauen in seine Lustgrotte ein und trinkt dann mit ihnen, bis sie sich am nächsten Morgen nicht mehr daran erinnern, wer wen angefasst hat."

„Mich hat niemand angefasst, und selbst wenn." Ich funkle Lucian an. „Dann ist das meine Sache und geht dich überhaut gar nichts an."

Lucian zuckt mit den Schultern. „Du kannst rummachen, mit wem du willst, Prinzessin. Ich wollte dich nur warnen, damit du nicht auf deren Masche reinfällst. Das wäre nicht das erste Mal, dass sie das versuchen. Erst die Bibliothek mit ein paar klugen Gesprächen und dann das lustige Planschen mit reichlich Alkohol."

„Du bist eine echte Spaßbremse." Ich bohre Lucian meinen Finger tiefer in die Brust.

„Komm, ich bringe dich nach Hause."

„Ich brauche keine Hilfe von dir, Mr Anstand. Ich finde allein zurück."

Ich wende mich von Lucian ab und gehe weiter. Als ich bei dem See vorbeikomme, höre ich, dass er hinter mir läuft. Ich drehe mich wieder zu ihm um. Er bleibt stehen und mustert mich prüfend.

„Ich habe doch gesagt, dass ich keine Hilfe brauche." Ich gehe wieder auf ihn zu und bleibe so nah vor ihm stehen, dass ich seinen Atem auf meinem Gesicht spüren kann. „Lass mich mit deiner einseitigen Sicht von Recht und Gerechtigkeit bloß in Ruhe. Ich komme allein klar."

„Das sah gestern Abend aber anders aus.“ Lucian hebt eine Augenbraue.

Ich hole tief Luft. „Gestern Abend wird noch ein Nachspiel haben, für dich und auch für mich.“

„Warum?“

„Du wurdest dabei gesehen, wie du Verteidigungsmagie angewendet hast, und die Vermutung steht im Raum, dass du einen illegalen Ortswechsler besitzt. So viel dazu, dass du auf Gerechtigkeit pochst. Dafür nimmst du es mit den Regeln aber selber nicht sehr genau.“

„Das sind nur Vermutungen, und was diese Regeln angeht.“ Lucians Augen verengen sich. „Die sind absolut unsinnig.“

„Ach, so funktioniert das.“ Der Spott in meiner Stimme ist nicht zu überhören. „Du suchst dir einfach aus, an welche Gerechtigkeit du dich halten willst. Aber so einfach ist es nicht. Ich habe dir doch gesagt, dass ein paar dieser Gambinos gefasst wurden. Sie haben ausgepackt, dann wurden Zeugen befragt. Du arbeitest manchmal im Dejavue. Die kennen dich dort. Es wird Ermittlungen geben und es ist nur eine Frage der Zeit, bis die bei uns beiden landen.“ Ich genieße einen Moment den erschrockenen Ausdruck auf seinem Gesicht. „Während mich meine Ehrlichkeit nur zurück nach Marseille bringt, wird sie dich hinter Gitter bringen. Andrew wird übrigens ungeschoren davonkommen. Nur damit du weißt, was auf dich zukommt. Du hast mein Leben gerettet, aber du wirst keinen Dank dafür bekommen. Stattdessen werden sie dich ins Gefängnis stecken. Du bist schließlich ein Morell.“

„Das kann nicht sein.“ Lucian klingt fassungslos.

„Lass es drauf ankommen, wenn du mir nicht glaubst.“ Ich lege den Kopf schief und blicke Lucian an.

„Aber du weißt selber, wie das Leben in der magischen Welt funktioniert. Das muss ich gerade dir nicht erklären."

In seinen Augen zuckt es. „Was willst du?"

„Du und ich, wir waren an diesem Abend nicht im Dejavue", sage ich mit fester Stimme. „Du deckst mich und ich decke dich. Du kannst ja sagen, dass du mir Nachhilfe gegeben hast."

„Nachhilfe?" Lucian runzelt die Stirn.

„Genau." Ich nicke. „Für meinen ersten Auftritt als Magier. Warum nicht? Ich brauchte Hilfe und du brauchtest Geld. Das wird niemand infrage stellen, erst recht nicht, wenn ich es sage."

„Ich werde nicht lügen." Lucians Stimme klingt eisig.

„Also willst du lieber ins Gefängnis?"

Lucian presst die Lippen aufeinander. Dann schüttelt er sacht den Kopf. „Ich will nicht ins Gefängnis."

„Dann ist das der einzige Weg, um aus der Sache herauszukommen, ob es dir gefällt oder nicht." Ich kann nicht verhindern, dass ein feines Lächeln um meine Lippen zuckt. „Dann komme ich morgen Abend vorbei."

„Was?"

„Wegen der Nachhilfe. Unser Alibi muss schließlich glaubwürdig wirken."

„Ist das wirklich nötig?"

„Ja", sage ich entschieden. „Du kannst mir ja diese Angriffszauber beibringen. Ich will mich selber verteidigen können."

„Neah, nein." Lucians Stimme ist hart. „Du hast wirklich zu viel getrunken, wenn du das für eine gute Idee hältst. Das ist illegal und das weißt du."

„Mir doch egal." Ich mache noch einen Schritt auf ihn zu und sehe, wie er kurz zusammenzuckt, als sich mein Blick in seinen versenkt. In seinen Augen flammt etwas auf. Einen ewigen Moment lang pocht eine elektrische Spannung zwischen uns beiden, die ich gierig in mich aufsauge.

Ich lehne meinen Unterleib gegen seinen.

„Neah“, flüstert er rau. „Tu das nicht.“

„Was denn?“ Ich schlage unschuldig die Augen auf und zu. Der Klang seiner Stimme bringt etwas in mir zum Klingen. Er sieht nicht nur gut aus, er sieht verdammt gut aus und irgendetwas ist an ihm, das mich anzieht. Sein verzweifelter Kampf, das Richtige tun zu wollen, ist beeindruckend. Ich stehe auf ihn. Auch wenn ich in nüchternem Zustand niemals zugeben würde, dass es so ist, spüre ich es jetzt ganz deutlich. Und an der Art und Weise, wie er mich ansieht, weiß ich, dass ich ihm auch nicht ganz egal bin.

„Du bist heiß“, flüstere ich und lasse meine Lippen vor seinen schweben.

„Danke“, sagt er, packt meine Arme, die gerade auf dem Weg zu seinem Gesicht sind, und macht einen Schritt von mir weg. „Das ist nett von dir, aber ich glaube, du wirst morgen bereuen, was du als Nächstes sagen willst. Also beenden wir das jetzt besser.“ Er dreht mich um und schiebt mich den Weg entlang.

Ich bin zu perplex, um etwas zu sagen.

Häh? Ich habe doch gerade noch dieses Flackern in seinen Augen gesehen. Und jetzt ist er wieder die Beherrschung in Person? Was ist passiert?

Es dauert nicht lang und wir haben mein Haus erreicht.

„Schlaf gut, Neah“, sagt Lucian, öffnet die Tür und schiebt mich ins Haus.

„Danke“, murmle ich noch. Dann schließe ich die Tür und brauche einen Moment, um zu begreifen, was ich da gerade alles gesagt habe. Irgendetwas mit Nachhilfe und dem Dejavue.

Ach, egal! Der Abend ist irgendwie verschwommen. Ich weiß nur eines mit absoluter Sicherheit. Ich habe jetzt ein Alibi und dieser Gedanke zaubert ein Lächeln auf mein Gesicht, das mich bis in den Schlaf begleitet.

KAPITEL 14

„Autsch.“ Ich reibe mir die Schläfen und nippe an dem Glas Orangensaft, das Marno mir hingestellt hat. Er sitzt mir gegenüber und mustert mich mit skeptischer Miene.

„Und?“, fragt er, nachdem ich ein paar kleine Schlucke geschafft habe.

Mir ist so übel und diese Kopfschmerzen sind kaum auszuhalten.

„Was?“ Ich stütze den Kopf auf meinen Händen ab, weil er einfach zu schwer geworden ist.

„Was hast du gestern Abend gemacht?“

„Musst du so laut reden?“

Marno seufzt, steht auf und holt mir eine zweite Tasse Kaffee. „Fangen wir mal anders an.“ Er stellt die Tasse vor mir ab. „An was kannst du dich noch erinnern?“

Ich trinke einen Schluck Kaffee und versuche den gestrigen Abend Revue passieren zu lassen. „Ich war bei Clive, Thomas, Ferdinand und William. Sie haben eine riesige Bibliothek.“

„Und da habt ihr so lange gelesen, bis du Kopfschmerzen bekommen hast?“ Marnos Spott ist nicht zu überhören.

„Nein, das haben wir in Clives Lustgrotte getan?“

„Was?“ Marnos Gesichtsausdruck entgleitet ihm so schnell, dass ich grinsen muss. Der Anblick ist Gold wert. „Lustgrotte?“ Er spricht so langsam, dass man meinen könnte, er will das Wort buchstabieren. „Neah, bitte, jetzt sag mir endlich, was gestern gewesen ist. Sonst kann ich dich hier keinen Schritt mehr allein machen lassen."

„Schon gut." Ich hebe abwehrend die Hände. „Lucian nennt Clives Schwimmbad eine Lustgrotte."

„Warum?"

„Weil er dort Mädchen verführt." Ich spreche schnell weiter, bevor Marno irgendwelche Bedenken äußern kann. „Aber ich war nur schwimmen."

„Und trinken."

„Ja, ich hatte ein paar Gläser Champagner." Ich nicke.

„Nicht nur ein paar. Na schön." Marno holt tief Luft. „Und Lucian war auch da?" Er schüttelt den Kopf, als ob er nicht glauben kann, was ich in der Kürze der Zeit alles angerichtet habe.

„Nein, Lucian habe ich auf dem Heimweg getroffen." Mir fällt unser Gespräch wieder ein. „Ich habe jetzt ein Alibi für den Abend im Dejavue."

„Lucian Morell ist dein Alibi?" Marno holt ganz langsam und kontrolliert Luft. Das macht er immer, wenn er sauer ist und sich nur schwer beherrschen kann.

„Was ist denn?", frage ich. „Clive und seine Freunde wollten es nicht machen. Diese ganzen feinen Prinzen sind keinen Pfifferling wert, wenn es hart auf hart kommt."

„Und da dachtest du, es ist eine gute Idee, Lucian Morell zu engagieren, weil dein Vater und überhaupt jeder unter den Magiern ja so viel von ihm und seiner Familie hält." Marno verschränkt die Arme vor der Brust.

„Ich werde sagen, dass ich bei ihm Nachhilfeunterricht nehme." Jetzt bin ich diejenige, die ihre Arme vor der Brust verschränkt. „Das klingt plausibel."

„Neah." Marno verdreht die Augen.

„Hast du den Mantel?", frage ich, anstatt weiter meinen Plan zu diskutieren, der mir jetzt, wo ich nüchtern bin, tatsächlich etwas absurd vorkommt. Aber das würde ich niemals zugeben. Ich irre mich nicht gern.

Marno nickt. „Er hängt an der Garderobe. Ich habe dafür gesorgt, dass er gegen einen anderen, sehr unscheinbaren ausgetauscht wird. Es gibt keinen Beweis dafür, dass eine Neah Venturi im Dejavue gewesen ist."

„Und Andrew?"

Marno grinst. „Er wird sagen, dass er mit dir nur einen kleinen Spaziergang über das Gelände gemacht hat und danach mit einem Mädchen ins Dejavue gegangen ist, das dir sehr ähnlich sieht. Er wollte seine Freunde beeindrucken und hat deshalb behauptet, er wäre mit der Prinzessin da."

„Sehr clever." Ich nicke anerkennend.

„Jetzt brauchst du nur noch ein plausibles Alibi."

„Das habe ich."

„Nein, hast du nicht. Ein Morell ist kein gutes Alibi."

„Lucian wird mitspielen. Wenn ich eines weiß, dann, dass er zu anständig ist, um mich zu hintergehen. Er wird zu seinem Wort stehen."

„Das denkst du." Marno erhebt sich. „Er ist ein Morell. Du darfst ihm niemals trauen."

„Er trägt vielleicht den Namen Morell, aber er hat absolut gar nichts mit König Ignatius zu tun, Marno." Ich sehe meinen Leibwächter ernst an.

„Bitte." Er zuckt mit den Schultern. „Aber sag nicht, dass ich dich nicht gewarnt hätte."

„Ich weiß, was ich tue."

Marno sagt nichts, aber er sieht mich auf diese spezielle Weise an, die mir sagt, dass er mich für ein unerfahrenes Küken hält, das an maßloser Selbstüberschätzung leidet und bald wieder Schiffbruch erleiden wird. Und dass er derjenige ist, der das ganze Chaos dann wieder in Ordnung bringen muss.

Ich trinke meinen Kaffee aus und dann auch noch den Orangensaft. Langsam spüre ich, wie die Kopfschmerzen dumpfer werden. Heute Abend bin ich wieder fit.

„Verdammt", murmle ich. Heute Abend war doch was. Ach, richtig. Ich habe mich zu Lucian eingeladen, damit er mir Nachhilfe gibt. Aber das ist nicht alles. Habe ich ihm gestern Abend wirklich zugeflüstert, dass ich ihn heiß finde?

Oh doch, das habe ich! Ich spüre regelrecht, wie mir die Röte in die Wangen steigt. Wie peinlich ist das denn? Ich habe gestern eindeutig zu viel getrunken.

„Was ist los?" Marno ist inzwischen in die Küche gegangen.

„Nichts", erwidere ich mit glühend roten Wangen und bringe meine Kaffeetasse schnell zur Spüle, damit Marno nicht sieht, wie ich erröte. Dann lasse ich Wasser ein und mache den Abwasch.

„Was magst du zum Frühstück?" Marno inspiziert den halbleeren Kühlschrank.

„Nichts", erwidere ich wahrheitsgemäß. Ich bin froh, dass mein Magen wieder Getränke verträgt.

„Das trifft sich gut." Marno schließt den Kühlschrank. „Denn wir haben nicht mehr viel da. Ich gehe erst mal einkaufen. Es gibt einen kleinen Laden hier auf dem Gelände. Vielleicht bist du ja hungrig, wenn ich wiederkomme."

Ich nicke und versuche immer noch zu vergessen, was ich Lucian gegenüber alles gesagt habe. Nachdem das Geschirr abgetrocknet und wieder in den Schränken verstaut ist, will ich mich an die Unterlagen setzen, die mir Emilia vorbeigebracht hat.

Doch gerade als ich damit beginne, mich in die ersten Vorlesungsskripte zu vertiefen, klopft es an der Tür.

Ich stehe wieder auf und öffne die Tür. Zu meiner Überraschung steht Phillip davor. Als er mich sieht, fängt er an zu lächeln. Er hat dieses spezielle Lächeln, das ihn noch gemütlicher erscheinen lässt. Irgendwie bin ich froh, ihn zu sehen.

„Neah, wie schön, dich zu sehen, und dir geht es endlich besser. Ich habe mir wirklich große Sorgen gemacht."

„Das habe ich gemerkt." Ich seufze. „Danke für deine Briefe und die Süßigkeiten. Das ist echt lieb von dir."

„Ach." Er winkt ab. „Das ist doch gar nichts. Kann ich noch etwas für dich tun? Brauchst du etwas? Magst du etwas unternehmen?"

Ich will schon ablehnen, weil ich Phillip wirklich keine falschen Hoffnungen machen möchte, aber dann überlege ich es mir anders. Vielleicht war ich zu voreilig, Phillip von der Liste der möglichen Kandidaten zu streichen. Und überhaupt. Vielleicht hat Marno recht und es wäre besser, wenn ich Phillip frage, ob er mein Alibi sein möchte. Er versteht mich bestimmt. Eigentlich macht er den vernünftigsten Eindruck von den sieben Prinzen. Ich sollte mir noch einmal Zeit nehmen und etwas genauer nachhaken.

„Doch, da gibt es vielleicht etwas", sage ich daher. „Hast du Lust auf einen Spaziergang? Ich brauche etwas frische Luft und obwohl ich jetzt schon eine Woche hier bin, habe ich mir immer noch nicht das ganze Gelände angesehen."

„Sehr gern." Phillip strahlt. „Es wäre mir eine Ehre."

„Gib mir einen Moment. Ich ziehe mir nur schnell

etwas anderes an.“ Ich beeile mich und flitze nach oben, um den Schlafanzug und den Morgenmantel gegen Jeans und Pullover zu tauschen. Dann eile ich schon wieder die Treppe hinunter.

Phillip hat inzwischen den Stapel an Genesungswünschen entdeckt. „Du hast eine Menge Post bekommen.“

„Ja“, erwidere ich, gehe zur Garderobe und greife nach meinem warmen Mantel, den ich nun dank Marno endlich wiederhabe. „Es haben sich alle Sorgen um mich gemacht. Aber es geht mir wieder gut. Es hat schlimmer ausgesehen, als es war. Aller Anfang ist schwer.“ Ich versuche locker zu klingen, während ich das Haus verlasse, aber die Wahrheit ist, dass ich seit jenem Seminar angestrengt nicht mehr daran gedacht habe, dass das wirklich erst der Anfang ist und die wahren Schmerzen und Anstrengungen noch vor mir liegen.

„Du schaffst das“, sagt Phillip mit fester Stimme. „Du bist eine starke Frau und eine Prinzessin.“

Ich schlucke, während Phillip die Tür zuzieht und wir uns nach links wenden. „Ich bin nicht so stark, wie du glaubst“, sage ich leise.

„Warum denkst du das?“ Phillip bietet mir seinen Arm an und ich hake mich bei ihm ein, während wir den Pfad entlangschlendern. Es ist ein grauer, trüber Herbsttag, aber ich achte kaum auf das Wetter. Dafür geht mir viel zu viel im Kopf herum.

„Diese Situation, in der ich mich befinde, ist wirklich nicht einfach für mich. Mein Vater verlangt, dass ich den künftigen König auswähle. Es gibt so viel dabei zu bedenken. Ich gebe zu, dass ich unterschätzt habe, wie schwer das ist.“

Gemeinsam biegen wir in den Hauptweg ein und wenden uns nach links.

„Du musst auf dein Herz hören“, sagt Phillip und

streicht sich durch den Bart.

„Nein, so einfach ist es leider nicht“, erwidere ich bitter.

„Doch, das ist es. Du darfst es nur nicht überstürzen. Du musst dir Zeit lassen. Gefühle entstehen nicht über Nacht. Ich finde es nicht gut, dass Mr Mortimer so einen Druck auf dich ausübt. Es gibt Liebe auf den ersten Blick, daran gibt es keinen Zweifel. Aber das passiert selten. Die meisten Romanzen brauchen etwas Zeit, um sich zu entwickeln.“ Phillip lächelt mich an.

Ich will sagen, dass es hier nicht nur um eine Romanze geht und ein König auch andere Qualitäten haben muss, aber ich weiß schon, dass Phillip da anderer Meinung ist.

„Clive hat mich gestern Abend zu einer Party eingeladen“, sage ich daher. Ich mustere Phillip ganz genau.

Er wirkt überrascht, und das nicht auf eine angenehme Weise. „Das hat er nicht getan?“ Phillip mustert mich besorgt. „Hat er die Nummer mit der Bibliothek und der Lustgrotte abgezogen?“

Ich unterdrücke nur mühsam ein genervtes Stöhnen. Also hat Lucian recht. Die Sache mit der Lustgrotte war seine Masche. Irgendwie bin ich enttäuscht, dass die vier sich für mich nichts Originelleres haben einfallen lassen.

„Ja, das hat er“, sage ich mit einem Seufzen. „Wir hatten einen feuchtfröhlichen Abend.“

„Dass er das wagt, ist wirklich unter der Gürtellinie.“ Phillips Stirn liegt mit einem Mal in Falten.

„Was meinst du?“ Ich bleibe stehe und sehe Phillip fragend an. „Habt ihr etwa vorher einen Ehrenkodex vereinbart?“

„Nein, das haben wir nicht.“ Phillip schüttelt sofort energisch den Kopf.

„Aber irgendetwas habt ihr doch abgemacht.“

„Das stimmt." Phillip nickt. „Wir haben nur besprochen, dass jeder die gleichen Chancen hat und keiner den anderen helfen oder sie behindern darf."

„Was stört dich dann?"

Phillip holt tief Luft und sieht mich ernst an. „Ich denke einfach nur, dass er dich wie eine Prinzessin behandeln sollte und nicht wie eine seiner vielen Liebschaften."

„Der Abend war lustig", sage ich schnell, damit Phillip nicht auf falsche Gedanken kommt. „Ich habe eine Menge über Clive, Thomas, William und Ferdinand erfahren."

„Sie waren auch da?" Phillip wirkt schockiert.

„Ja, sie waren auch da", sage ich mit ruhiger Stimme. „Aber sie haben sich alle benommen. Du musst dir keine Sorgen machen."

„Nimm es mir nicht übel, aber das klingt wie eine Orgie." Phillip hebt eine Augenbraue. Er scheint der Sache nicht zu trauen.

„Also beim besten Willen, das war es wirklich nicht. Wir haben uns nur unterhalten. Ich merke immer mehr, wie wichtig es ist, dass ich euch näher kennenlerne mit all euren Stärken und Schwächen. Nur dann kann ich eine gute Entscheidung fällen."

„Na gut." Phillip nickt. „Das kann ich gut verstehen. Man muss die guten und auch die schlechten Seiten vermutlich selbst erleben."

„Ja, genau." Ich wechsle schnell das Thema. „Heute will ich dich kennenlernen. Deswegen wäre es super, wenn du mir zeigst, was du gerne machst außer kochen. Wo bist du, wenn du Freizeit hast? Was machst du?" Ich sehe ihn fragend an. Mittlerweile sind wir fast am Ende des breiten Weges angekommen. Dort drüben sehe ich schon das große Eingangstor.

„Ich?“

„Ja, natürlich du.“ Ich nicke. Phillip wirkt dezent überfordert. „Oder lass uns etwas zusammen machen.“ Ich lasse meinen Blick schweifen. Dabei bemerke ich ein Haus, das mit seiner Eleganz sofort meine Aufmerksamkeit auf sich zieht. Diese eleganten Säulen vor dem Eingang. Die hübschen Sandsteinfiguren an der Fassade. Die kenne ich doch vom Haus meiner Schwester. Sie hat sich genau dieselben Details an ihrem riesigen Haus auf ihrem riesigen Grundstück anbringen lassen. Ein Blick reicht und ich sehe die Hausnummer.

„Das ist doch das Haus, das meine Schwester kreiert hat, nicht wahr?“

Philip dreht sich um. Dann nickt er. „Ja, das ist es. Haus Nr. 43.“

„Perfekt. Du hast mir doch angeboten, mich dort hineinzubegleiten.“ Ich strahle Phillip an.

„Ja, gut, das können wir machen.“ Phillip ist wieder die Ruhe in Person, als wir den Weg zu dem Haus einschlagen. „Ich bin schon ein paarmal dort gewesen. Es ist wirklich beeindruckend, was deine Schwester erschaffen hat. Aber so wie es aussieht, hast du auch starke Kräfte.“

„Habe ich das?“

„Ja, du hast eine Uniformjacke hergestellt. Das ist bemerkenswert für deinen ersten Versuch.“

„Was hast du bei deinem ersten Versuch gemacht?“

„Ich habe einen Kiesel in Sand verwandelt“, sagt Phillip mit einem Schmunzeln. „Da war ich zwölf. Und danach haben mir eine Woche lang die Arme so sehr wehgetan, dass ich meine eigenen Schnürsenkel nicht zubekommen habe.“

Ich mustere ihn ganz genau. „Hast du nie an der Magie gezweifelt? Oder dich gefragt, ob du das wirklich weitermachen möchtest?“

Phillip bleibt vor der Haustür stehen und sieht mich nachdenklich an. Dann schüttelt er den Kopf. „Schmerz ist ein Teil der Magie. Die Kraft muss sich aus etwas nähren. Ich habe das nie infrage gestellt. Außerdem hätte mir meine Familie keine Wahl gelassen. Seitdem klar ist, dass du mich auswählen könntest, habe ich das erste Mal in meinem Leben eine Wahl.“

„So habe ich das noch nie gesehen.“ Ich trete auf die Tür zu und öffne sie. Dann gehe ich in das Haus hinein. Sofort gehen Lichter an. Man könnte denken, dass es Bewegungsmelder gibt. Doch ich weiß, dass meine Schwester solche Hilfe nicht nötig hat. Sie kann Lampen herstellen und sie mit so viel Energie speisen, dass sie auch in hundert Jahren einfach angehen werden, sobald jemand einen Raum betritt.

Im Schein der kugelförmigen, weißen Lampen sehe ich mich um. Alles ist hell, die Wände, der Marmorboden, die langen Vorhänge vor den Fenstern und auch die vielen Türen, die von dem kreisförmigen Eingangsraum abgehen.

Auch wenn ich noch nie in diesem Haus gewesen bin, brauche ich niemanden, der mir erklärt, wo sich etwas befindet. Ich kenne den Stil meiner Schwester. Sie hat meine Puppenhäuser hergestellt und benutzt immer denselben Aufbau. Rechts sind Schlafzimmer und Wohnzimmer und links Küche, Bäder und Vorratskammern. Die wirklich spannenden Dinge findet man immer dann, wenn man geradeaus geht. Dort hat meine Schwester ihrer Fantasie freien Lauf gelassen.

Ohne auf einleitende Worte von Phillip zu warten, gehe ich direkt auf die Tür in der Mitte zu.

„Warst du schon einmal hier?“ Phillip beeilt sich, mit mir Schritt zu halten.

„Nein, aber ich kenne meine Schwester."

„Jetzt bin ich aber neugierig."

„Du kennst das Haus doch bestimmt schon in- und auswendig." Ich bleibe vor der Tür stehen und sehe Phillip an. „Du hast doch so etwas gesagt."

„Na ja, ich kenne es nicht in- und auswendig." Er schüttelt den Kopf. „Ich war zweimal bei einer Führung der Architekten dabei", erklärt er. „Wir waren dort drüben." Er zeigt nach rechts.

„Dort sind vermutlich Wohnzimmer und Schlafzimmer."

Phillip wirkt überrascht. „Ja, so ist es." Er nickt. „Aber was für welche, kleine, große, niedrige, hohe, elegante und auch sehr moderne. Ich kann dir eine Menge darüber erzählen."

Ich betrachte seinen freundlichen Gesichtsausdruck und erinnere mich an unser Abendessen. „Was ist mit diesem Lift, von dem du erzählt hast?"

„Ich habe nur davon gehört." Phillip zuckt mit den Achseln.

Ich neige den Kopf und spüre einen Stich der Enttäuschung. Wie sehr kann ich mich auf Phillips Worte verlassen? Was ist Schein? Und wann meint er es ernst?

„Was hast du eigentlich Dienstagabend gemacht?"

„Dienstag?" Er sieht mich verwundert an. Dann überlegt er. „Da war ich bei einem Treffen der Studentenverbindung in unserer Fakultät. Das war die monatliche Sitzung. Es war ziemlich öde."

„Da waren bestimmt viele Leute."

„Ja." Phillip seufzt. „Ich hätte den Abend lieber mit dir verbracht. Aber du warst ja mit Andrew unterwegs."

Einen Moment denke ich nach. Wenn Phillip bei dieser Sitzung war und ihn unzählige Leute gesehen haben, dann kann er schlecht mein Alibi sein.

„Andrew", sage ich gedehnt. „Richtig."

„Wie war es mit Andrew?" Phillip wirkt mit einem Mal sehr interessiert.

„Wir haben nur einen kurzen Spaziergang gemacht", wiegle ich die Sache ab.

„Ach so." Phillip wirkt erstaunt. „Er hat gesagt, dass er Großes vorhat."

„Aber nicht mit mir." Ich winke ab. „Ich war danach noch beim Nachhilfeunterricht."

„Du nimmst Nachhilfe?"

„Das war nur ein bisschen Vorbereitung auf die Magieanwendung. Atemübungen und so."

„Ich kann dir auch helfen, wenn du magst."

„Danke, ich bin schon versorgt." Ich wende mich der Tür zu und will nach der Türklinke greifen. Doch zu meiner Überraschung gibt es keine.

„Wer ist denn der Glückliche, der dir Nachhilfeunterreicht geben darf?"

„Ähm." Ich suche konzentriert nach der verdammten Türklinke. „Lucian Morell", sage ich hastig.

Einen Moment ist es still. Von Phillip kommt nichts. Stattdessen tut sich aber bei der Tür etwas. Sie schiebt sich wie von Geisterhand zur Seite. Dabei ertönt ein leises Pling. Wir stehen vor dem berüchtigten Lift meiner Schwester. Na, das war doch gar nicht so schwer.

„Lucian Morell?" Phillip ist nicht nur überrascht. Er ist regelrecht entsetzt.

„Wenn ihr euch von ihm das Essen servieren lassen könnt, kann ich doch bei ihm Nachhilfe nehmen?" Ich sehe Phillip herausfordernd an. „Ich brauchte Hilfe und er brauchte Geld."

Er senkt den Blick und nickt. „Stimmt auch wieder. Wollen wir?" Er hebt den Blick und lächelt wieder. Das kleine Regenwetter ist schon vorüber. Der gemütliche

Phillip meidet Konflikte lieber, anstatt sie auszustehen. Da habe ich wieder etwas gelernt.

„Gern." Ich trete in den Lift und betrachte die Schalttafel mit den vielen Nummern darauf. „Hast du eine Ahnung, wo die hinführen?"

„Von ein paar habe ich schon gehört." Phillip stellt sich neben mich und runzelt die Stirn. „Es soll ein Musizierzimmer geben, und zwar in Etage 15."

„Das glaube ich gern. Meine Schwester spielt mit großer Begeisterung Harfe."

„Sie ist wirklich beeindruckend."

„Ja, ein richtiger Engel." Ich lasse meinen Finger über einer beliebigen Nummer kreisen, weit weg von der 15. Mal sehen, ob mich Noir überraschen kann.

„Weißt du, was du tust?" Phillip klingt nervös.

Ich lächle ihn an. „Ich habe keine Ahnung, aber genau das ist ja das Aufregende. Festhalten." Es geht ganz schnell, als ich die 212 entdecke. Ohne lange nachzudenken, drücke ich den Knopf. Dann greife ich nach der Haltestange.

Phillip macht eine hektische Bewegung und hält sich ebenfalls fest. Es geschieht gerade noch im richtigen Moment. Denn da setzt sich der Lift in Bewegung. Wenn ich schon dachte, dass die Liftfahrt im Stanley-Building anstrengend war, dann wird mir schon nach einem Wimpernschlag klar, dass das noch gar nichts war. Mein Körper wird nach rechts und dann nach links gerissen. Ich komme mir vor wie ein Komet auf Zerstörungskurs.

Doch seltsamerweise schweifen meine Gedanken schnell ab. Die 212 hat eine ganz besondere Bedeutung für Noir und Nox. Der 2.12. ist Noirs Geburtstag und der 21.2. der von Nox. Die 212 war immer ihre Verbindung, ihre Glückszahl, und sehr oft Nox' Passwort. Er hat sich die Zahl sogar auf seinen Oberarm tätowieren lassen.

Das Haus ist vor Nox‘ Tod entstanden. Was ist in dieser Etage oder diesem Raum oder wo immer uns dieser Lift hinführen wird? Mitten in meiner Überlegung wird mir klar, dass ich es nicht wissen will. Ich bin einfach nicht bereit, mich mit dem Schmerz zu konfrontieren.

Ich versuche die Hand zu heben und einen anderen Knopf zu drücken, doch genau in diesem Moment schießt der Lift nach oben und die Kräfte, die auf meinen Körper wirken, verhindern, dass ich die Hand heben kann.

Dann ist es mit einem Mal vorbei. Die Lifttüren öffnen sich.

Ich atme durch und bevor ich einen anderen Knopf drücken kann, ist Phillip schon an mir vorbei aus dem Lift getreten.

„Mir ist so übel“, höre ich ihn sagen. Dann schnappt er nach Luft.

Ich will ihn zurückrufen, aber die Geräusche, die er macht, klingen wirklich besorgniserregend.

„Verdammt“, murmle ich und folge ihm aus dem Lift hinaus. Als ich neben Phillip stehe, verstehe ich, warum er so seltsam reagiert hat. Dieser Lift hat uns an einen Ort gebracht, der nicht mehr existiert – meine Kindheit.

KAPITEL 15

Mein Blick ist starr geradeaus gerichtet, denn ich stehe tatsächlich in der großen Halle des königlichen Palastes in Marseille. Es ist ein prunkvoller Saal, in dessen Mitte ein riesiger Tisch steht. Geschirr steht darauf und die Reste eines Essens. Rund um den Tisch sitzt meine Familie.

Langsam trete ich an Phillip vorbei, der immer noch keuchend Luft holt.

„Das ist nicht echt", flüstere ich ihm zu. Es ist eine von Noirs Erinnerungen, die sie hier für Nox hinterlassen hat. Vielleicht wollte sie ihm etwas Vertrautes geben, falls er auf der Academy Heimweh bekommt.

Mein Vater und meine Mutter sitzen ganz vorn an der Tafel. Sie sehen deutlich jünger aus. Das winzige Baby auf dem Schoß meiner Mutter kann nur ich sein. Um den Tisch rennen Nox und Noir. Mein Bruder muss etwa zehn sein und Noir vierzehn.

Wie so oft lachen und streiten sie sich gleichzeitig.

Doch sie sind nicht die einzigen Kinder, die da sind. Frey ist etwa ein Jahr alt und sitzt auf dem Schoß meiner Tante. Seine älteren Brüder Jules und Franco haben sich an den Rand des Saales verzogen und tuscheln miteinander. Sie müssen zu dieser Zeit neun und elf Jahre alt sein.

Mein Onkel ist auch da. Er hat sich zu meinem Vater geneigt und ist mit ihm in ein Gespräch vertieft. Es sieht aus wie ein gemütliches Familienessen, mal abgesehen von dem Prunk des Saals, den Bediensteten, die am Rand auf Anweisungen warten, und der Krone, die mein Vater trägt. Er hat sie fast immer auf.

Ich erinnere mich, wie ich als Fünfjährige eines Nachts in das Schlafzimmer meiner Eltern geschlichen bin, um herauszufinden, ob er die Krone auch bei Nacht trägt. Zu meiner Erleichterung lag sie neben seinem Bett.

„Was ist das?“ Phillip scheint seine Überraschung über den Anblick meiner Familie überwunden zu haben. Vermutlich auch, weil sich die Szene, die wir gerade gesehen haben, jetzt zum zweiten Mal abspielt.

„Eine Illusion“, sage ich und strecke die Hand aus, während meine Geschwister an mir vorbeirennen. Ich kann sie nicht berühren. Sie bestehen aus Licht.

„Ich wusste nicht, dass deine Schwester so etwas hinterlassen hat.“

„Das ist nicht für die Öffentlichkeit“, sage ich und gehe um den Tisch herum. „Das hat sie für Nox getan. Wir sind vermutlich nur hier, weil ich dasselbe Blut in meinen Adern habe.“

„Blutsiegel.“ Phillips Stimme ist voller Ehrfurcht. Doch er folgt mir, als wir zu meinen Eltern hinübergehen.

Schon wieder rennen Noir und Nox an uns vorbei. Sie sind ganz bei ihrem Spiel. Ich kann nicht anders, als Nox anzustarren. Er ist ein schlanker Junge mit großen, dunklen Augen und wirren, braunen Locken. Er wirkt so frei und so unschuldig. Der Gedanke daran, dass er tot ist, schnürt mir die Kehle zu.

Ich muss hektisch Luft holen, damit ich nicht in Tränen ausbreche. Zu diesem Zeitpunkt war unser aller Leben noch in Ordnung.

„Was denkst du?“, höre ich meinen Vater sagen. Ich

bin froh, dass etwas anderes meine Aufmerksamkeit auf sich zieht.

Mein Vater hat noch keine grauen Haare und weniger Falten. Er wirkt gelöster, als ich ihn in Erinnerung habe.

„Nox ist ein aufgeweckter Junge“, höre ich meinen Onkel sagen. „Er wird das schon schaffen. Und wenn nicht, dann habt ihr ja noch andere Kinder.“

„Aber keinen Sohn“, erwidert mein Vater.

„Ihr seid noch jung und könnt noch Söhne bekommen.“

Ich verdrehe die Augen, als ich bemerke, um was das Gespräch der beiden kreist. Diese verdammten höfischen Protokolle mit ihren veralteten Standards. Ich will schon weitergehen, als mich ein Satz meines Vaters bremst.

„Edith kann keine Kinder mehr bekommen. Neah ist unser letztes gemeinsames Kind.“

„Was?“ Mein Onkel ist verblüfft und sieht meinen Vater genauso erstaunt an wie ich.

Mein Vater wirkt traurig, als er meiner Mutter einen schnellen Blick zuwirft, die ganz mit mir beschäftigt ist und nichts von dem Gespräch mitbekommt. „Edith ist bei der Geburt von Neah beinahe verblutet.“

„Das tut mir so leid. Das wusste ich nicht.“ Mein Onkel ist blass geworden, und nicht nur er.

Ich spüre plötzlich Phillips Hand auf meiner Schulter und bin froh über die tröstende Geste.

„Nox wird ein fantastischer König werden“, sagt mein Onkel entschlossen. „Daran habe ich keinen Zweifel. Wir werden alles tun, um ihn zu beschützen. Die Gambinos werden nicht an ihn herankommen.“

„Er ist unsere einzige Chance.“ Mein Vater holt tief Luft. Er sieht aus, als ob eine schwere Last auf ihm liegen würde. „Seit 120 Jahren haben die Venturis ihre männlichen Erben auf den Thron gesetzt. Es wäre ein Verrat an meinen Vorfahren, wenn ich scheitere."

„Du wirst nicht scheitern. Wir alle beschützen Nox. Wir sind schließlich eine Familie und halten zusammen. Warst du wieder bei Ornella?"

Mein Vater nickt. „Sie ist sich sicher. Es gibt keinen Zweifel."

Ich sehe meinen Vater erwartungsvoll an. Ornella? Geht es hier um eine Prophezeiung? Wegen was ist sie sich sicher? Aber genau in dem Moment, in dem es interessant wird, beginnt die Zeitschleife von vorn und mein Vater und mein Onkel beginnen ihr Gespräch noch einmal.

„Das ist unglaublich." Phillip hat ganz rote Wangen bekommen.

Ich würde ihm ja zustimmen, aber ich verstehe nicht, warum Noir das hier für Nox hinterlassen hat.

Aber vielleicht ging es ihr ja gar nicht um das Gespräch zwischen meinem Vater und meinem Onkel. Ich gehe zu Jules und Franco hinüber und stelle mich neben sie. Doch sie sprechen nur davon, wie lange sie sich hier noch langweilen sollen und ob es zum Nachtisch Pudding geben wird oder Eis. Während Jules auf Pudding hofft, will Franco lieber Eis.

Langsam schlendere ich zum Lift zurück. Phillip folgt mir. Als sich die Tür hinter uns schließt, sieht er mich erwartungsvoll an. „Und jetzt? Willst du noch eine Etage ausprobieren oder soll ich die Führung jetzt übernehmen? Ich kann dir wirklich eine Menge über die Schlaf- und Wohnzimmer erzählen."

„Das klingt gut." Meine Unternehmungslust ist nach diesem seltsamen Erlebnis wie fortgeblasen.

Wir fahren zurück nach unten. Obwohl ich es nicht

fahren nennen würde. Der Lift befindet sich erst im freien Fall, um dann erst stark in die eine und schließlich in die andere Richtung zu schießen.

Phillip macht die Sache mit der Führung wirklich gut. Mit einem amüsanten Tonfall führt er mich durch weiträumige Schlafzimmer, platzsparende Schlafkabinen und moderne sowie elegante Wohnzimmer und erläutert mir, dass man hier an der Venturi Academy auch lernt, verschiedene Einrichtungsstile voneinander zu unterscheiden und anzuwenden.

„Ich glaube nicht, dass ich das wirklich sage, aber es war tatsächlich interessant." Ich lächle Phillip zu, als wir das Haus wieder verlassen und langsam zurückschlendern.

„Mit dir macht alles Spaß", sagt Phillip. „Ich weiß, dass alles sehr schnell geht, aber mit dir fühlt sich alles richtig an. Wir sehen uns erst seit ein paar Tagen und dennoch kommt es mir vor, als ob ich dich schon ewig kenne."

„Ach, Phillip", sage ich mit einem Seufzen.

„Ja, Noah." Er bleibt stehen und wendet sich mir zu. Dabei greift er ganz unverfänglich nach meiner Hand. „Ich will, dass du weißt, dass ich dich wirklich mag. Ich werde dich immer unterstützen."

„Phillip." Ich bin auf einmal ganz ernst. „Ich will deine Gefühle nicht verletzen."

„Mach dir um mich keine Sorgen. Ich bin robust. Ich komme damit klar, dass du mich nicht so liebst, wie ich dich liebe."

Liebe? Hat er das wirklich gerade gesagt? Einen Moment verschlägt es mir die Sprache. „Wir kennen uns gerade mal seit einer Woche", sage ich kopfschüttelnd. „Es ist ein bisschen zeitig, um von Liebe zu sprechen."

„Für mich ist es das nicht." Phillip lächelt sanft und

beugt seinen Kopf langsam zu mir.

Ich kann ihm gerade noch ausweichen. „Was ist mein Lieblingsessen?"

„Häh?" Phillip reißt die Augen wieder auf, die er gerade schließen wollte.

„Was ist mein Lieblingsessen?", frage ich und löse meine Hand aus seiner.

„Ähm, Bratwurst mit Sauerkraut?"

Ich schüttle den Kopf. „Das hast du aus der *The Secrets of the Royal Witches.*"

Phillip wird rot.

„Nichts davon stimmt", fahre ich fort. „Ich mag weder die Romantik des 18. Jahrhunderts noch rosa Ballkleider oder Bootsfahrten bei langsamer Strömung."

„Aber …" Phillip gerät sichtlich ins Wanken.

Sein Anblick sorgt dafür, dass ich meine Zurückhaltung aufgebe. „Das haben die sich ausgedacht und wenn du dich in die Frau verliebt hast, die diese Zeitschrift erfunden hat, dann muss ich dir sagen, dass das nicht ich bin. Ich mag schwarz lackierte Fingernägel, esse gern Pfannkuchen zum Frühstück, sehe gern gute Filme, lese blutige Thriller und habe mit den Magiern nichts am Hut, weil mich diese patriarchalische, altmodische Gesellschaft ankotzt. Ach so, und natürlich, weil mein Bruder Nox wahrscheinlich an einer Überdosis seiner eigenen Magie gestorben ist. Ich will eigentlich gar nicht hier sein, aber mein Vater zwingt mich dazu. Am liebsten wäre es mir, wenn sich einer von euch bereit erklärt, den Job als zukünftiger König zu übernehmen. Dann kann ich wieder mein eigenes Leben leben."

Phillip wird erst rot und dann blass. „So ist das also", flüstert er.

„Ja, so ist es." Ich nicke. „Tut mir leid, wenn ich dich enttäusche."

„Das muss dir nicht leidtun." Phillip holt Luft. „Ich komme mir so albern vor."

„Du bist ein toller Mensch, Phillip."

„Denkst du das wirklich?" Er sieht mich mit großen Augen an.

„Ja, wirklich." Ich nicke.

„Es ist meine Schuld." Er greift nach meiner Hand. „Du stehst unter diesem enormen Druck deines Vaters und jetzt mache ich auch noch Druck. Natürlich kennen wir uns erst seit einer Woche. Liebe braucht Zeit. So etwas kann man nicht in ein paar Tagen erzwingen. Aber wir können Freunde sein und irgendwann kann aus Freundschaft auch Liebe werden."

„Ähm, ja." Hat er mir nicht zugehört?

„Vergiss, was ich gesagt habe. Dafür ist es noch zu früh. Du brauchst Zeit und ich auch. Ich bin immer so ungeduldig und vorschnell. Wir müssen uns erst einmal richtig kennenlernen."

„Gute Idee." Ich setze mich in Bewegung und weiß nicht so recht, was ich von Phillips Reaktion halten soll. Hat er wirklich verstanden, was ich ihm sagen will?

Während wir zurück zu meinem Haus gehen, erzählt mir Phillip von seinen älteren Brüdern und seinen strengen Eltern. Er meint das ernst mit dem Kennenlernen und eigentlich sollte ich dankbar sein, dass er so entgegenkommend ist. Aber ich werde den Verdacht nicht los, dass er sich immer noch etwas wünscht, was ich ihm nicht geben kann, zumindest kann ich es mir im Moment nicht vorstellen.

Als sich Phillip von mir verabschiedet, versucht er nicht schon wieder, mich zu küssen, und ich bin froh darüber. Er schüttelt meine Hand und wünscht mir noch einen schönen Abend.

Eine Weile sehe ich ihm nach, dann gehe ich ins

Haus. Nachdem die Tür hinter mir ins Schloss gefallen ist, atme ich tief durch. Was für ein seltsamer Nachmittag.

Ich sehe mich um. Der Kühlschrank ist wieder voll, aber Marno ist nicht da. Als mein Blick auf die Uhr fällt, hole ich tief Luft und spüre eine Welle der Aufregung durch meinen Körper fließen.

Lucian. Ich habe mich zu ihm eingeladen und jetzt habe ich auch schon Phillip davon erzählt. Die Lüge beginnt zu leben und jetzt gibt es keinen Weg mehr zurück. Ich versuche mir einzureden, dass ich das für mich und Marno tue, aber insgeheim weiß ich, dass ich auch Lucian retten will.

Die Entschlossenheit wächst in mir, dass ich das durchziehen werde. Also lege ich meine Jacke gar nicht erst ab, sondern lasse sie gleich an und gehe wieder aus dem Haus. Die Kälte beißt mir inzwischen in die Nase. Es wird gerade dunkel. Der See und die Brücke liegen schon im Schatten der Nacht.

In Lucians Haus brennt Licht. Ich bemerke es mit Erleichterung. Irgendetwas tief in mir drin hat bis zuletzt daran gezweifelt, dass er meine Worte von gestern Abend ernst genommen hat.

Als ich auf die Haustür zugehe, spüre ich mein Herz schneller schlagen. Bei meinem letzten Besuch hat mir Lucian mit nacktem Oberkörper geöffnet und das hat mich mehr durcheinandergebracht, als mir lieb ist. Eine Woche reicht nicht für Liebe, aber sie reicht für Lust.

Ich klopfe heftig gegen die Tür. Meine kalten Finger schmerzen und ich reibe sie ineinander, während ich darauf warte, dass Lucian mir öffnet. Doch er lässt sich Zeit. Oder ist er etwa nicht zu Hause? Die Zweifel werden stärker und plötzlich bin ich mir meiner Sache gar nicht mehr so sicher.

Gestern war ich wirklich ziemlich angetrunken. Was habe ich noch einmal alles gesagt und getan? Meine Erinnerungen sind lückenhaft.

Bevor mir peinliche Dinge einfallen können, geht plötzlich die Tür auf. Lucian steht vor mir und sieht wenig begeistert aus. Er trägt einen schwarzen Rollkragenpullover mit langen Ärmeln und eine dunkle Hose. Heute gibt es keine Haut zu sehen.

„Du bist ja wirklich gekommen.“ Er lehnt sich an den Türrahmen und sieht mich skeptisch an. „Ich dachte, du erinnerst dich nicht mehr an den gestrigen Abend.“

„Da sind ein paar Lücken“, entgegne ich knapp. „Aber das Wesentliche ist hängen geblieben. Ich brauche ein Alibi und du auch und deswegen sind wir nun hier.“

Lucian nickt, als ich ihn daran erinnere. Da er mich nicht wegschickt, scheint er zu dem Schluss gekommen zu sein, dass ich nicht übertrieben habe, als ich ihm die Konsequenzen unseres zufälligen Aufeinandertreffens im Dejavue aufgezeigt habe.

„Komm rein.“ Er stößt sich vom Türrahmen ab und tritt zur Seite.

Ich gehe an ihm vorbei in sein Haus. Ich kann nicht leugnen, dass ich neugierig bin. Wie lebt Lucian? Was sind seine Leidenschaften, neben dem Kampf um Gerechtigkeit für die Morells?

Das Erste, was ich sehe, sind Unmengen an Büchern. Sie sind nicht ordentlich in Regale geräumt oder gar in einer opulenten Bibliothek platziert wie bei Clive und seinen Freunden. Sie liegen überall herum, auf dem Sofa, neben dem Sofa, auf dem Esstisch. Selbst auf dem Boden liegen Bücher. In Stapeln, manchmal aufgeklappt, so als ob Lucian gerade noch darin gelesen und dann wieder ordentlich in einer Ecke aufgestapelt hat.

Sonst ist sein Haus normal möbliert, einfache Möbel, die ihrem Zweck genügen und vermutlich schon vor seinem Einzug hier standen. Zumindest deuten die vielen Kratzer und Gebrauchsspuren darauf hin. Die Fenster hat Lucian mit dunklen Laken abgehängt. An der Wand hängt das Poster einer Band, die ich nicht kenne. Aber die schwarze Farbe in den Gesichtern der Musiker und die E-Gitarren deuten darauf hin, dass es etwas Lautes sein muss.

„Und?“ Lucian runzelt die Stirn, als mein Blick wieder bei ihm angelangt ist. „Ist es fein genug für die Prinzessin?“

Ich unterdrücke ein wütendes Schnauben, aber ich werde ihm nicht die Genugtuung gönnen, auf seine Provokation einzugehen. „Ich denke, es wird gehen“, sage ich in herablassendem Ton und genieße das kurze wütende Aufblitzen in seinen Augen.

„Fein.“ Lucian geht zum Esstisch, nimmt ein paar Bücher und legt sie in das Regal daneben. „Bitte schön.“ Er zeigt auf den freien Platz.

Ich schlendere zum Tisch und lasse mich auf dem Stuhl nieder. „Du hast ziemlich viele Bücher“, stelle ich fest.

„Ich muss viel lernen.“ Lucian folgt meiner Bewegung. „Während du deinen Abschluss geschenkt bekommst, muss ich doppelt so gut sein wie die anderen. Du weißt, ich bin ein Morell. Ich muss jeden Tag beweisen, dass ich würdig bin, überhaupt einen Atemzug zu machen.“

„Das tut mir leid“, erwidere ich.

„Es liegt in deiner Macht, etwas daran zu ändern.“

„Wie ich schon sagte, du überschätzt meine Möglichkeiten.“

„Da bin ich anderer Meinung."

„Das steht dir frei." Ich sehe Lucian erwartungsvoll an. Ich habe nicht vergessen, was ich gestern Abend zu ihm gesagt habe, und er offenbar auch nicht.

„Du willst also Nachhilfeunterricht." Er lässt sich mir gegenüber nieder. Die Lampe über dem Tisch ist hell und beleuchtet sein schönes Gesicht so vorteilhaft, dass ich kurz schlucken muss, um mich konzentrieren zu können. Dieser Rollkragenpullover betont seine elegante Statur und lässt ihn so viel aristokratischer wirken als alle sieben Prinzen zusammen.

„Ja, genau, Nachhilfeunterricht." Ich lehne mich zurück und bringe ein wenig Raum zwischen uns.

„Es geht um Magie, nicht wahr?" Er bemerkt meine Bewegung und beugt sich ein wenig weiter nach vorn, als ob es ihm Spaß macht, mich nervös zu machen. „Ich habe von deinem ersten Versuch, Magie zu bewirken, gehört."

„Ja, das lief nicht so gut", gebe ich zu. „Aber ich habe zumindest magische Fähigkeiten."

„Dir ist klar, dass man Magie kontrollieren können muss, sonst wird sie schnell zu einer gefährlichen Waffe." Lucian ist todernst.

„Ja, das weiß ich." Ich erwidere seinen Blick, ohne zu blinzeln, und beuge mich wieder nach vorn. „Deswegen bin ich hier. Bring mir bei, wie ich mich verteidigen kann."

Lucians Miene wird eisig. „Das ist nicht erlaubt."

„Da draußen sind die Gambinos und sie haben es auf mein Leben abgesehen", erwidere ich, ohne zu zögern. Nach dem heutigen Tag ist mir die Dringlichkeit meines Wunsches noch bewusster geworden. „Es wird niemand erfahren."

„Das macht es immer noch nicht legal. Frag doch

Marno, ob er dir dabei hilft."

„Marno wird sich nicht über die Befehle meines Vaters hinwegsetzen. Das weißt du genau. Er ist ein Elf. Er beschützt mich."

„Also weiß er nicht einmal, weswegen du hier bist." Lucians Augen verengen sich.

„Ich bin hier wegen Nachhilfe", sage ich schnell.

„Bevor dir jemand beibringen kann, wie du dich verteidigst, musst du erst einmal ein paar Grundlagen lernen."

„Kein Problem, ich bin bereit."

„Ich kann dir nicht trauen." Lucian erhebt sich. „Du bist eine Venturi. Du lügst, wenn es dir passt, und wenn du mich auffliegen lässt, dann ist mein Leben vorbei und ich lande im Gefängnis."

„Ich habe dir gerade ein Alibi verschafft", entgegne ich und stehe ebenfalls auf.

„Das erlaubt dir nicht, über mich zu bestimmen."

„Es ist zu spät für Bedenken", erwidere ich ganz ruhig und trete näher auf Lucian zu. „Du hast einen entscheidenden Fehler gemacht."

„Und welchen?" Seine Stimme ist tief und entfacht ein süßes Brennen in meiner Mitte.

„Du warst so anständig, mein Leben zu retten, und hast dich damit in die größten Schwierigkeiten deines Lebens gebracht. Du hättest mich einfach sterben lassen sollen. Dann wäre alles wie vorher."

Lucian steht vor mir, ganz erstarrt in seiner Bewegung. Er schluckt und ich sehe die Bewegung seines Adamsapfels aus den Augenwinkeln.

Einen Moment ist es ganz still. Ich spüre nur eine leichte elektrische Spannung. Was tut Lucian? Will er mich angreifen? Will er seinen Fehler korrigieren?

Doch plötzlich zieht etwas Entschlossenes in seine

Züge. „Also gut", sagt er ganz ruhig. Zu ruhig für meinen Geschmack. „Dann bekommt die Prinzessin eben ihren Willen. Ich werde dir beibringen, dich zu verteidigen. Aber ich sage dir gleich, dass das kein Spaziergang ist."

„Damit komme ich klar." Nach außen bin ich die Ruhe in Person, doch irgendwo tief in mir schrillen plötzlich ein paar Alarmglocken so laut, dass mir ganz übel wird.

„Prima." Die Vorfreude auf Lucians Gesicht bedeutet bestimmt nichts Gutes. „Dann bitte schön." Er macht einen Schritt zur Seite und zeigt auf eine schmale Tür neben dem Sofa. „Dort ist mein Trainingsraum. Er ist schalldicht und außerdem feuerfest. Du kannst dich dort richtig austoben. Ein Absolvent der Architekten hat ihn für mich eingerichtet. Ich habe ihm dafür seine Abschlussarbeit geschrieben."

„Du bist ein wahrer Heiliger", sage ich spöttisch und gehe auf die Tür zu.

„Er hat gut bezahlt", erwidert Lucian und zuckt mit den Schultern. Dann macht er einen Schritt an mir vorbei, öffnet die Tür und hält sie mir auf. „Bitte schön, Eure Hoheit."

Ich gebe ein genervtes Knurren von mir und gehe an Lucian vorbei in seinen Übungsraum. Er folgt mir und zieht die Tür hinter mir zu. Dann verriegelt er sie.

Einen Moment bleibe ich verblüfft stehen und sehe mich um. Mich umgeben alte Mauern, die sich weit in die Höhe erheben. Über einer halb eingefallenen gotischen Decke funkeln die Sterne. Der Raum ist riesig und sieht aus wie die Reste einer alten Kirche.

„Was war das für ein Absolvent?", frage ich, während ich mich noch im Kreis drehe und nach oben sehe.

„Ein guter." Die Freude in Lucians Stimme ist deutlich zu hören. „Aber er war faul, was die Theorie angeht. So sind wir uns schnell einig geworden. Er mochte atmosphärische Plätze und ich habe ihm freie Hand gelassen."

„Dieser Ort ist ihm gut gelungen." Ich wende mich Lucian zu und sehe ihn erwartungsvoll an. „Also, womit wollen wir beginnen?"

Lucian verschränkt die Arme vor der Brust und mustert mich mit einem abschätzenden Gesichtsausdruck. Dann läuft er langsam um mich herum. „Du bist es nicht gewohnt, deine magischen Kräfte heraufzubeschwören. Bevor wir überhaupt lernen, diese Kraft zur Verteidigung einzusetzen, musst du sie erst einmal kontrollieren können. Ich habe keine Lust darauf, dass du mir aus Versehen meinen Kopf explodieren lässt."

„Okay." Das klingt logisch.

„Also gut", sagt Lucian. Er ist von hinten an mich herangetreten. „Dann hebe die Hände und zeige mir, was du kannst. Nur damit du dich nicht wunderst. Wenn ich merke, dass dir deine Kräfte entgleiten, dann werde ich dir helfen. Eigentlich wundert es mich, dass Professorin Hanson nicht eingegriffen hat. Sie sollte wissen, wie das geht. Es war gefährlich, dich einfach machen zu lassen."

Die Erinnerung an den Tag im Seminarraum sorgt dafür, dass mir ganz mulmig wird. „Was soll ich denn tun?"

„Eine einfache Übung für Anfänger", sagt Lucian. Seine Stimme ist inzwischen ganz nah an meinem Ohr. „Konzentriere dich auf das Wasser in der Luft. Ich möchte, dass du es sammelst und es zu Boden tropfen lässt."

„Ich soll es regnen lassen?"

„Wenn du ein paar Tropfen hinbekommst, dann

würde mir das als Anfang schon reichen."

„Na schön." Ich hebe die Hände und beginne Luft zu holen. Ich atme drei Sekunden ein, halte fünf Sekunden die Luft an und atme dann acht Sekunden aus. Wie schon beim letzten Mal wird mir ziemlich schnell schwindelig.

Lucian mischt sich nicht ein, also gehe ich davon aus, dass ich alles richtig mache. Ich erinnere mich an dieses Kribbeln in meinem Körper, das ich beim letzten Mal empfunden habe, und tatsächlich dauert es nicht lang, bis mein Herz schneller schlägt und das Gefühl eines ungeheuren Drucks in mir aufzusteigen beginnt. Sofort sind die Kopfschmerzen wieder da und mein Magen rumort.

Ich wusste, dass es beim nächsten Mal nicht einfacher wird, aber als meine Arme und Beine zu zittern beginnen, verfluche ich mich selbst für den Moment, in dem ich leichthin gesagt habe, dass ich hier studieren möchte. Ich habe doch gewusst, dass Magie nur aus Schmerz erwächst. Warum wollte ich mir das antun? Um Mortimer zu beeindrucken?

Meine Gedanken wandern zu der Nacht im Dejavue und den Gambinos. Das Gefühl der Hilflosigkeit erinnert mich daran, warum ich hier bin, und mit einem Mal schaffe ich es, mich zu konzentrieren. Der Schmerz ist da, aber ich kann ihn in Schach halten.

„Wo bleibt denn das Wasser?", fragt Lucian. Seine Stimme ist scharf und lässt mich zusammenzucken. „Bist du eine Versagerin, wie alle sagen, oder kannst du doch etwas?"

Wut flackert in mir auf und mischt sich mit dem Schmerz. Ich spüre das Wasser um mich herum. Mein Blick verschwimmt und mit einem Mal sehe ich es sogar. Es ist überall.

„Du kannst gar nichts“, flüstert Lucian spöttisch.

Seine Stimme schleicht sich in mein Herz und facht meine Wut an. Dann steigt der Druck in meinem Kopf und mit einem Mal bekomme ich Angst vor dem, was sich in mir zusammenbraut.

„Versagerin“, flüstert Lucian in mein Ohr.

Ich will glauben, dass er das nur sagt, um mich anzutreiben und die Kräfte in mir zu wecken, aber der Stich sitzt tief, denn ich weiß, dass ich eine Versagerin bin. Ich war nie so gut wie meine Schwester und auch nicht so gut wie mein Bruder.

Ich habe Angst vor der Magie und bin vor ihr davongelaufen.

Der Schmerz in meinem Kopf wird stärker. Das Blau des Wassers beginnt zu leuchten.

Und dann sind da plötzlich Lucians Hände auf meinen Schultern. Sein Körper drängt sich von hinten an meinen. Er will mir Halt geben, damit ich meine Kräfte in den Griff bekommen kann. Das ist nichts Ungewöhnliches, aber mich bringt es völlig durcheinander.

Das ist alles zu viel. Das Zittern meiner Hände wird stärker. Meine Knie werden weich und in mir steigt die Spannung unerträglich an.

Ich bebe immer heftiger und dann schlingt Lucian seine Arme um meine Taille und hält mich fest.

Die Spannung in mir explodiert. Ich höre ein lautes Rauschen. Alles ist blau. Kaltes Wasser klatscht mir von allen Seiten ins Gesicht.

Ich hole hektisch Luft und glaube beinahe zu ertrinken.

„Verdammt!“, höre ich Lucian in mein Ohr flüstern.

Das sehe ich ganz genauso. Als sich die Welt um mich herum beruhigt, stehe ich in knietiefem Wasser und bin bis auf die Haut durchnässt. Dieses Mal zittere ich vor Kälte.

Der Schmerz ist verebbt, die Spannung gelöst und zu meiner Erleichterung blute ich weder aus der Nase noch aus den Ohren. Ich habe auch nicht das Gefühl, jeden Moment zu fallen. Es hat funktioniert.

Dafür registriere ich Lucians Körper, der immer noch ganz nah an meinem ist. Er ist stark. Ich spüre seine Muskeln an meinen Schultern, meinem Rücken und Beinen. Sein Atem ist warm und streicht über meinen Nacken.

Seine Arme lockern sich gerade. Er will von mir wegtreten.

Bevor ich lange über das nachdenken kann, was ich tue, drehe ich mich in seiner Umarmung um.

Das Blau seiner Augen ist dunkel.

„Du hast viel zu viel Macht“, flüstert er, und ich sehe Erstaunen in seinem Blick. Aber da ist noch etwas anderes.

Ich dränge mich an ihn.

„Neah“, flüstert er rau. Der Ton ist ein Echo meiner dunkelsten Wünsche.

„Ja?“

„Du solltest besser gehen.“ Er sagt es, aber er lässt mich nicht los. Stattdessen liegen seine Hände mit einem Mal auf meinem Po.

„Ich weiß.“ Ich schmiege mich an ihn und spüre seine Erregung. Doch dieses Mal schiebt er mich nicht weg. Sein Blick versenkt sich in meinen.

Ich kann nicht mehr denken und ich will es auch gar nicht. Ich spüre nur noch, wie er mich enger an sich zieht und mich gegen die nächste Wand drückt. Dann küsst er mich. Sein Kuss ist nicht sanft und erst recht nicht zärtlich. Er ist hungrig und leidenschaftlich.

Zwischen uns flackert Wut, Zorn, Begierde und Lust

und alles liegt in seinem Kuss. Ich schließe die Augen und gebe mich dem Spiel unserer Lippen hin.

Seine Hand streicht an meinem Bein entlang und mir entfährt ein lautes Keuchen. Ich greife zu dem Bund seines Pullovers und ziehe ihm das lästige Ding über den Kopf. Dann lasse ich meine Hände über seine Brust gleiten. Wie kann man nur so perfekt sein?

Als mich Lucian wieder küsst und seine Zunge in meinen Mund eindringt, halte ich mich an seinen Schultern fest. Mir ist nicht mehr kalt. Meine Haut brennt unter jeder seiner Berührungen.

Er küsst und beißt sich an meinem Nacken entlang und ich genieße den Schmerz und die Lust. Als er mir meinen Pullover vom Körper zieht, setzt mein Denken völlig aus.

Ich will ihn besitzen. Ich will ihn in mir spüren. Seit dem ersten Tag ist da diese Spannung zwischen uns und ich kann es nicht erwarten, bis sie sich endlich entlädt.

„Wir sollten das nicht tun", flüstert Lucian und dreht mich um.

Meine Wange wird gegen die Mauer gedrückt und ich spüre, wie er meine Hose nach unten zieht.

„Nein, das sollten wir wirklich nicht", entgegne ich keuchend. Ich spüre seinen Körper überall und dränge mich an ihn.

„Neah", keucht er.

Der Klang seiner Stimme ist samtig und rau. Die Melodie seiner Lust berauscht mich. Als er endlich in mich eindringt, schreie ich laut auf.

KAPITEL 16

Meine Beine zittern und mein ganzer Körper bebt, als ich die Haustür hinter mir zuziehe. Einen Moment lang lehne ich mich gegen die Tür und schließe die Augen. Was ist da gerade passiert? Hatte ich wirklich den besten Sex meines Lebens, und dann auch noch mit Lucian Morell? Ich spüre immer noch seine Lippen auf meiner Haut. Unsere Körper passen zusammen wie ein Schlüssel zum Schloss. Das war unglaublich.

„Auch wieder da?“ Eine belustigte Stimme sorgt dafür, dass ich die Augen aufreiße.

Ich sehe mich um und entdecke Marno, der auf dem Sofa lümmelt und ein Glas Wein trinkt. Wein? Es dauert einen Moment, bis ich es kapiere.

„Du hattest Sex.“ Ich gehe langsam zum Sofa und lasse mich neben ihn sinken.

„Und nicht nur ich, wie es scheint.“ Marno mustert mich interessiert. „Warum bist du so nass?“

„Ich habe Wasser aus der Luft extrahiert.“ Ich nehme Marno das Weinglas aus der Hand und trinke einen Schluck.

„Sehr gut.“ Marno nimmt mir das Weinglas wieder ab. „Du machst Fortschritte. Also geht es mit der Nachhilfe vora…“ Marno erstarrt. Dann reißt er entsetzt die Augen auf. „Nein, das hast du nicht getan?“

„Oh doch.“ Ich nehme ihm das Weinglas wieder aus der Hand. „Ich habe mit Lucian geschlafen und es war der beste Sex meines Lebens.“

„Aber er ist ein Morell." Marno ist das Entsetzen ins Gesicht geschrieben. „Egal wie gut es war, wie kannst du nur?"

Ich winke ab und trinke das Glas Wein aus. „Mach dir keine Sorgen. Das war eine einmalige Sache, quasi ein Unfall."

„Ein Unfall? Wie kann man aus Versehen Sex haben?"

„Ähm …"

Doch da schüttelt Marno schon den Kopf. „Nein, ich will es gar nicht wissen."

Ich kann nicht verhindern, dass ein Lächeln um meine Lippen zuckt. „Mach dir keine Sorgen. Es wird nie wieder vorkommen."

„Das hoffe ich für dich." Marno nimmt die Weinflasche, füllt das Glas wieder auf und nimmt es mir dann aus der Hand.

„Wen hast du getroffen?"

„Den attraktiven Mann aus dem Laden. Er ist genau mein Typ."

„Düster, geheimnisvoll und wortkarg?" Ich sehe Marno fragend an.

Er nickt. „Es war wirklich gut, und das war bestimmt keine einmalige Sache."

Ich nicke. „Freut mich für dich." Dann erhebe ich mich. „Ich geh jetzt besser duschen."

„Gute Idee. Wasch dir die Schande vom Körper. Ein Morell. Ich fasse es nicht." Marno schüttelt noch einmal den Kopf. „Wenn das die Leute hören."

„Werden sie nicht."

„Wie kannst du dir da so sicher sein?" Marno sieht mich fragend an. „Er gibt bestimmt damit an."

Ich denke kurz an den Moment zurück, als unsere Lust befriedigt war und wir uns wieder angezogen haben. Wir haben nicht viel geredet. Das Einzige, was Lucian gesagt hat, war, dass das ein Fehler war, der nie wieder vorkommen darf.

Ich habe zustimmend genickt und bin gegangen. „Ich bin mir sicher, dass er nichts sagen wird. Wir vergessen das und reden nie wieder darüber."

„Und was ist mit der Nachhilfe?"

Ich zucke mit den Schultern. „Keine Ahnung. Aber darüber mache ich mir jetzt keine Gedanken. Ich will einfach nur noch ins Bett." Ich gehe nach oben und als ich unter die Dusche steige und das heiße Wasser andrehe, spüre ich wieder Lucians Berührungen auf meiner Haut.

Das war eine einmalige Sache, ermahne ich mich. So etwas darf nicht noch einmal passieren. Ich bin hier, um meinem Vater einen Nachfolger auszusuchen. Meinen Spaß kann ich dann haben, wenn ich mein Leben wieder zurückbekommen habe.

Ich bin mir meiner Sache absolut sicher, als ich wenig später zu Bett gehe.

Und auch am nächsten Morgen, als mein Wecker klingelt und ich mich mit schmerzenden und verkrampften Gliedern erhebe, zweifle ich nicht und dabei wird es bestimmt auch bleiben.

Marno hat schon Kaffee gemacht und ist gerade dabei, ein paar Eier zu kochen. Er sieht mich nur kurz an, während ich mir eine Tasse Kaffee nehme und mich an den Tisch setze. Ich weiß, dass er immer noch nicht verdaut hat, dass ich Lucian zu nah gekommen bin.

Da ist er nicht allein. Je länger die Sache her ist, umso mehr kommt sie mir vor wie ein wilder und verrückter Traum. War das wirklich ich? Ich hatte zwar schon ein paar mehr oder weniger bedeutungsvolle Beziehungen, in denen es intim geworden ist, aber dass ich mich überhaupt nicht mehr im Griff habe, habe ich auch noch nicht erlebt.

Vielleicht lag es an der Magie? Vielleicht an den Streitereien mit Lucian?

Egal was es war, ich will es vergessen und gleichzeitig für immer in meiner Erinnerung festhalten.

Hastig stehe ich auf und will mich auf den Weg zu meiner ersten Vorlesung machen. Doch genau in dem Moment klopft es an der Tür und ich höre, wie etwas in den Briefkasten fällt.

Da ich gerade auf dem Weg bin, öffne ich die Tür und fische einen Umschlag aus dem Briefkasten.

„Neue Liebespost?" Marno tritt zu mir und schaut mir über die Schulter.

„Vielleicht." Ich öffne den Umschlag und ziehe einen Bogen Papier heraus. Diese Handschrift kenne ich schon. Der Brief ist von Mr Mortimer. Ich überfliege schnell die wenigen Zeilen. „Ich soll zum Frühstücken vorbeikommen, und zwar jetzt."

„Zum Frühstücken?" Marno sieht mich einen Moment nachdenklich an. „Das klingt nach einer ernsten Unterredung."

„Denkst du, es geht um den Abend im Club?"

Marno nickt. Er macht einen Schritt zur Seite und schaltet den Herd aus. „Ich werde dich begleiten."

„Gute Idee." Ich nicke. Die kleine Unstimmigkeit wegen Lucian ist sofort vergessen. Wenn es ernst wird, kann ich mich auf Marno verlassen.

Ich kann nicht verhindern, dass mir flau im Magen wird. Haben wir an alles gedacht? Ist das Alibi wasserdicht oder wird sich gleich herausstellen, dass Marno recht hat und es eine ganz dumme Idee war, Lucian um Hilfe zu bitten?

Wir gehen schweigend zum Haupthaus.

Emilia wartet schon auf mich. „Da bist du ja endlich wieder.“ Sie strahlt mich an. Dann fällt ihr Blick auf Marno und sie reißt die Augen auf. „Ein Elf“, flüstert sie.

„Ja, der bin ich.“ Marno nickt.

„Es gibt nicht mehr viele von euch“, sagt sie ehrfürchtig.

„Dank Ignatius Morell nicht“, erwidert Marno und wirft mir einen vorwurfsvollen Blick zu.

Ich unterdrücke ein genervtes Stöhnen und verzichte darauf, noch einmal zu erwähnen, dass Lucian mit dem Ignatius, der vor 120 Jahren gelebt und gewütet hat, nichts zu tun hat, außer dass er das Pech hat, seinen Namen zu tragen.

Stattdessen wende ich mich Emilia zu. „Ich kann leider nicht zur Vorlesung kommen. Mortimer hat mich zu sich bestellt.“

„Oh ja, das geht vor. Ich schreibe wieder für dich mit.“

„Danke, Emilia.“ Ich nicke ihr noch einmal zu, dann trennen sich unsere Wege. Während sie nach rechts zur Vorlesung von Professor Olsberg geht, gehe ich gerade aus weiter zu dem Raum, in dem das erste Abendessen mit den Prinzen stattgefunden hat.

Bevor ich die Tür öffne, atme ich noch einmal tief ein und aus.

Was erwartet mich jetzt? Ein kritisch fragender Mr Mortimer? Oder ist die Polizei schon da? Aber warum dann eine Einladung zum Frühstück?

Anstatt weiter zu grübeln, öffne ich die Tür. Mr Mortimer steht am Fenster.

Doch er ist nicht allein.

Zu meiner Überraschung erkenne ich meinen Vater neben ihm. Und nicht nur er ist da. Ganz in seiner Nähe stehen drei Elfen. Ihre hellen Haare schimmern silbern. Sie mustern mich kühl, während sie Marno ehrfurchtsvoll zunicken.

Als wenn das nicht genug ist, erkenne ich noch jemanden. Eine große Gestalt, neben der mein Vater regelrecht klein wirkt. Die vollen, schwarzen Haare trägt er halblang und in seinen Augen liegt ein ernster und zugleich warmer Ausdruck. Der Anblick ist für mich so vertraut, dass er mich gar nicht überrascht. Mein Onkel ist auch mitgenommen. Auch wenn man es sich kaum vorstellen kann, sind die beiden Zwillingsbrüder, zweieiige genau genommen, was auch ihr unterschiedliches Aussehen erklärt.

Doch das wirklich Seltsame ist nicht, dass mein Vater seinen Bruder mitgebracht hat. Onkel Leonard begleitet ihn oft auf seinen Reisen und Terminen. Die beiden nehmen das mit der familiären Verbundenheit sehr ernst. Auch das Familienunternehmen führen sie mehr oder weniger gemeinsam, obwohl dort mein Onkel der offizielle Geschäftsführer ist.

Es ist etwas anderes, das mich wundert. Seit wann braucht mein Vater drei Leibwächter? Doch ich komme nicht dazu, diese Frage zu stellen.

Mr Mortimer hat gehört, dass jemand den Raum betreten hat, und dreht sich zu mir um. „Ah, da ist sie ja schon. Prinzessin Neah." Er deutet eine Verbeugung an. „Wie schön, dass Sie es so kurzfristig einrichten konnten. Und der treue Marno ist auch da. Wie immer weicht er kaum von der Seite seines Schützlings."

Mein Vater wendet sich mir zu und lächelt mich an. „Hallo, Neah. Danke, Marno. Ab hier ist Neah sicher."

Marno nickt kurz. „Eure Majestät. Ich stehe draußen bereit."

„Ja, vielen Dank." Mein Vater wendet sich mir zu.

„Schön, dich zu sehen, Kleine." Mein Onkel kommt auf mich zu und ich verschwinde in seiner Umarmung, als er mich an sich drückt. Im Gegensatz zu meinem Vater ist er immer sehr herzlich.

„Hallo, Leo." Ich erwidere seine Umarmung ohne Zögern, denn ich habe mich langsam von der Überraschung seines plötzlichen Auftauchens erholt. „Was führt euch denn hierher?" Ich tauche aus seiner Umarmung auf und sehe zu ihm hinauf. Er ist wirklich ein Riese und überragt mich bei Weitem.

„Das muss dir dein Vater sagen." Leo wird ernst.

Langsam gehe ich auf meinen Vater zu. „Ich habe nicht damit gerechnet, dass wir uns so schnell wiedersehen." Unser letztes Gespräch ist mir gut in Erinnerung geblieben. Als mir mein Vater eröffnet hat, was er für Pläne für mich hat, war ich ziemlich aufgebracht und habe mich auch nicht zurückgehalten, ihn das wissen zu lassen.

„Ich war gerade in der Nähe." Mein Vater schlendert zum Tisch, auf dem ein opulentes Frühstück angerichtet ist.

„In der Nähe? Du hast einen Ortswechsler", sage ich kopfschüttelnd. „Du kannst gehen, wohin du willst. Das kostet dich wenig Mühe."

„Ich wollte mit dir reden." Mein Vater deutet mit einer Geste an, dass ich mich zu ihm setzen soll.

Ich gehe langsam zum Tisch und lasse mich daran nieder. „Warum bist du hier?" Mir ist klar, dass mein Vater etwas will. Ich sehe ihn fragend an. Wie immer trägt er seine Krone auf dem leicht ergrauten Haar. Früher sind seine Locken so dunkel gewesen wie die meinen. Jetzt sind es nur noch seine Augen, die dunkelbraun und warm schimmern.

„Neah, du kannst dir nicht ewig Zeit lassen für deine

Entscheidung."

„Du hast mir kein Zeitlimit gesetzt", erinnere ich ihn.

„Ehrlich gesagt hatte ich angenommen, dass du mir innerhalb von zwei Tagen einen Kandidaten präsentierst und dich wieder aus dem Staub machst."

Ich räuspere mich. Mein Vater kennt mich besser, als ich dachte. „Das hatte ich auch vor", gebe ich zu.

„Und, was bremst dich? Das sind doch alles anständige junge Männer."

„So einfach ist das nicht", erwidere ich. „Es kann nicht einfach irgendwer zukünftiger König werden. Außerdem war ich die Hälfte der letzten Woche außer Gefecht gesetzt. Mir hat etwas die Zeit gefehlt." Ich versuche auszuweichen, während ich mich frage, warum es mein Vater plötzlich so eilig hat.

„Warum warst du außer Gefecht gesetzt?" Mein Vater sieht verärgert aus.

Ich werfe Mr Mortimer einen langen Blick zu und genieße es, wie er langsam blass wird.

„Ich habe angefangen, Magie zu studieren", sage ich gedehnt.

„Du?" Mein Vater sieht mich ungläubig an.

„Ja, ich. Leider ging am Anfang etwas schief. Mir ging es nicht gut. Ich habe ein paar Tage flachgelegen."

„Um Himmels willen, Neah." Mein Vater wirkt auf einmal sehr besorgt. „Wie konnte denn das geschehen?" Sein Blick wandert zu Mr Mortimer. „Wussten Sie davon?"

Mr Mortimer wird immer kleiner. „Ähm ja", sagt er schließlich. „Die Prinzessin wollte gern ihre magische Ausbildung hier beginnen."

„Mortimer." Die Stimme meines Vaters ist scharf. „Ich dachte, ich war deutlich. Wir respektieren, dass

Neah keine Magie bewirken will. Ich habe doch gesagt, dass mir das recht ist. Nachdem ich schon ein Kind verloren habe, will ich das nicht noch einmal erleben müssen. Sie waren doch damals dabei. So eine Tragödie darf sich auf keinen Fall wiederholen."

„Aber es war ihr Wunsch …"

„Sie ist achtzehn", sagt mein Vater scharf. „Sie ist noch nicht reif genug, um zu verstehen, was gut für sie ist und was nicht."

„Ist schon in Ordnung", sage ich, während ich die Einschätzung meiner Selbstständigkeit geflissentlich überhöre. „Ich habe es ja überlebt."

„Überlebt?" Mein Vater reißt die Augen auf. „Neah, du bist unsere letzte Hoffnung für den Thron."

„Warum?" Ich sehe meinen Vater fragend an. „Was ist mit Frey?"

Mein Vater erstarrt.

Ich kann nicht verhindern, dass mein Blick zu meinem Onkel schweift. Er wirkt ganz ruhig. Ich sehe keinen Zorn und auch keinen Ärger. Scheinbar nimmt er es meinem Vater nicht übel, dass sein Sohn wieder aus der Thronfolge gestrichen wurde.

„Du stehst in direkter Nachfolge der Erblinie und nicht Frey", sagt Leo ganz gemächlich. „Du weißt, dass dein Vater der Erstgeborene ist. Auch wenn es nur vier Minuten sind, aber das ist nun einmal entscheidend." Er schmunzelt und nickt mir freundlich zu.

„Aber …" Ich will, fragen, warum das jetzt auf einmal wichtig ist und warum das in den letzten Jahren niemanden interessiert hat. Aber ich komme nicht dazu.

„Nein!" Mein Vater hebt seine Hand. „Diese Diskussion werden wir jetzt nicht noch einmal führen. Du wirst die nächste Königin und du wirst einen der sieben Prinzen auswählen. Von der Magie lässt du die Finger."

Mein Vater wendet sich dem Rektor zu, der aussieht, als ob er sich gern in Luft auflösen würde. „Sie sorgen dafür, dass meine Tochter unverletzt bleibt, und Sie werden die Rahmenbedingungen schaffen, damit sie genug Zeit hat, sich mit den jungen Herren zu treffen. Haben Sie ihr einen Stundenplan geschrieben?"

Mr Mortimer wird blasser. „Ja", murmelt er.

„Zeigen Sie mal!" Mein Vater streckt die Hand aus.

„Den habe ich gerade nicht hier."

„Aber ich." Ich lächle Mr Mortimer freundlich an und hole den Stundenplan aus meinem Rucksack. Dann reiche ich ihn meinem Vater.

Der wirft einen Blick darauf und reißt die Augen auf. Dann färben sich seine Wangen gefährlich rot. „Mortimer", schreit er. „Sind Sie von allen guten Geistern verlassen? Kein Wunder, dass es nicht vorwärtsgeht. Ich habe ja nichts dagegen, wenn Neah an ein paar Vorlesungen teilnimmt, aber doch nicht in allen Fachrichtungen. Sie ist nicht wegen ihrer akademischen Ausbildung hier. Die Zeit läuft mir davon." Mein Vater zerknüllt den Stundenplan und springt auf. Dann wendet er sich mir zu. „Ich gebe dir noch zwei Wochen. Dann kommen wir wieder und du wirst deine Entscheidung verkünden. Wenn du es nicht tust, dann suche ich jemanden aus."

„Aber …"

„Kein Aber." Mein Vater schüttelt den Kopf. „Und nur damit wir uns richtig verstehen." Er legt die Stirn in Falten. „Du wirst in diesen zwei Wochen das Gelände der Academy nicht verlassen. Hast du das verstanden?"

„Ähm, ja", sage ich gedehnt. Er weiß, dass ich im Dejavue war. Ich schlucke und sehe ihn mit weit aufgerissenen Augen an.

„Du kannst froh sein, dass du Marno hast", murmelt

er so leise, dass Mortimer ihn nicht verstehen kann. „Und dass deine Mutter immer ein gutes Wort für dich einlegt."

„Das bin ich auch", flüstere ich, obwohl ich weiß, dass mein wahrer Schutzengel Lucian war. Aber das erzähle ich meinem Vater besser nicht, sonst nimmt er mich gleich mit nach Marseille.

„Ich verlange nicht viel von dir." Der Blick meines Vaters bohrt sich in meinen. „Nur diese eine Entscheidung. Was du nach der Hochzeit und nach der Geburt eines Thronerben machst, ist mir egal. Hauptsache, die Erblinie ist gesichert."

„Was?" Jetzt hat es mein Vater doch noch geschafft, mich aus dem Konzept zu bringen. „Ein Thronerbe?"

„Du hast mich schon richtig verstanden. Von mir aus kannst du die nächste lustige Margarete werden. Aber vorher brauchen wir einen Erben. Du wirst also erst einmal zurück an den Hof kommen, heiraten und dann deine Verantwortung als Königin wahrnehmen." Er räuspert sich. „Dann kannst du dich von mir aus auch weiter in der Welt herumtreiben."

„Das meinst du nicht ernst?" Meine Stimme ist rau.

„Das ist mein letztes Wort." Mein Vater wendet sich dem Rektor zu. „Machen Sie Ihren Job, Mortimer, sonst werde ich Sie ersetzen."

„Jawohl, Eure Majestät." Mortimer presst die Lippen aufeinander.

„Sehr schön, dann ist ja alles gesagt. Wir sehen uns in zwei Wochen wieder. Bereiten Sie eine kleine Feierlichkeit mit der Presse vor. Wir wollen der Sache einen würdigen Rahmen verpassen."

„Sehr wohl." Mr Mortimer verneigt sich.

Mein Vater nickt erst mir und dann dem Rektor zu. Dann verlässt er mit schnellen Schritten den Raum. Die

Elfen folgen ihm lautlos.

„Du schaffst das", flüstert mir mein Onkel im Vorbeigehen zu. Dann schließt er sich dem Tross an.

Ich hole keuchend Luft, während ich das Gefühl habe, dass etwas Schweres auf meiner Brust hockt. Das kann er doch nicht ernst meinen? Heiraten und einen Erben zeugen? In welchem Jahrhundert leben wir denn?

„Sie haben Ihren Vater gehört", sagt Mr Mortimer mit scharfer Stimme. „Sie werden jetzt jeden Tag mit einem der Prinzen verbringen und dann haben Sie noch ein paar Tage Zeit, um sich zu überlegen, wen Sie wählen. Bis dahin sind Sie von allen Veranstaltungen freigestellt. Für welches Fachgebiet soll ich Ihnen Ihren Abschluss ausstellen? Architektur oder etwas anderes?"

„Sie können mir doch nicht einfach so ein Abschlusszeugnis geben?", frage ich mit dünner Stimme. „Ich habe nicht eine einzige Prüfung abgelegt."

Mortimer sieht mich feindselig an. „Tja, Prinzessin Neah, Ihr Vater sieht das anders. Also los, erfüllen Sie den königlichen Willen und dann verschwinden Sie von meiner Academy, damit hier endlich wieder Ruhe einkehrt. Sie können draußen warten. Ich schicke einen Boten, damit er Connor holt. Mit ihm fangen Sie an."

Ich nicke nur und sage gar nichts mehr. Mein Vater war deutlich. Aber er kann das doch nicht wirklich ernst meinen. Meine Pläne fallen gerade wie ein Kartenhaus zusammen. Ich soll nicht nur zurück nach Marseille, ich soll auch noch einen Erben zur Welt bringen?

Derjenige, den ich auswähle, wird nicht nur König, er wird auch der Mann, mit dem ich das Bett teilen soll?

Ich fühle mich wie betäubt. Bis jetzt konnte ich die Absurdität der ganzen Sache auf Abstand halten. Ich konnte mir einreden, dass es mich nicht direkt betrifft und ich die Kontrolle über mein Leben zurückbekommen werde. Es war alles ein Spaß.

Aber das ist es nicht. Es ist bitterer Ernst und das begreife ich gerade mit voller Wucht. Am liebsten würde ich einfach wie erstarrt an einer Stelle verharren.

Aber unter Mortimers angriffslustigem Blick setze ich mich in Bewegung.

Beim Hinausschlendern denke ich über den Druck nach, den ich bei meinem Vater gespürt habe. Die Gedanken lenken mich ab und ich vertiefe mich intensiv in sie. Warum hat es mein Vater so eilig? Warum läuft ihm die Zeit davon? Und warum ist ihm Frey nicht mehr gut genug? Nein, das sind zu viele offene Fragen, um mich einfach damit zufrieden zu geben.

Marno wartet schon auf mich. „Was war das denn?" Er sieht mich fragend an. Elfen haben gute Ohren und mein Vater war nicht leise.

„Warum läuft meinem Vater die Zeit davon?" Ich sehe Marno fragend an.

„Das wüsste ich auch gern."

„Die Sache ist wirklich komisch. Und warum braucht er drei Elfen als Leibwache? Ich muss wissen, was dahintersteckt." Mein Blick bohrt sich in die bernsteinfar benen Augen von Marno.

„Wie willst du das herausbekommen?" Er runzelt die Stirn.

„Ich muss nach Marseille und der Sache auf den Grund gehen. Es gibt nur drei Personen auf der Welt, auf deren Rat mein Vater hört. Da sind zum einen meine Mutter und mein Onkel und zum anderen ist das Ornella. Da Leo und meine Mutter meistens auf der Seite meines Vaters sind und mir keine Geheimnisse verraten werden, gibt es nur eine Person, die Licht in das Dunkel bringen kann, und das ist die Wahrsagerin. Ich muss mit ihr reden."

„Neah.“ Marno flüstert besorgt meinen Namen. Die alte Wahrsagerin, die in den Kellern des Palasts lebt, macht nicht nur mir Angst.

„Es gibt keinen anderen Weg, um endlich etwas zu erfahren. Hast du gehört, dass er das ernst gemeint hat mit dem Heiraten und dem Zeugen eines Erben?“

„Ja, das war nicht zu überhören.“

„So habe ich mir das nicht vorgestellt.“ Ich hole tief Luft, damit mich die Panik nicht überrollen kann. „Hast du noch den Ortswechsler von Andrew?“

Marno schüttelt den Kopf. Er sieht mich eine Weile nachdenklich an. „Aber ich werde ihn mir noch einmal ausborgen“, sagt er dann zu meiner Erleichterung.

Ich nicke ihm zu. „Dann machen wir einen kleinen Ausflug. Versuch herauszubekommen, wann mein Vater nicht im Palast ist. Ich darf ihm nicht über den Weg laufen. Er weiß, dass ich im Dejavue war, und noch einmal wird er kein Auge zudrücken. Wir haben noch zwei Wochen Zeit, um einen Weg aus dieser Misere zu finden, denn eines kann ich dir versprechen, ich werde alles tun, um das abzuwenden.“

„Das kann ich verstehen.“ Marno nickt. „Ich kümmere mich darum.“

„Danke.“ Meine Stimme wird weicher. Ich bin so froh, dass ich Marno habe.

„Kein Problem.“ Er nickt mir zu und wendet sich dann ab. Dann verschwindet er mit ein paar schnellen Schritten aus dem Gebäude.

Es dauert nicht lange und Connor taucht auf. Bei seinem Pflichtbewusstsein wundert mich das nicht. Die Freude über unser plötzliches Zusammentreffen ist ihm ins Gesicht geschrieben.

Er fährt sich durch die dunkelblonden, wirren Haare und strahlt mich an, als er näher kommt. „Neah, so eine

Überraschung. Mr Mortimer hat mir ausrichten lassen, dass du heute den Tag mit mir verbringen möchtest."

„Ja, genau", sage ich gedehnt. Es fällt mir schwer, weiterzumachen, als ob nichts geschehen wäre. Aber ich habe keine Wahl. Bis ich Näheres weiß, muss ich den Schein wahren. In diesem Moment spüre ich, wie mein Magen knurrt. „Weißt du, wo wir frühstücken gehen können?", frage ich kurz entschlossen. „Ich habe unglaublichen Hunger." Das opulente Frühstück, das bei Mr Mortimer auf dem Tisch stand, habe ich mir nur anschauen können.

„Wir können in das Studentencafé gehen", schlägt Connor vor. „Das ist gleich um die Ecke."

„Klingt gut."

Connor bietet mir seinen Arm an und dann schlendern wir hinaus und machen uns auf den Weg zum Frühstücken.

KAPITEL 17

„Wirklich?“ Ich lache, als mir Connor die Geschichte von seinem ersten Magieeinsatz erzählt. Er hat es tatsächlich geschafft, mich abzulenken.

„Die Sache mit der Farbe war wirklich keine Absicht.“ Er grinst. „Ich wollte nur diese einfache Übung mit dem Stein machen. Ich glaube, jeder fängt damit an. Aber ich wusste ja nicht, dass es kein Stein war, sondern Kreide. Der ganze Raum war bunt. Aber die Leute auf dem Internat sind schon so einige Sachen gewohnt.“

„Das glaube ich.“ Ich nicke und trinke meinen Kaffee aus. Wir sitzen schon seit zwei Stunden in dem gemütlichen Café und unterhalten uns über alles Mögliche. Nur um ein Thema haben wir bis jetzt einen großen Bogen gemacht und darüber bin ich wirklich froh.

Doch mit einem Mal wird Connor ruhig und sieht mich mit einem prüfenden Blick an. Sein Pflichtbewusstsein meldet sich wieder zu Wort und eigentlich hat er ja recht.

„Was ist los?“ frage ich daher und versuche, seinen ernsten Gesichtsausdruck wegzulächeln.

„Wir sollten darüber reden.“ Connor lehnt sich zurück. Seine Stimme ist ganz ruhig.

„Ich weiß.“ Ich lächle Connor unverbindlich an. Dann hole ich tief Luft. Ich kann nicht länger so tun, als wäre das hier ein Treffen von zwei Studenten, die sich rein zufällig über den Weg gelaufen sind. Die Prinzen sind auch nur Figuren in einem Spiel. Doch im Gegensatz zu mir sind einige von ihnen entschlossen, den Platz einzunehmen, den mein Vater ihnen in Aussicht gestellt hat.

Ich wage es kaum, den Gedanken weiterzudenken, aber für den Fall, dass ich nicht mehr verhindern kann, was auf mich zukommt, muss ich den winzigen Spielraum nutzen, den mir mein Vater gelassen hat, und den Prinzen auswählen, mit dem ich mir am ehesten vorstellen kann …

„Worüber willst du reden?“, frage ich hastig.

„Über alles.“ Connor seufzt.

„Also gut.“ Ich überlege, wo ich am besten anfangen soll. „Willst du das wirklich?“, sage ich nach einigem Nachdenken.

„Was meinst du?“ Connor fährt sich durch die wirren, blonden Haare.

„Ich meine die Sache mit der Hochzeit und dass du dann König wärst.“ Ich sehe Connor fragend an. „Mein Vater hat mir ein Ultimatum gesetzt. In zwei Wochen muss ich mich entscheiden. Dann wird es ernst.“

„Ich habe schon von den anderen gehört, dass es dir nicht um Liebe geht.“ Connor wirkt mit einem Mal sehr ernst.

„Liebe.“ Ich stoße einen verächtlichen Laut aus. „Ich wünschte, es würde einfach nur um Liebe gehen.“

„Aber das tut es nicht.“ Connor nickt, als ob ihm das alles klar ist.

„Nicht nur“, relativiere ich. Seit dem Besuch meines Vaters haben sich die Dinge zwar geändert, aber dennoch will ich niemanden auf den Thron zwingen, der das nicht will.

„Wie meinst du das?“ Connor sieht mich fragend an.

„Weil es eine Lebensaufgabe ist und die sollte man nicht nur ertragen müssen. Die sollte man mit Passion erfüllen und mit Würde." Ich erwidere Connors Blick.

Er holt tief Luft. „Ich mag dich und ich denke, wir passen gut zusammen. Ich wäre gerne König und ich wäre stolz darauf, wenn du meine Königin wärst."

„Ich danke dir für deine Ehrlichkeit", sage ich ernst. Connor will das wirklich. Daran habe ich keinen Zweifel.

„Du verdienst Ehrlichkeit." Connor lächelt wieder. Dann holt er tief Luft. Er sieht aus, als ob ihm plötzlich eine schwere Last auf den Schultern liegt.

„Was ist los?" Ich sehe ihn fragend an. „Worüber willst du noch reden?"

„Es ist wegen Clive und Thomas."

„Was ist mit ihnen?" Ich fahre mir durch meine Locken und frage mich, was Connor mir jetzt erzählen wird. War die Sache mit der Lustgrotte vielleicht nur der Anfang?

„Sie meinen es nicht ernst mit dir", sagt Connor da auch schon. „Ich will einfach nur, dass du vorsichtig bist."

„Sie meinen es nicht ernst?" Ich sehe Connor nachdenklich an. „Was willst du damit sagen?"

„Sie halten sich nicht an die Regeln."

„Regeln?" Ich kann meinen überraschten Gesichtsausdruck nicht verbergen. Das Gespräch entwickelt sich gerade in eine Richtung, mit der ich nicht gerechnet habe."

„Ja, Regeln sind wichtig für ein respektvolles Miteinander." Connor hebt den Kopf in einer fast schon hochmütigen Geste. „Alkohol ist auf dem Gelände nicht gestattet. Mr Mortimer ist da sehr genau. Magie und Alkohol vertragen sich nicht."

„Ach so?" Ich dehne das Wort in die Länge. Es ist nicht so, dass ich regelmäßig trinke, aber hin und wieder in gemütlicher Runde sage ich nicht Nein. Doch Connor scheint eine ganz andere Einstellung zu diesem Thema zu haben.

„Ich weiß, dass Clive dir Alkohol angeboten hat. Das ist nicht das erste Mal, dass er solche Partys in seinem Haus feiert.“ Connor runzelt die Stirn.

„Mmh.“

„Du kannst nichts dafür. Du kennst die Regeln nicht. Aber Clive und Thomas kennen sie ganz genau und sie verstoßen immer wieder dagegen.“

„Echt?“ Ich versuche ernst zu bleiben, aber das ist wirklich nicht leicht. Bis jetzt habe ich Connor für einen netten, umgänglichen Mann gehalten, der vielleicht ein wenig zu sehr an den Regeln klebt, als nötig wäre, aber langsam wird mir klar, warum er immer Mr Mortimers erste Wahl ist. Er ist nicht nur pflichtbewusst, er ist derart korrekt, dass es schon wieder unangenehm ist.

„Ja.“ Connor nickt. „Gerade als zukünftiger König muss man ein Vorbild für andere sein. Beim Alkohol fängt es an und bei illegalen Zaubern hört es auf. Bei mir wirst du das nicht erleben. Ich werde mich immer an die Regeln halten. Das schwöre ich dir.“

„Gut zu wissen.“ Ich nicke so hoheitsvoll, dass mein Vater bestimmt zufrieden mit mir wäre.

„Ich wusste, dass du Verständnis dafür hast.“ Connor lächelt zufrieden. Dann wechselt er das Thema und wir landen wieder bei unverfänglichen Dingen.

Wir sitzen noch eine Weile im Café und unterhalten uns. Dann bringt mich Connor wieder nach Haus. Nachdem die Tür hinter mir ins Schloss gefallen ist, halte ich einen Moment inne.

Was für ein verrückter Tag. Ich spüre eine tiefe Erschöpfung, die von meinem letzten Versuch stammt, Magie anzuwenden. Die Ereignisse der letzten Stunden haben dafür gesorgt, dass ich nicht auf mich geachtet habe. Aber nun, da ich endlich einen Moment der Ruhe habe, spüre ich Schmerzen in jedem Körperteil.

Ich gehe nach oben in mein Zimmer und lege mich hin. Es dauert nicht lang, bis ich einschlafe. Als ich aufwache, ist es schon dunkel und ich höre Marno unten in der Küche herumkramen. Also erhebe ich mich und ignoriere meine schmerzenden Muskeln, so gut ich kann. Dann gehe ich hinunter.

„Ach, da bist du ja", sagt Marno. Er sitzt am Küchentisch und wirkt resigniert.

„Was ist los?" Ich sehe ihn fragend an. Dann setze ich mich zu ihm.

„Es gibt keine guten Neuigkeiten." Marno seufzt.

„Warum?"

„Andrew hat den Ortswechsler nicht mehr."

„Oh, nein! Das ist gar nicht gut."

„Das sehe ich auch so." Marno nickt. „Er hat ihn Connor wiedergegeben."

„Dann soll er ihn sich noch einmal ausborgen."

„Das geht nicht." Marnos Seufzen ist eindeutig. Er hat alles probiert. „Connor war genervt und wollte ihn zurückhaben. Andrew sagt, seine Chancen stehen bei Null, dass Connor den Ortswechsler in den nächsten Tagen noch einmal rausrückt. Vielleicht fragst du Connor selbst? Er mag dich doch."

Ich stoße einen resignierten Laut aus. „Das bringt nichts. Heute hat sich herausgestellt, dass Connor ein linientreuer Verfechter der Regeln von Mortimer ist. Er hat mir geschworen, sich immer an die Regeln zu halten."

„Na super. Wir haben aber keine Zeit." Marno sieht mich mit seinen bernsteinfarbenen Augen ernst an. „Wir müssen gleich heute Abend los. Dein Vater ist nur noch heute unterwegs. Ich habe seine Reisepläne überprüft. Ab morgen Mittag wird er wieder in Marseille sein. Dann wird er die Stadt erst einmal nicht mehr verlassen. Du weißt, was das bedeutet."

„Ja, das weiß ich." Ich spüre, wie mich eine Welle schlechter Laune durchflutet. Mein Vater verlässt den Palast so gut wie nie und wenn er mit seinen ganzen Leibwächtern und den vielen Sicherheitsleuten da ist, werde ich mich nicht einfach unbemerkt einschleichen können. Der Gedanke, die Wahrheit ans Licht zu bringen, hat mir noch einen Funken Hoffnung gegeben. Doch der verglüht gerade.

„Ich kann mich auch allein auf den Weg nach Marseille machen", schlägt Marno vor. „Vielleicht kriege ich etwas heraus."

„Wie denn?"

„Ich höre mich einfach um."

Ich schüttle den Kopf. „Mal abgesehen davon, dass mein Vater außer seinem Bruder, meiner Mutter und Ornella niemanden in seine Überlegungen und Entscheidungen einweiht, wirst du nicht einmal unbemerkt in den Palast kommen", erinnere ich ihn an die Blutsiegel, die verhindern, dass jemand anderes als ein Venturi die Gebäude unerlaubt betreten darf. „Außerdem solltest du dich nicht dabei erwischen lassen, dass du nicht in meiner Nähe bist. Du weißt, dass mein Vater keinen Spaß versteht, was das angeht."

Marno nickt, dann steht er auf und streckt seine Flügel. Er wendet sich wieder mir zu. „Dann willst du dich mit den Gegebenheiten abfinden?"

„Nicht, solange noch Zeit übrig ist." Ich schüttle den Kopf und stehe auf. „Ich will die Hintergründe erfahren und da mein Vater nicht bereit ist, offen zu mir zu sein, muss ich es auf einem anderen Weg herausbekommen.

So schnell werde ich meine Freiheit nicht aufgeben."

„Was ist mit deiner Mutter? Lohnt es sich, mit ihr zu reden?"

Meine Mutter! Ich hole tief Luft. Seit dem Tod meines Bruders und meiner Entscheidung, der magischen Welt den Rücken zu kehren, ist unser Verhältnis nicht gut. Meine Mutter hat meine Entscheidung nie verstanden und mir eine Menge Vorwürfe deswegen gemacht.

„Ich glaube kaum, dass sie mir helfen wird", sage ich daher. „Und das auch noch hinter dem Rücken meines Vaters. Wir müssen einen anderen Weg finden."

„Aber wie sollen wir das anstellen?" Marno runzelt die Stirn. „Wo beginnt die Erklärung für sein Verhalten und wo endet sie?"

„Ich war in diesem Haus, das meine Schwester erbaut hat." Ich gehe ans Fenster und sehe hinaus in den trüben Tag. Draußen fallen die Blätter von den Bäumen und Nebel liegt zwischen den Häusern. „Sie hat Nox eine Botschaft hinterlassen."

„Eine Botschaft?"

Ich nicke. „Da war eine Szene aus dem Palast in Marseille." Ich schildere Marno, was ich gesehen und gehört habe.

Marno hört mir aufmerksam zu. Als ich ihm von den Worten meines Vaters erzähle, legt er den Kopf schief. „Alle Wege führen immer wieder zu Ornella", sagt er dann mit einem düsteren Ton in seiner Stimme.

Mir wird klar, dass das der einzig richtige Weg ist. „Ich muss sie treffen", sage ich entschlossen.

„Unmöglich", erwidert Marno. „Das haben wir ja jetzt schon festgestellt."

„Es gibt noch einen anderen Weg", sage ich gedehnt und sehe Marno durchdringend an.

Seine Augen verengen sich. „Nein", sagt er dann so

schnell, dass es wie aus der Pistole geschossen kommt.

„Oh doch“, erwidere ich. „Ich weiß zwar nicht, ob er sich darauf einlässt, aber ich kann ihn zumindest fragen.“

„Halte dich von den Morells fern“, sagt Marno mahnend.

„Es ist nur einer und fragen kostet nichts.“ Ich ignoriere meinen Leibwächter und gehe zur Garderobe. Dann werfe ich meinen Mantel über. „Außerdem ist es zu spät, um mich von ihm fernzuhalten. Dafür sind wir uns schon viel zu nahgekommen.“ Ich verlasse das Haus und atme tief die kalte, feuchte Luft ein. Dann wende ich mich nach rechts und gehe entschlossen los. Ich rechne beinahe damit, dass Marno mir folgt und mich aufhalten will. Doch er respektiert meine Entscheidung. Alles bleibt ruhig.

Ich konzentriere mich darauf, die passenden Worte zu suchen, um Lucian zu überzeugen, dass es eine gute Idee ist, mir zu helfen. Während ich den Weg entlanglaufe, versuche ich angestrengt nicht an das zu denken, was bei unserem letzten Treffen geschehen ist. Aber es gelingt mir nicht. Die Szene, wie mich Lucian gegen diese Mauer gedrückt hat, läuft immer wieder vor meinem inneren Auge ab und sorgt dafür, dass mich ein heißer Schauer nach dem anderen durchläuft. Was habe ich da nur getan? Ich schwanke zwischen Staunen und dem dringenden Wunsch, das sofort zu wiederholen. Als ich vor Lucians Tür stehe, bin ich mit meinen Überlegungen keinen Schritt weiter. Nur meine Knie sind weich und ich wünsche mir tatsächlich, dass niemand öffnet, als ich klopfe. Doch es dauert nur einen kleinen Moment, dann schwingt die Tür auf und ernste, dunkelblaue Augen blicken mich prüfend an.

KAPITEL 18

„Wir hatten doch gesagt, dass das eine einmalige Sache ist.“ Auf Lucians Lippen liegt ein belustigtes Lächeln. Hinter ihm dröhnt laute Musik aus dem Haus und ich ertappe mich dabei, wie ich in seine Richtung schnuppere. Doch der Wind steht nicht günstig. Ich rieche nicht ihn, sondern nur die feuchte Nachtluft.

„Deswegen bin ich nicht hier.“ Ich schlucke, während ich anstrengt an dem eng anliegenden Shirt vorbeischaue, das er trägt.

„Was führt dich dann zu mir?“ Er lehnt sich an den Türrahmen und mustert mich mit einer Mischung aus Skepsis und Neugier. „Bestimmt nichts Gutes“, sagt er dann und seufzt.

„Ich würde mir gern deinen Ortswechsler ausborgen“, bringe ich die Sache schnell auf den Punkt. „Ich muss heute Abend noch nach Marseille.“

Lucian entweicht ein belustigter Laut. „Nein.“ Seine Antwort kommt, ohne zu zögern.

Okay, mit so einer schnellen Abfuhr habe ich nicht gerechnet.

„Bitte!“ Ich lege alles in meinen Blick und ich weiß, dass ich sehr überzeugend sein kann.

Lucian zögert und sieht mich nachdenklich an. Sein Blick gleitet über mein Gesicht und dann hinab zu meinem Körper. „Du bist so unfassbar schön.“ Er hebt die Hand und streicht an meiner Wange entlang. Seine Berührung ist sanft. Sofort erbebe ich und spüre, wie mir die Hitze in den Kopf schießt, und nicht nur dorthin. „Aber meine Antwort bleibt ein Nein.“ Das Lächeln, das um seine Mundwinkel zuckt, kommt mir unfassbar grausam vor.

„Lucian, bitte, du bist meine letzte Chance, heute noch nach Marseille zu kommen und Ornella zu treffen.“ Jetzt gebe ich mir keine Mühe mehr, ihn mit meinem zuckersüßen Lächeln zu überzeugen. Ich gebe mir die Blöße und zeige meine Verzweiflung.

„Ornella?“ Lucian hebt den Blick. Meine Worte wecken sein Interesse. „Warum willst du sie sehen?“

„Irgendetwas stimmt nicht an der ganzen Sache mit Frey und meinem Vater.“

„Ach.“ Lucian stößt sich vom Türrahmen ab und verschränkt die Arme vor der Brust. „Kommst du auch endlich darauf?“

„Ich weiß, was du sagen willst.“ Ich verdrehe die Augen.

„Was denn?“

Ich hole tief Luft und verschränke ebenfalls die Arme vor der Brust. „Du hast das von Anfang an gesagt und ich wollte es nicht wahrhaben.“ Es kostet mich einige Überwindung, diesen Satz auszusprechen.

Lucian hebt eine Augenbraue. „Ja, und weiter?“

„Du hast recht gehabt, dass irgendetwas mit meinem Vater und seiner Entscheidung nicht stimmt, und ja, es muss etwas mit Ornella zu tun haben. Ich will nach Marseille und mich in den Königspalast schleichen. Dann kann ich mit ihr reden.“

„Das wird nie und nimmer funktionieren.“ Lucian schüttelt den Kopf. „Du bist verrückt.“

„Nicht verrückt, nur verzweifelt. Und ja, das wird funktionieren. Warum denn nicht?“

„Weil Ornella dich verraten wird. Weil überall Wachen sind. Weil die Gambinos in der letzten Zeit wieder häufiger in der Stadt gesehen wurden und Unruhe stiften."

„Die Wahrheit ist mir dieses Risiko wert."

Lucian gibt sich mit meiner Antwort noch immer nicht zufrieden. „Und warum bist du so plötzlich verzweifelt? Du wusstest doch die ganze Zeit davon."

Ich schlucke und sehe zu Boden.

„Was ist los?" Lucians Stimme wird weicher.

„Mein Vater war heute da", sage ich stockend. „Er erwartet von mir nicht nur eine Heirat, sondern auch einen Thronerben." Ich hebe meinen Blick und sehe die kühle Miene auf Lucians Gesicht. Erstaunlicherweise überrascht sie mich wenig.

„Tja, Prinzessin", sagt er gedehnt. „Jetzt holt dich der Ernst des Lebens schneller ein, als dir lieb ist."

„Ich muss das verhindern."

„Und dazu willst du nun endlich herausbekommen, warum dein Vater diese Entscheidung getroffen hat?"

Ich nicke. „Wenn ich es verstehe, kann ich es vielleicht noch verhindern."

„Warum denkst du, dass Ornella dir Antworten geben wird?"

„Ich weiß nicht, ob sie mir antworten wird, aber wenn ich sie nicht frage, werde ich es auch nicht erfahren."

Lucian nickt. „Das stimmt und ich finde es gut, dass du der Sache endlich auf den Grund gehen willst. Aber der Ortswechsler ist zu wertvoll, um ihn dir zu geben. Tut mir leid. Ich kann nicht riskieren, dass du erwischt wirst und ich ihn nie wiedersehe. Dafür ist dein Plan viel zu riskant. Du musst deine Probleme ohne mich lösen."

„Lucian, bitte." Ich lege alles in meinen Blick.

Er zögert kurz und lächelt mich dann an. „Auch

wenn es schwer ist, diesem Blick zu widerstehen, muss ich ablehnen. Dafür steht für mich zu viel auf dem Spiel. Ich habe nicht viel außer der Last meines Namens und dem Ortswechsler. Er gibt mir zumindest ein Stück weit Freiheit. Meine Familie hat kein Geld und ich muss für die Studiengebühren arbeiten. Ohne den Ortswechsler würde ich es nicht schaffen, das Geld zusammenzubekommen. So kann ich mir immer die lukrativsten Jobs raussuchen und habe trotzdem noch genug Zeit zum Lernen."

„Studiengebühren?" Ich runzle die Stirn. Davon höre ich das erste Mal. „Ich dachte, die Unternehmen finanzieren die Academy."

Lucians Gesicht verfinstert sich. „Das tun sie auch, aber nur wenn man den richtigen Namen trägt. Für einen Beaufort oder einen Cavendish ist das alles kein Problem. Aber für einen Morell kommt hier niemand auf. Ich glaube, ich bin auf dieser Academy der Einzige, der seine Studiengebühren selbst zahlen muss."

„Das wusste ich nicht." Jetzt wird mir klar, warum Lucian jeden noch so absurden Job annimmt. Die Neuigkeit überrascht mich, und das nicht auf eine gute Weise.

„Ich werde dir helfen", sage ich kurz entschlossen.

Lucian senkt seinen Blick und mustert mich. Aber er belasst es dabei und sagt nichts, als ob er mir Zeit geben will, zu erklären, was ich mit meinem Satz meine.

„Ich werde mit meinem Vater reden und mich dafür einsetzen, dass man dich nicht mehr so behandelt", setze ich hinzu.

„Woher kommt der Sinneswandel? Vor wenigen Tagen hast du dich noch geweigert, überhaupt darüber nachzudenken."

„Da habe ich das auch nicht verstanden. Außerdem

haben sich die Dinge geändert."

„Du meinst, ich habe etwas, das du willst und wofür du bereit bist, eine Gegenleistung zu erbringen?"

Ich schlucke. „Ja, das bringt die Sache ganz gut auf den Punkt."

„Also schlägst du mir gerade einen Deal vor?" Lucian hebt die Augenbrauen.

„Ja, ich glaube schon." Ich nicke.

„Ich soll dir meinen Ortswechsler geben und du redest mal mit deinem Vater?" Lucian lässt die Arme sinken und richtet sich auf. Schon der Klang seiner Stimme sagt mir, dass er wütend ist. Da schüttelt er auch schon heftig den Kopf. „Das ist absurd." Er ist laut geworden und ich sehe, dass er seine Gefühle nur mühsam kontrollieren kann. „Du hast mir doch selber erklärt, dass du wenig Einfluss hast."

Ich richte mich ebenfalls auf. So leicht kann mich sein Zorn nicht beeindrucken. „Es ist auch absurd, dass du von Ornella wusstest", erwidere ich in derselben Lautstärke.

„Es ist schlimm, dass du nichts davon wusstest." Lucian verschränkt die Arme vor der Brust. „Das ist schließlich deine Familie."

„Das ist die Familie, die ich in 7 Jahren nur dreimal gesehen habe", fauche ich. „Ich habe mich von allem abgewandt."

„Flucht ist der einfachste Weg." Lucians Blick ist kalt.

„Ja, weil eine Elfjährige ja auch so viel Möglichkeiten hat, gegen das System zu rebellieren." Ich erwidere seinen Blick, ohne zu blinzeln. Was für ein aufgeblasener, arroganter Mistkerl.

„Du bist nicht mehr elf." Er reckt das Kinn.

Ich gehe nicht darauf ein, sondern ändere meinen

Tonfall. „Wer hat dir davon erzählt, dass mein Vater von Ornella beeinflusst wird?", frage ich scharf.

„Das geht dich nichts an."

„Oh, doch. Wenn es Verräter im Palast gibt, geht mich das sehr wohl etwas an. Mit wem hast du gesprochen? Wer gibt dir diese Informationen?"

„Dieses Gespräch dreht sich gerade im Kreis." Lucian macht einen Schritt zur Seite. „Lebe wohl, Neah." Er greift nach der Türklinke.

„Selbst wenn ich dich unterstütze und mich für dich und deine Familie einsetze, wer sagt mir, dass ich dir trauen kann?" Meine Worte verlassen meinen Mund so schnell, dass ich wenig Zeit habe, über sie nachzudenken.

Doch sie verfehlen ihre Wirkung nicht. Lucian hält mitten in seiner Bewegung inne. Er sieht mich skeptisch an.

„Vertrauen?" Er betont das Wort so bedächtig, dass für einen Moment mein Atem stockt. Dann sieht er mir fest in die Augen. „Wir haben wohl beide ein Problem damit, anderen über den Weg zu trauen, und das auch aus gutem Grund."

„Ja, so ist es wohl. Also, Lucian Morell." Ich spreche seinen Namen ganz langsam aus. „Warum soll ich dir trauen?"

Er zögert noch immer. Seine Mundwinkel zucken und seine Augen verengen sich. „Vertrauen muss man sich erarbeiten. Es ist keine Floskel und kein leeres Wort. Aber bitte." Er lässt die Hand wieder von der Türklinke sinken. „Ich will nicht, dass du sagst, es hätte an mir gelegen." Er legt den Kopf schief. „Ich habe eine Cousine, die im Palast als Putzkraft arbeitet. Sie heißt Angela."

„Putzkraft?" Ich weiß nicht, was ich davon halten

soll.

„Ja, sie hat den Gang gewischt, als dein Vater bei Ornella war. Als er die Tür geöffnet hat, konnte sie ein paar Worte aufschnappen."

„Niemand mit dem Namen Morell darf im Palast arbeiten." Ich mustere Lucian skeptisch.

„Meine Tante hat einen Beaufort geheiratet. Sie hat den Namen Morell abgelegt, und zwar schon vor 40 Jahren. Du kannst das gern überprüfen, wenn du mir nicht glaubst."

„Warum hat sie dir davon erzählt?"

„Weil ich der Prinz der Morells bin. Wir haben zwar kein Schloss und kein Geld mehr, aber wir haben noch einen Titel. Ich bin die Hoffnung meiner ganzen Familie. Sie wollen alle den Fluch dieses Namens endlich loswerden. Deswegen erfahre ich alles, was irgendwie von Bedeutung sein könnte, zuerst. Daher wusste ich auch, dass du kommst. Ich bin nicht der Einzige, der Hoffnungen in dich gesetzt hat. Meine ganze Familie tut das, seitdem sie erfahren haben, dass nicht Frey, sondern du die Krone bekommen sollst."

„Nicht ich werde die Krone bekommen, sondern der Mann, den ich auswähle", erinnere ich Lucian an die Tatsachen.

„Auch du könntest die Krone tragen." Lucians Blick wird intensiv.

„Wie kommst du darauf?"

„Weil es so in der Verfassung steht. Hast du sie je gelesen? Wenn es keinen männlichen Erben gibt, kann die Krone auch an einen weiblichen weitergereicht werden, bis es wieder einen männlichen gibt."

„Deswegen der Thronerbe", flüstere ich.

„Was?"

„Mein Vater will, dass ich heirate und einen Thronerben zur Welt bringe. Ich soll die Linie der Venturis weiterführen. Meine Schwester kann es nicht. Sie hat keinen Prinzen geheiratet. Ich bin die letzte Chance meines Vaters."

„Du bist ein Lückenfüller." Auf Lucians Lippen liegt ein belustigtes Lächeln. „Das ist wirklich bitter."

„Sehr lustig." Ich sehe zu ihm auf. „Also, was ist jetzt? Was soll ich tun, damit du mir den Ortswechsler borgst? So wie es aussieht, kennst du dich ja deutlich besser mit dem Kleingedruckten aus als ich. Was will deine Familie?"

Lucian sieht mich prüfend an. Doch ich bleibe absolut ernst.

„Also gut", sagt er gedehnt. „Es gibt in der Verfassung einen Passus über die Morells. Da drin stehen all die Beschränkungen, die uns das Leben so schwer machen. Wir wollen, dass er gestrichen wird, und ein König oder eine Königin könnte das tun. Wir wollen die gleichen Rechte wie die anderen Adelsfamilien, nicht mehr und nicht weniger."

„Okay." Ich nicke und sehe, wie Hoffnung in seinen Augen aufflammt. Es ist nur ein winziges Zucken, das wie ein Lichtstrahl über sein Gesicht huscht.

„Was heißt das?", fragt er da auch schon kritisch.

„Das heißt, dass ich mich dafür einsetzen werde, dass er gestrichen wird."

„Ich soll dir dabei helfen, zu verhindern, dass du heiraten musst, und an eine machtvolle Position zu kommen, und riskiere dabei alles, was ich Wertvolles besitze, und du sagst lediglich, dass du dich dafür einsetzen willst, dass der Passus gestrichen wird? Mal abgesehen davon, dass du nichts mehr ausrichten kannst, wenn du nicht Königin wirst, ist das alles?" Der Hohn in seiner Stimme ist nicht zu überhören.

„Mehr liegt nicht in meiner Macht." Ich nicke, obwohl mir sein Blick schon verrät, dass ihm das nicht genug ist. „Ich verspreche dir, mich darum zu kümmern."

„Nein", sagt Lucian da auch schon. „Ein Versprechen reicht nicht."

„Ist das dein letztes Wort zu dieser Sache?" Ich sehe ihn herausfordernd an, während ich meine Hände in die Seite stemme und mich zu ihm beuge.

Lucian ist ganz ruhig, als er mir näher kommt. Sein Gesicht schwebt vor meinem. „Du hast nichts, was du mir bieten kannst, nur leere Worte."

Ich schließe kurz die Augen, während mich Wut erfüllt. Doch ich gebe mir alle Mühe, mir das nicht anmerken zu lassen.

„Bitte schön", entgegne ich gepresst und wende mich von ihm ab. „Ich kann dir nicht mehr geben als ein Versprechen. Wenn dir das nicht reicht, dann muss ich einen anderen Weg finden." Ich laufe los, während ich in den trüben Herbsttag starre und versuche, der Hoffnungslosigkeit keine Macht über mich zu geben. Es gibt bestimmt noch einen Weg, eine Möglichkeit, an die ich bis jetzt noch nicht gedacht habe.

Als ich den Weg erreiche, hole ich tief Luft und wende mich nach links. Ich werde mit Marno sprechen. Vielleicht fällt uns gemeinsam noch etwas anderes ein.

„Warte." Es ist Lucians Stimme, die mich erstarren lässt.

Langsam drehe ich mich um. Er steht immer noch an der offenen Tür. Auf seinen schönen Zügen liegt ein verzweifelter Ausdruck. Er kämpft mit sich, seinem Stolz, seiner Hoffnung und seiner Angst, alles zu verlieren.

„Was ist los?", frage ich.

„Ich borge ihn dir.“ Ihm ist anzusehen, was es ihn kostet, diese Worte auszusprechen. Für den winzigen Hoffnungsfunken, den er in mir sieht, wird er alles riskieren.

„Wirklich?“ Ich spüre, wie mich Erleichterung durchflutet wie helles Licht. Doch gleichzeitig spüre ich die Verantwortung schwer auf meinen Schultern.

Lucian nickt.

„Ich werde dich nicht enttäuschen.“ Ich will ihm sagen und zeigen, dass er mir vertrauen kann und ich ihn nicht verraten werde. Ich stehe zu meinem Wort.

„Aber ich komme mit“, sagt Lucian bestimmt. „Wir treffen uns um acht Uhr am Zaun und ich werde entscheiden, wann es zu gefährlich ist und wir wieder umkehren. Außerdem wirst du deinen Gestaltwandler tragen, damit dich niemand erkennt. Ich weiß, dass du einen hast, also bring ihn auch mit.“

„Aber …“

„Du weißt ja, welche Stelle ich meine. Wenn du kommst, bist du mit meinen Regeln einverstanden.“ Dann dreht er sich um und zieht die Tür hinter sich ins Schloss.

KAPITEL 19

„Lass das. Du solltest das wirklich nicht tun." Marno sieht mich bittend an. Wir haben den ganzen Nachmittag darüber diskutiert, ob ich mit Lucian nach Marseille gehen soll oder nicht.

„Es wird nichts passieren", sage ich zum gefühlt einhundertsten Mal und kontrolliere den Sitz meiner engen schwarzen Hose und meines dunkelblauen Rollkragenpullovers. „Ich habe dir doch erklärt, wie vorsichtig Lucian ist. Er wird keine Dummheiten machen."

„Du kannst ihm nicht trauen."

„Das muss ich aber, wenn ich seine Hilfe will. Außerdem riskiert er deutlich mehr als ich. Für ihn geht es um seine Zukunft. Wenn ich erwischt werde, lande ich nicht im Gefängnis, er aber schon."

Marnos Augen weiten sich. „Neah, bitte."

Ich schüttle den Kopf. „Ich muss endlich wissen, warum ich so in den Fokus gerückt bin. Es muss einen Grund dafür geben." Ich nehme eine schwarze Mütze und ziehe mir meinen Mantel an. Dabei achte ich darauf, den zu nehmen, der nicht von dem Hofschneider meines Vaters hergestellt wurde.

„Na schön." Marno verschränkt die Arme vor der Brust.

„Danke, dass du mir deinen Segen gibst."

„Das tue ich, aber ich komme mit." Marno greift zu seiner Jacke.

Ich halte in meiner Bewegung inne. „Damit wird Lucian nicht einverstanden sein." Ich kenne ihn zwar noch nicht lange, aber dafür gut genug, um zu wissen, dass er Marno nicht über den Weg traut.

„Er ist verzweifelt und wird schon damit klarkommen." Marno zuckt mit den Schultern. Dann öffnet er die Tür.

Ich fange gar nicht erst an, mit Marno zu diskutieren. Ich weiß, dass er nicht nachgeben wird. Also gebe ich nur ein genervtes Stöhnen von mir und trete aus dem Haus. Marno schließt die Tür hinter uns und dann schleichen wir uns im Schatten der frühen Dunkelheit über das Gelände der Academy.

Es ist kalt. Frost liegt in der Luft und mir ist klar, dass der erste Schnee nicht mehr lange auf sich warten lässt. Dabei ist erst Mitte Oktober. Ich friere in dem dünnen Mantel, aber ich sage nichts, sondern laufe einfach schneller.

Unterwegs treffen wir kaum jemanden. Die Kälte sorgt dafür, dass sich alle Studenten in ihre gemütlichen Häuser zurückziehen.

Dennoch sind wir vorsichtig, als wir zwischen den Häusern verschwinden und in den Wald laufen. Ich sehe noch ein paarmal zurück, aber niemand ist uns gefolgt. Bald verschwinden die Lichter der Siedlung hinter uns und uns umgibt Dunkelheit. Ich bleibe ganz nah bei Marno. Elfen sehen auch bei Dunkelheit gut und er hat keine Mühe, den Weg sicher zu finden.

Kurz vor acht Uhr kommen wir an der Stelle an, an der der Tunnel nach draußen versteckt ist. Ich muss Marno nicht sagen, wohin er gehen muss. Mittlerweile hat er den Durchgang längst gefunden.

„Neah?" Es ist Lucian, dessen skeptische Stimme aus dem Dunkeln schallt. Da geht auch schon ein kleines Licht an.

„Ja, ich bin es", sage ich schnell. Da höre ich auch schon den genervten Ton, den Lucian von sich gibt. Er hat Marno entdeckt.

„Muss dich dein Leibwächter auf Schritt und Tritt verfolgen?" Lucian klingt alles andere als begeistert.

„Das ist mein Job und den nehme ich ziemlich ernst." Marno gibt sich Mühe, nicht ausfallend zu werden, und das rechne ich ihm hoch an.

„Na schön, ab hier übernehme ich. Wir sind in spätestens zwei Stunden zurück. Komm, Neah." Lucian wendet sich von uns ab und geht zu dem Baum, hinter dem sich die Klappe zum Tunnel befindet.

„Ich komme mit", erwidert Marno mit schneidender Stimme.

„Ist nicht dein Ernst?" Lucian sieht mich empört an. „Das ist doch keine Reisegruppe."

„Das ist die einzige Bedingung, unter der er mich gehen lässt."

„Willst du nun die Hilfe von Neah oder nicht, Kleiner?" Marno funkelt Lucian herausfordernd an. „Ich bin ja der Meinung, dass sie viel zu weich ist." Er wendet sich mir zu. „Ich kann ihm den Ortswechsler auch einfach abnehmen. Ein Wort genügt."

„Wage es ja nicht, Elf." Lucian hebt die Arme und sofort rieseln glühende Funken aus seinen Händen.

Ich würde Marno am liebsten einen Tritt geben. So schafft man bestimmt kein Vertrauen.

„Nicht nötig", sage ich barsch. „Ich halte mich an mein Versprechen."

„Ich fasse es nicht", sagt Marno bei Lucians Anblick und zieht von irgendwoher ein Messer. „Dieser Zauber ist illegal. Das weißt du schon?"

„Ich würde nicht mehr leben, wenn ich mich nicht verteidigen könnte", sagt Lucian, ohne Marno aus den

Augen zu lassen.

„Was soll das denn heißen?“ Ich sehe ihn überrascht an.

Lucian gibt einen verächtlichen Laut von sich. „Was denkst du denn, Prinzessin? Glaubst du, dein Elf ist der Erste, der seinen Hass auf Ignatius Morell an mir und meiner Familie auslässt?“

„Aber …“ Ich beginne zu erahnen, dass Lucians Leben bis jetzt kein leichtes gewesen ist.

„Schon gut.“ Marno steckt das Messer weg, macht einen Schritt zurück und ich bemerke, dass er ein wenig irritiert wirkt. „Das war nur ein Spaß.“

„Sehr witzig.“ Lucian lässt die Hände sinken. Die letzten Funken verglühen. „Ich glaube, es ist besser, wenn ich gehe.“ Er löscht das Licht.

„Nein, lass uns nach Marseille gehen. Bitte! Marno reißt sich zusammen. Er kommt nur mit, um einzuschreiten, falls es Probleme gibt. Zu unserer Sicherheit sozusagen. Er wird uns beide verteidigen und uns Probleme vom Hals halten. Du weißt, was er kann. Ansonsten wird er nur ein Schatten sein und sich dezent zurückhalten. Stimmt es, Marno?“

Marno grummelt etwas vor sich hin.

„Was?“, frage ich mit Nachdruck.

„Jawohl, Eure Hoheit“, antwortet Marno manierlich.

„Siehst du, Lucian?“ Ich versuche, die Dunkelheit zu durchdringen. Aber außer Lucians Umriss erkenne ich nicht viel. Aber ich höre, wie er tief Luft holt.

„Na, schön“, sagt er schließlich und atmet tief durch. Der Funke Hoffnung, den er in mir sieht, lässt ihn eine Gefahr eingehen, die er normalerweise nicht in Kauf nehmen würde.

„Danke.“

„Ich tue das für mich und meine Familie.“ Lucians

Antwort ist klar und deutlich.

„Ich weiß“, erwidere ich. „Und ich tue das für mich und meine Freiheit.“

„Dann haben wir ja alle eine Motivation, schnell und sicher wieder hierher zurückzukommen.“ Ich spüre, wie Lucian nach meiner Hand greift. „Komm“, sagt er und zieht mich weiter. „Es geht hier entlang.“

Marno sagt gar nichts mehr. Ich höre nur das leise Rascheln seiner Flügel, das eine ungewohnt hohe Frequenz hat.

Mit einem Knarzen öffnet sich die Klappe und ich steige in den Tunnel. Dann robbe ich auf allen vieren hindurch und bin heilfroh, als sich am anderen Ende die Klappe leicht öffnen lässt und ich wieder hinaussteigen kann.

Ich sehe noch immer nicht viel. Aber ich höre, dass mir Lucian folgt und auch Marno bald da ist. Nachdem die Klappe wieder zugefallen ist, leuchtet plötzlich Licht auf. Lucian hat den Ortswechsler eingeschaltet. Er gibt ein sanftes Leuchten von sich und ich sehe, wie Lucian konzentriert an den Rädchen dreht.

„Es geht gleich los“, sagt er da auch schon an mich gewandt. „Halt dich fest.“

Ich lasse mich nicht lange bitten, trete auf Lucian zu und schlinge meine Arme fest um seine Mitte. Ich spüre, wie auch er mich fest an sich zieht. Das Gefühl ist so gut. Ich schließe kurz die Augen und atme tief ein.

Das Surren wird lauter.

Im gleichen Moment lehnt sich Marno an mich und hält sich mit festem Griff an meinen Schultern fest.

Dann fängt die Welt an, sich zu drehen, und die mir schon bekannte Übelkeit steigt in mir auf. Das Leuchten wird heller und einen Moment später werden wir davongerissen.

KAPITEL 20

„Leg den Gestaltwandler an." Lucians Worte sind das Erste, was ich vernehme, nachdem die Welt sich nicht mehr dreht.

Ich reiße die Augen auf und sehe mich um. Es ist warm. Straßenlaternen beleuchten eine schmale Gasse mit ihrem warmen Licht. Wir stehen im Schatten einer Häuserecke und es riecht nach Unrat und Ratten.

„Ein gut gewählter Platz", sagt Marno anerkennend und sieht sich um, während ich den Gestaltwandler aus der Tasche fische und ihn mir anlege.

An Lucians überraschtem Gesichtsausdruck erkenne ich, dass meine Verwandlung funktioniert hat und ich wieder wie das unscheinbare Mädchen aussehe, das von jedem übersehen wird. Während meiner Zeit in London sollte ich den Gestaltwandler eigentlich immer tragen, sobald ich das Internat verlasse. Hätte ich es lieber getan, dann hätte die *The Secrets Of The Royal Witches* nicht ansatzweise so viel Material sammeln können. Aber nachher ist man ja immer schlauer.

„Beeindruckend unauffällig", sagt Lucian und hebt eine Augenbraue.

„Das ist der Sinn der Sache", entgegne ich und sehe mich um. „Wo sind wir?"

„Ist das dein Ernst?" Lucian sieht mich überrascht an, während er aus dem Schatten tritt.

„Ich habe Marseille zeitig verlassen", erkläre ich schulterzuckend. „Und als Kind durfte ich nie vor den

Mauern des Palastes spielen. Mein Vater hat uns von der Welt abgeschirmt."

„Das ist verrückt." Lucian schüttelt den Kopf. „Du bist in einem goldenen Käfig groß geworden."

„Denkst du, dass ich mir das so ausgesucht habe?", erwidere ich scharf.

„Weder du noch ich haben unser Schicksal gewählt."

„Ja, ihr habt es beide nicht leicht gehabt", sagt Marno ungeduldig. „Die Therapiestunde könnt ihr auf später verschieben. Konzentriert euch."

„Der Elf hat recht. Wir dürfen keine Fehler machen." Lucian nickt. Dann zeigt er auf die Gasse. „Die Hintertür zum Palast ist gleich da vorne. Hier ist um diese Zeit nicht viel los. Das heißt, wir müssten uns gut zu der Tür schleichen können. Du kannst sie öffnen, Neah, und dann gehen wir in den Palast. Dort kennt ihr euch besser aus. Führt uns zu Ornella, dann redet Neah mit ihr und wir hauen auf demselben Weg wieder ab." Lucian greift in seine Hosentasche. Dann zieht er eine alte, kupferne Kette heraus.

„Was ist das?", flüstere ich.

Doch Lucian antwortet nicht, sondern legt sie sich um den Hals. Es dauert nur einen winzigen Moment, dann verändert sich sein Aussehen. Er wird kleiner und gebeugter. Aus seiner engen, dunklen Kleidung wird ein schäbiger Umhang. Eine Hakennase wächst aus seinem Gesicht, das mit einem Mal entstellt und narbig ist.

„Du hast einen Gestaltwandler?" Marno ist sichtlich erstaunt.

„Ein Erbstück. Niemand wird euch mit einem Morell sehen", sagt Lucian.

„Aber das Ding ist uralt. Du siehst aus wie ein pockennarbiger Bettler aus dem vorletzten Jahrhundert." Marno hebt skeptisch eine Augenbraue.

„Entschuldige bitte. Diese alten Geräte kann man leider nicht umprogrammieren. Aber du kannst mir gern einen neuen schenken, Elf."

„Genug jetzt." Ich hebe eine Hand. „Wir haben etwas zu tun."

„Genau. Komm!" Lucian nickt mir zu und läuft dann die Gasse entlang.

Ich folge ihm und warte mit ihm hinter einer Häuserecke. Von hier aus kann man die Mauern des Palastes sehen. Sie ragen hoch hinauf. Die Straße wird von einigen wenigen Laternen beleuchtet. Wer es nicht weiß, hält das prunkvolle Gebäude, in dem meine Eltern residieren, für eines der vielen historischen Gebäude der Stadt. Nur die Magier wissen, dass es eine ganz andere Bedeutung hat.

Nicht weit von uns entfernt auf der anderen Seite der Gasse entdecke ich eine schmale Tür aus Metall. Dort müssen wir hin. Doch immer wieder laufen Menschen vorbei und es kommt keine Lücke. Beinahe eine viertel Stunde stehen wir dort, bis endlich Ruhe einkehrt. Aus einer anderen Straße ist Musik zu hören.

Die Nacht beginnt und es zieht die Menschen hinaus in die Restaurants. Ich höre Stimmen und Gitarrenmusik. Die Geräusche sind vertraut und zugleich fremd. Mit einem Mal erinnere ich mich, wie ich sie dort oben im Palast durch meine geöffneten Fenster gehört habe.

Ein Gefühl der Sehnsucht erwacht in mir. Lucian hat recht mit seinem Erstaunen. Ich war nie ein Teil dieser Stadt. Ich bin hier geboren und aufgewachsen, aber ich kenne kaum eine Straße oder Gasse. Zu Terminen und Verabredungen sind wir immer mit der Limousine gefahren.

„Jetzt", ruft Lucian da plötzlich, greift nach meiner Hand und zieht mich mit sich.

Wir laufen los und eilen über die Straße. Dann bleiben wir vor der niedrigen Metalltür stehen. Sie sieht alt und unüberwindbar aus. Doch als ich eine Hand an die Türklinke lege, knackt es sofort im Schloss und ich kann die Tür ohne Mühe öffnen.

Hastig betreten wir den Palast. Es ist Marno, der die Tür leise hinter uns zuzieht. Sofort verschließt sie sich wieder. Dann flammt ein kleines Licht auf.

„Beeindruckend", sagt Marno und leuchtet mit seiner Taschenlampe in den niedrigen Gang.

„Was ist beeindruckend?", fragt Lucian und sieht sich mit schnellen Bewegungen um.

„Dass das wirklich geklappt hat."

Lucian holt schnaubend Luft. „Ich gehe nur kalkulierbare Risiken ein. Was denkst du denn, Elf?"

„Fragst du wirklich, was ich denke?" Marnos Augen weiten sich.

„Lasst das." Ich gehe an den beiden vorbei. „Wir haben jetzt keine Zeit für Streitereien. Wo müssen wir lang, Marno?"

„Immer geradeaus und dann die erste Treppe rechts nach unten", sagt Marno, und ich höre, wie er mir folgt.

„Gibt es unterwegs Wachposten?" Lucian klingt sachlich.

Zu meiner Überraschung antwortet Marno in neutralem Ton. „Hier unten in den Kellern gibt es keine Wachen", erklärt er und leuchtet über meinen Kopf hinweg, damit ich den Weg finde. „Die Kellergänge sind ein Labyrinth. Keiner weiß wirklich, wie groß es ist und wie weit es in die Tiefe führt. Teile davon hat ein magischer Architekt gestaltet und man erzählt sich, dass hier unten schon etliche Personen verloren gegangen sind. Daher werden nur die drei Ausgänge des Kellers bewacht, die nach oben in den Palast führen."

Ich kann nicht verhindern, dass mir ein Schauer über den Rücken läuft. Die Geschichte des Labyrinths kenne ich und das ist nur einer der Gründe, warum ich nur selten hier unten gewesen bin. Genau genommen war ich nur hier unten, wenn ich es musste.

Nach einer Weile taucht aus der Dunkelheit eine schmale Treppe auf. Sie führt steil in die Tiefe und nicht einmal das Licht von Marnos Lampe kann den Boden erreichen.

Es ist Lucian, der nach meinem kurzen Zögern an mir vorbeitritt und vorangeht.

Ich warte einen Moment, dann folge ich ihm.

Meine Schritte hallen unangenehm laut in dem engen Gang, der immer tiefer hinab in die Erde führt. Die Luft riecht feucht und Kälte kriecht mir die Beine hinauf. Die ganze Zeit bin ich mir absolut sicher gewesen, dass das eine gute Idee ist, aber je tiefer wir in die Keller hinabsteigen, umso mehr wachsen meine Zweifel.

Endlich erreichen wir den Boden. Der Gang zweigt sich in zwei entgegengesetzte Richtungen. Marno zeigt nach rechts und wir laufen weiter.

Der Weg kommt mir ewig vor, während der monotone Klang unserer Schritte von den Wänden widerhallt. Doch es können höchstens zehn Minuten vergangen sein, als sich der Gang weitet und Licht zu sehen ist.

Marno steckt seine Taschenlampe weg und bedeutet uns, vorsichtig zu sein.

Wir gehen langsam voran, lauschen immer wieder auf auffällige Geräusche. Doch da ist nichts, nur Stille.

Dann erreichen wir einen gemauerten Bogen, der zu einem beleuchteten Kellergang führt. Marno schaut vorsichtig um die Ecke. Als er niemanden sieht, winkt er Lucian und mir zu und wir betreten den Gang.

Er kommt mir vertraut vor. Der Boden ist aus hellem Stein und die Decke verputzt und gemalt. In regelmäßigen Abständen hängen Lampen. Sie ähneln denen, die meine Schwester in ihrem Haus auf dem Academy-Gelände verbaut hat.

„Wir müssen nach links“, sagt Marno und sieht sich noch einmal um.

„Bist du dir sicher?“ Lucian zieht skeptisch die Augenbrauen in die Höhe.

„Absolut. Aber du kannst ja gern ausprobieren, was sich in der anderen Richtung befindet, wenn du mir nicht glaubst. Währenddessen werde ich mit Neah bei Ornella vorbeischauen.“

„Was ist in der Richtung?“ Lucian wendet den Blick.

Ich sehe den Gang entlang. „Dort stehen die Wachen. Wir müssen da entlang.“ Ich folge Marno, der den Weg schon eingeschlagen hat. Mittlerweile weiß ich, wo ich bin. Gelegentlich hat mein Vater darauf bestanden, dass ich ihn zu Ornella begleite. Bis heute weiß ich nicht, warum, da ich immer in einem Nebenzimmer warten musste, während er mit ihr gesprochen hat. Doch zumindest haben diese Besuche dafür gesorgt, dass ich den Gang mit der steil gewölbten Tunneldecke sofort wiedererkannt habe. Das gezackte Muster der Steinplatten am Boden weist mir den Weg. Es dauert nicht lang und wir erreichen eine hohe Holztür, die mit fremden Ornamenten und wirren Mustern verziert ist.

„Da sind wir“, sage ich erstaunt. Eine zweifelnde Stimme in mir hat bis zuletzt nicht daran geglaubt, dass wir es wirklich bis hierher schaffen, so sehr ich mir das auch gewünscht habe.

„Hier wohnt Ornella?“ Lucian betrachtet die Tür mit nachdenklicher Miene.

„Ja, und sie verlässt diese Räume angeblich nie.“ Bei dem Gedanken schüttelt es mich. Das Leben unter der

Erde zu verbringen, wäre für mich undenkbar.

„Was macht dich da so sicher?" Lucian legt den Kopf schief. Er betrachtet immer noch die Muster an der Tür.

„Mein Vater hat es mir gesagt." Ich zucke mit den Schultern. „Ob es stimmt, kann ich dir nicht sagen. Vielleicht schleicht sie auch stundenlang durch die Kellergänge. Ehrlich gesagt interessiert es mich nicht, was sie hier unten tut."

Lucian nickt und fährt mit den Fingern über ein kreisrundes Muster, in dem sich unzählige geschlungene Linien überschneiden.

„Was ist nun?", fragt Marno. „Wir sind aus einem Grund hier."

Lucian tritt sofort zur Seite.

Ich nicke und klopfe an die Tür. Der Ton schallt leise durch den Gang.

Für einen Moment schließe ich die Augen. Hoffentlich ist sie da und der ganze Aufwand hat sich gelohnt. Als ich die Augen wieder öffne, höre ich ein Geräusch hinter der Tür. Es klingt wie ein Stöhnen.

Automatisch blicke ich Marno fragend an. Doch der zuckt nur mit den Schultern.

„Ob es ihr gut geht?", fragt Lucian stirnrunzelnd.

„Finden wir es heraus." Ich greife nach der Türklinke und drücke sie hinab. Sie klemmt kurz, doch dann lässt sie sich mühelos öffnen. Ich hole noch einmal Luft und schiebe die Tür auf. Ein scharfer Geruch kommt mir entgegen und lässt meinen Atem stocken. Es riecht nach verbrannten Kräutern, nach etwas Scharfem, das mir schmerzhaft in der Nase brennt und in das sich etwas penetrant Süßes mischt. Einen Moment bin ich versucht, umzudrehen und davonzurennen. Wie ich diesen Geruch hasse. Er ist immer noch derselbe wie vor vielen

Jahren. Aber wie soll Ornella auch lüften? Wir sind unzählige Meter unter der Erde und es gibt keine Fenster. Es ist ein Wunder, dass sie hier unten noch nicht erstickt ist.

„Was ist das denn?" Lucian rümpft hinter mir die Nase.

„Das ist Ornella." Ich schiebe die Tür weiter auf und trete in den abgedunkelten Raum. Dabei konzentriere ich mich ganz auf meine Umgebung. Nicht nur der Geruch ist immer noch derselbe. Auch Ornellas Räume haben sich nicht verändert.

Der Boden ist mit einem ausgetretenen Teppich bedeckt und an den Wänden hängen Stoffbahnen, deren Muster in unzähligen Erdfarben schimmern. Eine kleine Lampe beleuchtet den Raum notdürftig.

Ich blinzle, um etwas erkennen zu können. Hier unten habe ich schon einige endlose Stunden verbracht, während mein Vater in den Räumen, die sich an diesen anschließen, mit Ornella zusammengesessen hat.

„Wen haben wir denn da?" Eine kratzende Stimme lässt mich zusammenzucken.

Ich blicke mich hastig um. Es dauert einen Moment, bis ich die dürre Gestalt mit den ausgemergelten Zügen erkenne, die an der Wand im Schatten lehnt. Ornella hat sich genauso wenig verändert wie ihre Räume. Sie trägt ein Tuch über dem Kopf, das ihr Gesicht halb verdeckt.

„Ich bin Neah", sage ich stockend.

„Neah?" Ornella kommt mit einer überraschend schnellen Bewegung auf mich zu. Sie steht vor mir und selbst Marno hat das nicht kommen sehen. Ich spüre ihn plötzlich ganz nah hinter mir.

„Ja, ich bin es", sage ich mit fester Stimme und nehme den Gestaltwandler ab. Dann lasse ich ihn in der Tasche verschwinden.

„Tatsächlich, du bist es." Ornellas trübe Augen mustern mich. „Und wen hast du mitgebracht?"

Ich blicke in ihr faltiges Gesicht. Sieht sie nicht mehr gut oder will sie aus meinem Mund hören, wen ich an meiner Seite habe? „Meine Leibwächter", sage ich ausweichend. Mehr muss sie nicht wissen.

„Aha." Sie scheint sich mit meiner Antwort zufrieden zu geben und sieht Marno nur mit einem flüchtigen Blick an. Den Anblick von Elfen ist sie gewohnt. „Was willst du?" Ihre Stimme ist abweisend und rau.

Das ungute Gefühl überkommt mich, dass sie mich verraten könnte. Aber nun ist es zu spät, ich habe alles auf eine Karte gesetzt und diese muss ich nun auch spielen.

„Ich bin hier, weil ich von dir wissen will, warum du meinem Vater gesagt hast, dass er die Thronfolge ändern muss."

Ornella schlendert durch den Raum und lässt sich dann auf einen Diwan sinken.

„Bitte", sage ich und folge ihr.

„Gefällt dir seine Entscheidung nicht?" Sie sieht zu mir auf.

„Darum geht es nicht. Ich will sie verstehen und er erklärt sie mir nicht."

Ornella gibt ein heiseres Lachen von sich. „Natürlich nicht." Sie schüttelt den Kopf und murmelt dann etwas vor sich hin, was ich nicht verstehe. „Er ist voller Angst, und das aus gutem Grund."

„Was hast du ihm gesagt und warum ist das alles plötzlich so eilig?" Ich knie mich vor Ornella und sehe ihr fest in die Augen. Ich habe nicht das Gefühl, dass sie bereit ist, offen zu mir zu sein.

Doch zu meiner Überraschung erwidert sie meinen Blick mit erstaunlicher Stärke. „Die Wahrheit hat ihren

Preis, genauso wie die Lüge."

„Was?"

„Sie will etwas von dir", sagt Lucian, und der misstrauische Ton in seiner Stimme ist nicht zu überhören.

„Stimmt das?" Ich sehe Ornella fragend an. Unter ihrem Starren wird mir abwechselnd heiß und kalt.

Ornellas schiefer Mund verzieht sich zu einem Grinsen. „Alles im Leben hat einen Preis."

„Was willst du?" Ich spüre die Neugier in mir brennen und weiß, dass ich bereit bin, eine Menge zu geben, um der Wahrheit auf die Spur zu kommen.

„Einen Gefallen, Prinzessin Neah."

„Einen Gefallen?" Ich sehe die Alte nachdenklich an. „Ist das dein üblicher Preis? Ist es das, was du auch von meinem Vater verlangst?"

Ihre Züge verhärten sich. „Du willst etwas von mir. Keiner zwingt dich, hier zu sein."

„Tu das nicht", sagt Marno warnend.

„Was willst du für einen Gefallen von mir?" Ich lasse Ornella nicht aus den Augen.

„Wenn du Königin wirst, dann wirst du mein Leben mit all deiner Macht schützen." Sie spricht ganz ruhig und nichts lässt darauf schließen, dass irgendetwas an diesem Handel gefährlich sein könnte.

Dennoch verwundern mich ihre Worte. Was fürchtet Ornella?

„Warum denkst du, dass du meinen Schutz brauchen wirst?", frage ich Ornella und blende aus, wie absurd ich den Gedanken finde, jemals Königin zu sein.

„Das tut nichts zur Sache", weicht sie meiner Frage aus.

„Also, für mich schon. Ich möchte gern wissen, wovor du Angst hast."

„Willst du nun eine Antwort auf deine Frage oder

nicht?“ Ihre Augen verengen sich und der unwirsche Ton in ihrer Stimme sagt mir, dass sie zu weiteren Diskussionen nicht bereit ist.

Ich wende mich kurz Lucian zu und versuche in seinem Gesicht zu erkennen, was er dazu sagt. Dass Marno nicht damit einverstanden ist, ist mir sofort klar, als mein Blick ihn streift. Er deutet mit einem Kopfnicken an, dass wir jetzt sofort gehen sollten.

Doch was denkt Lucian? Seine Meinung interessiert mich. Er scheint so viel mehr zu wissen, als ich ihm anfangs zugetraut habe, und im Gegensatz zu Marno unterliegt er nicht dem Befehl meines Vaters, mein Leben und mein Wohlergehen um jeden Preis schützen zu müssen. Er hat eine viel neutralere Sicht auf die Dinge.

Doch unter dem Gestaltwandler erkenne ich nicht viel in den pockennarbigen Zügen des Bettlers. Ich muss die Sache selbst entscheiden.

„Also gut“, sage ich kurz entschlossen. „Falls ich Königin werden sollte, werde ich dein Leben mit all meiner Macht schützen.“

Marno holt zischend Luft.

„Das Blut des Erstgeborenen muss den Thron besteigen“, murmelt Ornella da auch schon, bevor Marno irgendetwas tun oder sagen kann, um unseren Handel zu verhindern. „Sonst wird die Welt der Magier in der Dunkelheit verschwinden. Du bist die letzte Chance des Hauses Venturi, den Frieden zu wahren. Die Dunkelheit lauert auf ihre Gelegenheit. Einen von euch haben sie schon getötet. Die zweite ist verbraucht. Du bist die letzte Hoffnung.“

Ich starre Ornella erstaunt und voller Entsetzen an. „Nox wurde getötet?“, höre ich mich da schon mit zitternder Stimme sagen. In mir bricht eine Welt zusammen. All die Jahre habe ich es für einen Unfall gehalten, einen Unfall, der dafür gesorgt hat, dass ich Angst vor der Magie bekommen habe. Ich habe mein ganzes Leben nach dieser Entscheidung ausgerichtet. Selbst Lucians Worte haben mich nie ganz überzeugt. Bis jetzt.

„Ich wusste es“, murmelt Lucian hinter mir. „Es war nie nur ein Gerücht.“

„Das kann nicht sein.“ Marno ist mindestens genauso entsetzt wie ich.

Ich höre das Zittern in seiner Stimme. Er hat all dem geglaubt.

„Warum jetzt?“ Ich wende mich wieder Ornella zu. „Warum hat mein Vater diese Entscheidungen nicht schon vor Jahren getroffen? Es muss einen Grund dafür geben, einen Auslöser.“

„Ich habe die Wahrheit nicht eher gesehen.“ Ornellas Antwort kommt ohne Zögern. Ornella greift in die Tasche ihres Kleides und holt einen Packen abgegriffener Karten heraus.

Sofort spüre ich Kälte am ganzen Körper.

„Die Wahrheit hat sich mir erst vor Kurzem offenbart“, murmelt Ornella. „Die Karten haben lange geschwiegen. Aber nun haben sie gesprochen.“ Beinahe liebevoll streicht Ornella über die abgegriffenen Karten.

Der kalte Schauer, der über meinen ganzen Körper rieselt, wird immer stärker. Dennoch zwinge ich mich, konzentriert zu bleiben. „Wer steckt hinter all dem?“

„Die Gambinos“, murmelt Lucian.

Ornella widerspricht nicht. Also nehme ich an, dass das richtig ist. Sie steckt die Karten wieder ein und das kalte Gefühl verschwindet. Sofort sind meine Gedanken wieder klarer. Die Gambinos allein können es nicht sein. Es gibt sie schon seit Jahrzehnten. Sie sind ein Haufen Verschwörer, die immer wieder von Neuem für Unruhe gesorgt haben. Aber wirkliche Macht haben sie nie gehabt. Dafür waren es einfach zu wenige.

„Wer steckt hinter den Gambinos?“, frage ich Ornella.

Sie erhebt sich, während sie mit den Achseln zuckt. „Das liegt im Dunkeln.“

„Dann bringe Licht ins Dunkel“, sage ich ungeduldig.

Ornella bleibt stehen und sieht mich an. „Die Karten offenbaren die Wahrheit, sobald es an der Zeit ist. Man kann es nicht erzwingen.“

Ich blicke die Alte zweifelnd an. „Wann?“

Sie zuckt mit den Schultern. „Wenn die Zeit reif ist. Mehr Fragen kann ich dir nicht beantworten.“ Mit diesen Worten wendet sie sich von mir ab und geht gemächlich auf eine Tür rechts von ihr zu.

Bevor ich noch etwas fragen oder sagen kann, ist sie durch die Tür verschwunden.

„Aber …“ Ich bin schon auf dem Weg, ihr zu folgen, doch da höre ich, wie sie die Tür von der anderen Seite verriegelt.

„Ich fasse es nicht“, sagt Marno, und das Entsetzen ist deutlich in seiner Stimme zu hören. „Wenn das stimmt und Nox getötet wurde, dann ändert das einfach alles.“

„Wir sollten jetzt gehen“, sagt Lucian und wirft mir einen besorgten Blick zu. „Wir können später über alles reden, wenn wir wieder an der Venturi Academy sind.“

„Zur Abwechslung stimme ich Morell einmal zu“, sagt Marno, der sich wieder gefasst hat.

Ich nicke mechanisch und gehe auf die Ausgangstür zu.

Dann trete ich in den Gang und atme tief durch. Die Luft hier draußen kommt mir unendlich frisch vor und sorgt dafür, dass ich sofort klarer denken kann. Ich schiebe das, was ich gerade gehört habe, von mir fort. Darüber werde ich in Ruhe nachdenken und es mit Marno besprechen, wenn wir allein sind.

Ich wende mich nach links und gehe den breiten Gang entlang, bis ich den Abzweig erreiche, der wieder in die Dunkelheit führt.

Marno geht mit seiner Taschenlampe vor und Lucian und ich folgen ihm. Wir sprechen kein Wort miteinander. Niemandem ist danach zumute.

Nachdem wir die schmale Treppe wieder emporgestiegen sind, stehen wir schon bald vor der Tür, die uns aus dem Palast führt.

„Wir müssen jetzt vorsichtig sein“, sagt Lucian da auch schon. „Das ist der schwierigste Teil der Mission.“

„Warum?“ Ich sehe ihn fragend an.

„Weil diese Tür direkt auf die Straße hinausführt und wir leicht entdeckt werden können. Ich werde vorgehen und euch ein Zeichen geben, sobald der Weg frei ist.“ Lucian tritt an die Tür.

„Das kann ich auch übernehmen“, sagt Marno.

„Du bist ein Elf und dich kennt jeder in der Stadt“, wirft Lucian ein.

„Mmh“, entgegnet Marno, was wohl bedeuten soll, dass Lucian damit nicht ganz unrecht hat.

„Wir machen es so, wie Lucian sagt.“ Ich greife zur Tür und drücke die Klinke hinab. Sofort erklingt wieder ein leises Klicken und der Riegel löst sich leicht. Das Blutsiegel funktioniert.

Ich schiebe die Tür auf und blinzle durch den schmalen Spalt hinaus. Weit reicht mein Blick nicht. Draußen scheint es ruhig zu sein. Ich sehe ein paar Menschen, die die Gasse entlangschlendern. Doch die ganze Straße kann ich nicht überblicken, ohne dabei entdeckt zu werden.

„Ich mache das schon“, sagt Lucian und schlüpft schon an mir vorbei. Es dauert nur einen winzigen Moment, dann lehnt er draußen an der Wand, als ob er rein zufällig hier ist und sich nur kurz ausruhen möchte. Durch den schmalen Spalt sehe ich, wie er unter seiner Kapuze immer wieder hin und her blickt.

Ich warte geduldig auf Lucians Zeichen, während die Worte von Ornella durch meinen Kopf spuken. Ich habe Antworten bekommen und gleichzeitig neue Fragen. Dass ich nun weiß, warum mein Vater mich in die Thronfolge eingesetzt hat, macht mir einfach nur Angst. Was soll ich gegen diese Dunkelheit ausrichten, von der Ornella gesprochen hat? Reicht allein die Tatsache, dass ich auf dem Thron sitze, um sie zu verhindern? Und was soll das überhaupt bedeuten?

„Jetzt“, ruft Lucian da plötzlich und reißt mich aus den Gedanken. Doch mein Körper reagiert ganz automatisch auf seine Worte. Ich trete aus der Tür und Marno folgt mir.

Dann rennen wir auch schon los über die Straße hinweg zurück zu der Dunkelheit, aus der wir vorhin gekommen sind.

Wenn wir dort sind, ist es nur noch ein Handgriff. Mit Lucians Ortswechsler kommen wir schnell wieder zurück zur Venturi Academy. Dann nur noch unter dem Zaun hindurch und wir sind wieder dort, ohne dass jemand bemerkt hat, dass wir überhaupt weg waren. Dann können wir endlich reden. Ich spüre, wie Ornellas Worte in mir wachsen und mir immer mehr Angst machen. Nox wurde getötet. Aber wie war das möglich? Wie sind die Gambinos an die Venturi Academy gekommen? Oder steckt dort jemand mit ihnen unter einer Decke?

Ich schüttle den Kopf, während ich laufe. Vielleicht

zerbreche ich mir gerade umsonst den Kopf und Ornellas Worte sind nichts anderes als Unfug. Wer weiß schon, ob die Wahrheit wirklich in ihren Karten steht?

Wir erreichen die Gasse und laufen hinein. Der Klang unserer Schritte hallt leise zwischen den engen Mauern wider.

Ich merke erst, dass etwas nicht stimmt, als Lucian mit einem Mal stehen bleibt, sich blitzschnell umdreht und nach meiner Hand greift. Er reißt mich regelrecht herum und rennt dann schon wieder los, hinaus aus der Gasse.

Es geht alles so schnell, dass ich kaum begreife, was gerade passiert.

„Lauft", schreit Marno, und der Klang seiner Stimme sagt mir, dass wir in Gefahr sind.

Ich frage nicht, ich zögere nicht. Ich laufe mit Lucian wieder aus der Gasse hinaus. Mein Herz rast und die Angst schnürt mir die Kehle zu.

Während Lucian mich nach rechts zerrt, höre ich hinter mir unzählige schwere Stiefel auf den Boden stampfen. Der Klang von Metall auf Stein zerreißt die Nacht. Jemand schreit, ein anderer stöhnt. Ein dumpfer Knall erklingt und immer wieder durchzucken helle Blitze das dumpfe Licht in der Gasse.

Ich habe noch nie gesehen, wie Marno kämpft, aber ich habe oft genug davon gehört, dass er es nur dann tut, wenn es um Leben und Tod geht. Die Situation ist ernst.

Jemand hat uns entdeckt und er hat in der Dunkelheit auf uns gewartet, weil er genau wusste, dass wir dorthin zurückkehren würden.

KAPITEL 21

Lucian hat mich fest an der Hand gepackt und rennt mit mir nach rechts die breite Straße entlang. Ich bin noch nie in meinem Leben so schnell gelaufen. Die Angst sitzt mir im Nacken, erst recht als ich höre, dass uns Schritte folgen.

Marno hat es nicht geschafft, die Angreifer zurückzudrängen, zumindest nicht alle. Da höre ich auch schon ein Rauschen über mir, während ich mit Lucian an der Palastmauer entlangschieße. Marno fliegt über unsere Köpfe hinweg.

„Bring sie in Sicherheit", ruft mein Leibwächter Lucian zu. „Wir treffen uns in der Bar am Hafen. Ich halte sie auf, damit ihr verschwinden könnt."

„Ja." Lucians Antwort kommt keuchend und gepresst.

Dann verschwindet Marno aus meinem Blickfeld. Einen Moment später höre ich Kampflärm. Ich würde mich gern umdrehen und nachsehen, wer uns auf den Fersen ist und was genau Marno macht, aber da zieht mich Lucian schon weiter in eine schmale Gasse. Dunkelheit umfängt uns. Ich sehe kaum etwas. Nur Lucians Hand weist mir den Weg. Er hat keinen Zweifel, welchen Weg er einschlagen muss. Im Gegensatz zu mir scheint er sich hier deutlich besser auszukennen.

Wir biegen nach links ab, dann wieder nach rechts. Von einer Gasse wechseln wir in die nächste. Wir sprinten Treppen empor und überqueren eine Brücke. Dann stehen wir mit einem Mal am Hafen und Lucians Schritte werden endlich langsamer.

Schweiß läuft mir in Strömen den Rücken hinab und mein Atem geht keuchend. Hier sind überall Menschen und Lucian reiht sich mit mir in die Menge der bummelnden Touristen und Einheimischen ein, die an diesem lauen Abend unterwegs sind. Während sich mein Atem langsam beruhigt, versuche ich die absurde Situation zu begreifen.

„Hier ist die Bar." Lucian biegt plötzlich nach links ab. An einer Straßenecke befindet sich eine kleine, gemütliche Bar. Sie fällt den Vorbeigehenden nicht auf. Keiner von ihnen biegt ab. Nur wir gehen hinein. Als ich über die Schwelle trete, spüre ich ein Knistern auf meiner Haut.

Das hier ist keine normale Bar. Es gibt einen guten Grund, warum so viele Leute an dieser Tür vorbeigehen. Es ist eine Bar speziell für Magier. Wer keiner ist, nimmt die Bar nicht wahr und kann erst recht nicht über ihre Schwelle treten.

„Hier sind wir sicher", sagt Lucian und schiebt mich zum Tresen. In der Bar ist nicht viel los. Außer dem Barkeeper, der langsam ein Glas poliert, und zwei Gästen, die am Billardtisch stehen und in ihre Partie vertieft sind, ist niemand hier.

„Wer war das?" Ich setze mich auf einen der Barhocker und sehe Lucian fragend an. Erst mit etwas Verspätung begreife ich, dass ich seine dunkelblauen Augen, die braunen Haare und seinen ernsten Gesichtsausdruck gar nicht sehen sollte. Da fällt mein Blick auf seinen Gestaltwandler und ich erkenne, dass ihm die Kette lose um den Hals hängt. Sie muss auf unserer überstürzten Flucht gerissen sein.

„Gambinos", sagt Lucian und bestellt beim Barkeeper etwas zu trinken. „Ich habe bei einem von ihnen den blauen Schmetterling gesehen. Sie haben uns aufgelauert."

„Aber woher wussten sie, dass wir da sein würden? Wir waren nur im Keller des Palastes und so schnell konnte uns Ornella nicht verraten."

„Vielleicht gab es nicht nur ein Blutsiegel an dieser Tür." Lucian legt nachdenklich den Kopf schief.

„Du meinst, es könnte zusätzliche Sicherheitsvorkehrungen geben?"

Lucian schüttelt den Kopf. „Keine Sicherheitsvorkehrungen. Wenn es welche gegeben hätte, dann wären die Wachen gekommen. Nein, die Gambinos haben vermutlich ein paar der Alarmsysteme von Stuart zweckentfremdet und lassen sich melden, wenn das Blutsiegel ausgelöst wird."

„Das geht?"

Lucian nickt und sieht dem Barkeeper dabei zu, wie er zwei große Gläser Wasser vor uns abstellt. „Ja, das kann gut sein."

Ich nehme das Glas und trinke es in einem Zug leer. Mein Hals ist trocken und ich will irgendetwas tun, das mich beruhigt.

„Danke, dass du mich gerettet hast." Ich stelle das Glas ab und sehe Lucian an. Ich habe nicht erwartet, dass er mir so entschlossen und ohne nachzudenken hilft, und das nun schon zum zweiten Mal. Er hätte auch einfach verschwinden können. Doch genauso wie im Dejavue hat er mein Leben ohne zu zögern gerettet.

„Keine Ursache", sagt er mit einem Schmunzeln. „Ich muss dich am Leben halten. Du nutzt mir nur etwas, wenn du Königin wirst. Du weißt, wir haben einen Deal."

„Ja, genau." Ich nicke. Natürlich hilft er mir nicht

nur, weil er ein anständiger Mensch ist. Lucian hat seine eigenen Ziele. „Das mit deinem Gestaltwandler tut mir leid.“

„Er war schon ziemlich alt.“ Lucian seufzt, nimmt ihn ab und lässt ihn in der Tasche verschwinden.

„Ich besorge dir einen neuen, versprochen.“

„Nicht nötig.“ Lucian winkt ab.

Ich sage nichts mehr, denn ich weiß, dass er zu stolz ist, um ein derart kostbares Geschenk anzunehmen.

„Was sagst du zu Ornellas Drohungen?“, frage ich stattdessen. „Was meint sie mit der Dunkelheit?“

„Nichts Gutes.“ Lucian blickt in sein halbvolles Wasserglas und hebt dann seinen Blick. In seinen dunklen, blauen Augen liegt Unruhe. „Ich wusste, dass die Gambinos für Ärger sorgen und dass deine Familie in Gefahr ist, aber mir war nicht klar, wie ernst die Lage für dich ist, ja, wie ernst sie für alle ist. Vorausgesetzt, das stimmt alles, was Ornella da gesagt hat.“

„Glaubst du ihr?“

Lucian zuckt mit den Schultern. „Ich kann mir nichts unter dieser Dunkelheit vorstellen und wenn Ornella es selbst nicht einmal weiß, dann frage ich mich, was uns da droht.“

„Die Gambinos werden es wissen. Alles scheint ja mit ihnen zusammenzuhängen. Vielleicht hat Marno aus einem von ihnen etwas herausbekommen.“

„Das hoffe ich.“ Lucian nickt bedächtig.

Musik erklingt und ich sehe überrascht auf. Ich war so in das Gespräch mit Lucian vertieft gewesen, dass ich gar nicht gemerkt habe, dass mittlerweile ein paar weitere Gäste in die Bar gekommen sind. Sie haben Getränke bestellt, lachen und unterhalten sich. Der Barkeeper fand es wohl passend, die Musikanlage endlich anzuschalten.

Es läuft etwas Langsames, Melodisches, das mich entspannt. Hier in dieser unscheinbaren Hafenbar mit Lucian an meiner Seite fühle ich mich wieder sicher. Der Schreck über das plötzliche Auftauchen der Gambinos ist verflogen.

Ich blicke hinaus aus dem Fenster und frage mich, wie lange Marno noch brauchen wird, um hier aufzutauchen. Um ihn mache ich mir keine Sorgen. Er kann gut auf sich aufpassen. Aber was ist, wenn uns hier jemand entdeckt?

„Es tut mir leid", sagt Lucian plötzlich.

Ich fahre herum und sehe ihn überrascht an. Seine braunen Haare wirken in dem trüben Licht der Bar beinahe schwarz. Auf seinem schönen, markanten Gesicht liegt ein dunkler Schatten.

„Was tut dir leid?", frage ich.

„Dass ich dachte, dass du eine verwöhnte Prinzessin bist, die der Verantwortung aus dem Weg gegangen ist." Lucians Worte sind sanft und schmeicheln sich in mein Herz. „Dein Vater hat dir keine Wahl gelassen. An deiner Stelle wäre ich einen ähnlichen Weg gegangen."

Einen Moment lang fehlen mir die Worte.

Ich sehe Lucian einfach nur an. Er wirkt nachdenklich.

Ein warmes Gefühl erwacht in meiner Brust und breitet sich von dort in meinem Körper aus. Ich spüre, wie ich mich mehr denn je zu ihm hingezogen fühle, und dieses Mal liegt es nicht daran, dass ich ihn so unwiderstehlich attraktiv finde.

Er hat so viel Anstand und Geradlinigkeit, dass sich jeder der sieben Prinzen ein Beispiel an ihm nehmen könnte. Aber er hat auch einen Deal mit mir gemacht. Von Anfang an hat er meine Nähe gesucht, um seine Position in der Gesellschaft zu verbessern. Er hat seine ganz eigenen Beweggründe und ich sollte sein Interesse an mir nicht mit Sympathie verwechseln.

Er war deutlich, was das angeht, und hat mir nie etwas vorgemacht. Dass wir miteinander geschlafen haben, hat er sofort als Fehler bezeichnet, der sich nicht wiederholen darf. Er will Abstand zu mir und dafür gibt es viele gute Gründe.

Weitere Leute betreten die Bar. Sie füllt sich langsam und der Lautstärkepegel wird höher. Ein paar Leute tanzen. Der Barkeeper kommt kaum noch mit den Getränkebestellungen hinterher.

„Komm, lass uns tanzen“, sagt da Lucian plötzlich.

Ich sehe ihn verwundert an. Doch bevor ich etwas sagen oder protestieren kann, hat er schon nach meiner Hand gegriffen und zieht mich mit sich.

Gerade habe ich noch darüber nachgedacht, dass ich Distanz zu ihm wahren sollte, und nun wehrt sich nichts in mir dagegen, ihm auf die Tanzfläche zu folgen. Ganz selbstverständlich legt er seine Arme um meine Taille und schmiegt sich an mich. Es läuft ein langsames Lied. Auch die anderen Paare auf der kleinen Tanzfläche kleben aneinander. Also lege ich meine Arme um seinen Hals.

Seine plötzliche Nähe raubt mir den Verstand. Ich schließe kurz die Augen und atme tief ein. Sein Geruch steigt mir in die Nase; Leder, frischer Schweiß und Rauch, gemischt mit einer feinen herben Note, die sein ganz eigener Geruch ist und der mich wohl immer daran erinnern wird, wie meine Küsse auf seiner Haut geschmeckt haben.

Warum tut er das? Ahnt er, dass er mir die Sinne vernebelt? Wir bewegen uns im Takt, als ob wir nie etwas anderes gemacht haben, als miteinander zu tanzen. Unsere Körper harmonieren auf eine beängstigend perfekte Weise und erinnern mich an jenen Abend, an dem wir beide unsere Beherrschung verloren haben.

„Siehst du die zwei Typen da drüben an der Bar?“, sagt Lucian mitten in meine schmerzlich süßen Erinnerungen hinein.

„Was?“ Meine Stimme klingt ungewohnt heiser. Ich komme mir vor, als ob ich aus einem Traum aufwache, einem ziemlich wilden und schönen Traum. Lucian dreht mich geschickt um meine eigene Achse, sodass ich freien Blick auf die Bar habe. Tatsächlich, da sitzen zwei ziemlich düstere Typen und sie starren uns an, als ob wir Zielscheiben auf der Stirn haben.

Sofort verfliegt die lockerleichte Stimmung zwischen uns wieder.

„Sie beobachten uns, seitdem wir hereingekommen sind. Von hier aus kann ich sie besser im Auge behalten.“ Lucian macht eine weitere Drehung mit mir und ich verliere die beiden Männer aus den Augen.

Was habe ich nur gedacht?

Er hat die ganze Zeit die Umgebung beobachtet und ich schwelge in romantischen Träumereien. Wenn ich in Zukunft allein überleben will, dann sollte ich mich zusammenreißen und aufmerksamer sein. Ich spüre, wie ungewohnt das für mich ist. Marno ist immer an meiner Seite. Er ist derjenige, der auf mich aufpasst und zu dem ich hundertprozentiges Vertrauen habe. Aber Marno ist nicht hier.

Ich vertreibe auch das letzte warme Gefühl aus meiner Brust und beobachte meine Umgebung etwas genauer. „Sollen wir besser gehen?“, frage ich Lucian, nachdem ich alle Anwesenden gemustert habe. Die beiden Männer an der Bar sind die einzigen beiden, die uns anstarren und einen finsteren Eindruck machen.

„Wir müssen auf Marno warten“, sagt Lucian ernst.

„Ohne uns kommt er nicht aus Marseille weg, zumindest nicht schnell genug, damit nicht auffällt, dass er die Venturi Academy verlassen hat."

Ich sehe Lucian erstaunt an. Dafür, dass Marno bisher alles andere als nett zu Lucian gewesen ist, ist er erstaunlich rücksichtsvoll ihm gegenüber.

Bei der nächsten Drehung habe ich die Männer wieder im Blick. Sie reden miteinander. Dann hebt der eine den Arm, um den Barkeeper zu sich zu winken. Es ist nur ein winziger Moment, als sein Ärmel nach oben rutscht. Doch er reicht aus, um den blauen Schmetterling zu entblößen, den er sich auf die Innenseite seines Unterarms tätowiert hat.

Mir wird auf einen Schlag schwindelig.

„Was ist los?" Lucian mustert mich mit gerunzelter Stirn. Vermutlich sieht man mir an der Nasenspitze an, dass ich mich erschrocken habe.

„Das sind Gambinos", murmle ich hektisch.

„Bist du sicher?"

„Der eine hat ein Schmetterlingstattoo auf seinem Arm."

„Verdammt!" Lucian neigt den Kopf und beugt sich zu mir hinab, als ob er mir ganz nah sein möchte.

Doch jetzt komme ich nicht auf die dumme Idee, dass es hier um mich oder gar um uns geht. Ich weiß, dass er nur seine und meine Aufregung überspielen möchte.

„Wir müssen hier raus", flüstert Lucian.

„Wie?" Die Panik in meiner Stimme ist nicht zu überhören.

„So, dass es niemandem auffällt", erwidert Lucian. Während ich immer nervöser werde, ist er die Ruhe in Person.

Ich wünschte, ich hätte seine Nerven. Der Abend im

Dejavue fällt mir wieder ein und das macht es nicht besser. Doch etwas ist dieses Mal anders, fällt mir da ein. Damals hatte ich meine magischen Kräfte noch nicht aktiviert. Ich bin zwar weit davon entfernt, mich gezielt verteidigen zu können, aber dennoch könnte ich im Notfall etwas tun. Nur was?

Während ich noch überlege, ob es ein geeigneter Schachzug ist, eine weitere Flickenuniform herzustellen oder das Wasser aus der Umgebung zu extrahieren, tanzt Lucian eng umschlungen mit mir zu den Waschräumen hinüber.

Wir drehen uns ein paarmal. Dann schmiegt er sich an mich und beugt sein Gesicht zu meinem.

Auch wenn ich weiß, dass das nur Teil eines Ablenkungsmanövers sein kann, spüre ich dennoch eine angenehme Aufregung durch mich hindurchrieseln. Dieser Mann ist Leidenschaft pur und ich fühle mich machtlos, wenn er mir so nah ist.

„Das ist die Prinzessin", schreit es da auf einmal aus Richtung des Tresens. Den beiden Kerlen scheint aufgefallen zu sein, dass wir uns entfernt haben.

Lucian reagiert blitzschnell.

Er macht einen Schritt zur Seite, zieht mich mit sich und stürmt dann in das Badezimmer.

„Verriegele die Tür", schreit er mir zu, während er seinen Ortswechsler aus der Tasche zerrt.

Mit zitternden Fingern verschließe ich den Riegel. Ich werde gerade im richtigen Moment fertig, da donnert es schon gegen die Tür, als ob die beiden Kerle sich zugleich dagegengeworfen haben. Das Holz kracht. Doch bevor es brechen kann, zieht Lucian mich schon in seine Umarmung. Ich klammere mich an ihm fest und dann beginnt sich die Welt zu drehen. Einen Moment später sind wir beide verschwunden.

KAPITEL 22

Ein sonniger Herbsttag ist angebrochen, als ich die Augen aufschlage. Wenn ich nicht genau wüsste, dass mein Ausflug nach Marseille letzte Nacht wirklich passiert ist, könnte ich denken, dass es nur ein wilder Traum war.

Der Gedanke an die Ereignisse sorgt dafür, dass ich eilig das Bett verlasse, mich fertig mache und hinunter in die Küche gehe. Marno sitzt schon am Küchentisch und wenn ich seine düstere und nachdenkliche Miene richtig deute, hat er letzte Nacht wenig geschlafen.

„Was ist los?“, frage ich Marno und setze mich mit einer Tasse Kaffee an den Tisch. „Schlecht geschlafen?“

„Mmh“, murmelt Marno.

„Ich weiß, dass es schwer ist, jahrhundertealte Vorurteile aufzugeben“, sage ich in einem verständnisvollen Ton.

„Du weißt gar nichts, du Küken“, knurrt Marno.

„Ich weiß mehr, als du denkst. Lucian hat sich so vorbildlich benommen, dass nicht einmal du etwas daran aussetzen kannst. Er hat mich in Sicherheit gebracht und ist dann noch einmal nach Marseille zurückgekehrt, um auch dich zu holen. Und das alles, obwohl sein Gestaltwandler kaputt ist und er riskiert hat, entdeckt zu werden. Er hat für uns eine Menge aufs Spiel gesetzt.“

„Mmh“, knurrt Marno noch etwas gequälter.

„Wir schulden ihm einen neuen Gestaltwandler und außerdem noch ein großes Dankeschön. Was er getan hat, war nicht selbstverständlich.“

„Ich weiß." Marnos Laune ist immer noch nicht besser. „Das ist kaum zum Aushalten. Warum muss dieser Typ so anständig sein? Er ist ein Morell! Das passt hinten und vorne nicht."

„Du wirst darüber hinwegkommen."

„Nein, werde ich nicht."

„Gib dir ein bisschen Zeit."

Marno gibt einen missmutigen Laut von sich.

„Während du das verdaust, sollten wir über Ornellas Prophezeiungen reden." Ich blicke Marno ernst an. Gestern Abend ist uns beiden nicht mehr danach zumute gewesen, den Ausflug auszuwerten. Wir waren einfach nur froh, dass wir wieder heil an der Venturi Academy angekommen sind. Aber länger können wir dieses Gespräch nicht aufschieben.

„Das war nichts Halbes und nichts Ganzes. Kein Wunder, dass dein Vater so hysterisch ist." Marno fährt sich durch die silberblonden Haare. „Von welcher Dunkelheit hat sie da gesprochen? Das ist alles so schwammig."

„Aber was ist mit Nox?" Ich spreche langsam, während ich Marno nicht aus den Augen lasse. „Mein Vater scheint nichts davon zu wissen. Warum erzählt sie mir das?"

Marno blickt mich aus seinen bernsteinfarbenen Augen nachdenklich an. „Wenn das stimmt und die Gambinos ihn getötet haben, dann muss wirklich mehr dahinterstecken."

„Konntest du einen der Gambinos stellen?"

Marno seufzt. „Ja, das konnte ich, aber er hat nicht geredet, dabei habe ich alles versucht."

„Mmh." Ich will gar nicht so genau wissen, was Marno damit meint.

„Und jetzt?"

„Jetzt werde ich mich an den Rat der Elfen wenden. Ich habe deinem Vater schon eine Nachricht zukommen lassen, dass ich für ein paar Tage die Venturi Academy verlassen werde."

„Den Rat der Elfen?" Ich sehe Marno ungläubig an. Wenn er diesen Weg wählt, dann macht er sich wirklich Sorgen.

Marno nickt. „Hier geht es um etwas Größeres, etwas, das nicht nur die Magier betrifft, sondern auch die Elfen. Ich muss herausbekommen, was es mit dieser Dunkelheit auf sich hat. Du weißt, wir haben eigene Wahrsager. Vielleicht wissen sie mehr oder vielleicht können sie mich auch beruhigen und mir versichern, dass Ornella nur Unsinn erzählt. Ich reise nach Nashkant."

„Das verstehe ich." Marnos Entscheidung überrascht mich nicht allzu sehr. Das ist nicht das erste Mal, dass er die Insel besucht, auf der sich die letzten lebenden Elfen vor den Menschen und den Magiern zurückgezogen haben. Sie liegt weit im Pazifik und ist vor den Augen Außenstehender versteckt. „Vielleicht wissen die Elfen wirklich mehr", murmle ich.

„Das hoffe ich." Marno trinkt seinen Kaffee aus. Dann wirft er einen Blick auf die Uhr. „Keno wird mich vertreten. Du kennst ihn ja schon."

„Und ob ich ihn kenne." Ich kann ein Seufzen nicht unterdrücken. Keno ist ein wortkarger Elf mit militärisch strengen Gewohnheiten.

„Das hältst du für ein paar Tage aus." Marno zwinkert mir zu.

„Muss ich ja."

„Außerdem tut dir ein bisschen mehr Ordnung vielleicht ganz gut."

Gerade als ich etwas erwidern will, klopft es an die

Tür und ich zucke zusammen.

„Das ist er bestimmt schon“, sagt Marno und steht auf.

Ich trinke meinen Kaffee aus und will gerade meine Tasse zur Spüle bringen, als ich Andrew an der Tür entdecke.

Unter dem strengen Blick von Marno wird er gerade immer kleiner. „Guten Morgen, Neah“, murmelt er. „Mr Mortimer hat gesagt, dass ich heute den Tag mit dir verbringen soll.“

„Guten Morgen, Andrew.“ Ich dehne die Worte in die Länge. Das hatte ich ja ganz vergessen. Einen Moment lang sehe ich Andrew nachdenklich an. Nachdem ich nun weiß, was Ornella meinem Vater prophezeit hat, weiß ich zumindest eines mit absoluter Gewissheit. In knapp zwei Wochen erwartet mein Vater eine Entscheidung von mir und er wird keine Ausrede gelten lassen. Dafür sitzt ihm die Angst viel zu sehr im Nacken. „Ich komme schon“, sage ich daher und greife nach meiner Jacke. „Gute Reise, Marno. Komm bald wieder zurück.“ Ich umarme den Elf und drücke ihn fest an mich. Er wird mir fehlen.

„Du wirst kaum Zeit haben, mich zu vermissen“, murmelt Marno in mein Ohr. „Mach keinen Unsinn, solange ich weg bin. Hast du gehört?“ Er schiebt mich von sich weg und sieht mich ernst an.

„Versprochen.“ Ich lächle ihn an und als er skeptisch eine Augenbraue hebt, kann ich mir ein Grinsen nicht verkneifen. „Ich versuche es. Reicht das?“

„Muss es wohl.“ Marno seufzt und schiebt mich dann zur Tür hinaus. „Viel Spaß.“

„Den werden wir haben“, sage ich, während ich mit Andrew an meiner Seite davonschlendere.

Eine Weile laufen wir schweigend nebeneinander

her. Dann erreichen wir den breiten Weg, der an den Fakultätsgebäuden vorbeiführt.

„Es tut mir leid, dass ich gekommen bin." Andrew wirkt ziemlich zerknirscht.

„Was?" Angesichts seiner seltsamen Formulierung sehe ich ihn verdutzt an.

„Du hast gesagt, ich soll kein Wort mehr mit dir wechseln. Aber Mortimer …"

„Schon gut", winke ich ab. „Du kannst nichts dafür."

Andrew atmet tief durch und wirkt erleichtert.

„Was hättest du heute gemacht, wenn Mortimer dir nicht befohlen hätte, zu mir zu kommen?" Ich sehe Andrew fragend an. Zu meiner Erleichterung trägt er keine Uniform, sondern eine warme, dunkle Jacke.

„Ich habe Vorlesungen und Seminare." Er zuckt mit den Schultern. „Es wäre ein ganz normaler Tag an der Academy geworden.

„Dann lass uns dahin gehen", sage ich kurz entschlossen.

„Aber Mortimer hat gesagt, dass …", holt Andrew aus.

„Mir ist egal, was Mortimer sagt. Ich will zu den Vorlesungen." Ich lächle Andrew an.

„Also gut", sagt er und zuckt mit den Schultern. „Dann gehen wir ins Stuart-Building. Ich habe jetzt gleich eine Grundlagenvorlesung zu Schlössern und Schließmechanismen."

„Das klingt interessant." Ich muss mein Interesse nicht spielen. Was mir vor einem Monat kein müdes Lächeln abgerungen hätte, interessiert mich mit einem Mal brennend. Also folge ich Andrew zu seiner Vorlesung und höre gespannt zu, als der Professor über die vielen Möglichkeiten spricht, mit denen man Schlösser so präparieren kann, dass sie nur bestimmte Personen einlassen. Ich folge Andrew auch in seine Seminare und sehe mir an, wie er und seine Kommilitonen mit einfachen Riegeln experimentieren.

Als mich Andrew am späten Nachmittag wieder an meinem Haus abliefert, bin ich ihm wirklich dankbar für den interessanten Tag. Ich bin auch froh, dass er mich nirgendwo hat hängen lassen oder sich anderweitig seltsam benommen hat. Wir machen langsam Fortschritte.

„Ach so", sage ich, als wir uns schon verabschiedet haben.

Andrew dreht sich um und sieht mich fragend an. „Ja?"

„Wen würdest du als König wählen?"

Er wirkt irritiert von meiner Frage und runzelt die Stirn. „Jeder von uns würde das gut machen", sagt er schließlich.

Ich kann mir ein Grinsen nicht verkneifen. Das war wirklich eine gute Antwort. „Danke für den Tag."

„Immer gern." Er erwidert mein Lächeln und schlendert dann davon.

KAPITEL 23

„Was soll das heißen, dass Sie mir verbieten, an dem Seminar teilzunehmen?“ Ich sehe Professor Olsberg fragend an.

„Na ja“, druckst der Professor herum. „Mr Mortimer war eindeutig, was das angeht. Sie dürfen keine Magie mehr bewirken. Überhaupt sollen Sie Ihre Zeit nicht hier verbringen.“ Er wirft erst mir und dann Clive einen vorwurfsvollen Blick zu. „Nutzen Sie die Zeit doch besser, um sich kennenzulernen.“

„Heißt das, dass Sie mich jetzt rausschmeißen?“ Ich sehe ihn ungläubig an. Ich habe nicht mit Unterstützung gerechnet, aber dass Professor Olsberg so direkt wird, kommt überraschend.

„Ja, das tue ich. So leid es mir tut.“ Er zuckt mit den Schultern.

„Wir gehen schon.“ Clive erhebt sich. Im Gegensatz zu Thomas und Ferdinand, die gern den Tag mit mir bei den Vorlesungen verbracht haben, war Clive von meiner Idee nicht sehr begeistert. Er hätte viel lieber etwas Spannendes mit mir unternommen.

„Na schön“, sage ich gedehnt. Es gefällt mir nicht, dass Professor Olsberg sich mir in den Weg stellt, aber ich weiß, dass das nicht seine Idee ist, sondern dass Mortimer ihn angewiesen hat, mich aus den Lehrveranstaltungen zu entfernen. Es hat nicht lange gedauert, bis er davon erfahren hat, dass ich meine Dates lieber bei den Lehrveranstaltungen verbringe.

Ich folge Clive nach draußen und kann meinen Unmut nur mühsam unterdrücken. Seit jenem Abend in Marseille fühlt sich alles anders an. Mir ist klar geworden, wie wenig ich über die Magie weiß, und erst recht, wie wenig ich von den Geheimnissen meiner Familie verstehe.

Es mag vielleicht sein, dass ich nie ein Teil davon sein wollte, doch die Ereignisse der letzten Wochen haben alles verändert. Und ich hasse es, wissens- und ahnungslos in alles hineingeschleudert zu werden.

Daher schnappe ich gerade alles auf, was ich bekommen kann. Zumindest habe ich das die letzten Tage getan, denn jedes Quäntchen Wissen fühlt sich gerade so an, als ob es mir die Kontrolle über mein Leben zurückgibt.

„Lass uns einen Kaffee trinken gehen", schlägt Clive vor. „Oder einen Cocktail." Er grinst mich an und fährt sich dabei mit einer lässigen Geste durch die roten Haare. „Wir können auch noch eine Runde schwimmen gehen, wenn du magst."

„Heute nicht", erwidere ich, während wir aus dem Gang treten. Über seinen Vorschlag muss ich gar nicht lange nachdenken. „Im Moment ist mir mein klarer Kopf wichtiger."

„Das klang letztens noch ganz anders." Clive schließt sich mir an, während wir den Weg zum Ausgang entlangschlendern.

Ich hole tief Luft und mir liegt auf der Zunge, zu sagen, dass sich seit unserem letzten Treffen eine Menge geändert hat. Ich wurde von Gambinos verfolgt und einmal mehr ist mein Leben in Gefahr geraten. Doch das geht Clive alles nichts an.

Draußen vor der Fakultät wartet Keno auf mich. Er ist ein riesiger Elf, mit breiten Schultern und einer grimmigen Miene. Als er uns sieht, nickt er mir zu und schließt sich uns an. Marno ist noch immer unterwegs und ich kann es kaum erwarten, dass er endlich wiederkommt. Ich habe selten einen so wortkargen Elf erlebt wie Keno. Manchmal redet er den ganzen Tag nicht mehr als drei Worte mit mir.

„Ich muss schon bald eine Entscheidung treffen", sage ich ausweichend. „Das ist nicht leicht."

„Jeder von uns ist eine gute Wahl", sagt Clive mit einem charmanten Lächeln.

Einen Moment sehe ich ihn verdutzt an. Diesen Satz habe ich neulich doch erst gehört.

„Wenn du gern zu Vorlesungen gehst, dann kann ich dich auch mit in die Fakultät meiner Familie nehmen. Ich kenne die Professoren und ein paar von denen werden uns garantiert nicht rauswerfen." Clive grinst mich mit seinem Sonnyboy-Lächeln verschwörerisch an.

„Gern", sage ich und erwidere sein Lächeln.

„Für dich mache ich alles möglich, Prinzessin." Der charmante Klang seiner Stimme würde mich in Versuchung bringen, anzunehmen, dass ich etwas Besonderes für ihn bin. Doch seitdem ich weiß, dass Clive immer dieselbe Masche bei seinen Eroberungen anwendet, bin ich vorsichtig geworden.

Wir gehen zum Cavendish-Building und Clive hat nicht zu viel versprochen. Er bringt mich zu einem Seminar bei einem jungen Professor, der sehr mit sich selbst und seinen Unterrichtsmaterialien beschäftigt ist und gar nicht bemerkt, dass wir uns in die letzte Reihe gesetzt haben.

In dem Seminar sollen die Studenten Stoffe neu einfärben.

Anfangs traue ich mich nicht, mitzumachen. Die letzten beiden Male, als ich Magie bewirken wollte, ging es schief und ich hatte meine Kräfte überhaupt nicht unter Kontrolle. Doch Clive redet mir gut zu und ich versuche es kurz vor Ende des Seminars doch noch.

Trotz der Schmerzen in meinen Armen gelingt es mir, eines der Stoffquadrate von weiß zu grün zu verfärben, und das ganz ohne Nasenbluten und ohne die anderen in Gefahr zu bringen.

„Es wird besser", sagt Clive aufmunternd. „Du hast auf jeden Fall Talent."

„Danke", sage ich, als wir das Seminar wieder verlassen. „Das war wirklich nett von dir."

„Ich bin lieber verwegen als nett", erwidert Clive mit einem Seufzen. „Wie wäre es mit einem Besuch bei Gerald?"

„Wer ist Gerald?"

„Ein wirklich guter Freund, der eine hervorragende Auswahl an Absinth besitzt."

„Nein, danke." Ich schüttle den Kopf. „Ich will heute Abend noch etwas erledigen."

„Was denn?" Er sieht mich fragend an. „Gehst du noch zur Nachhilfe bei Morell?"

„Du hast davon gehört?"

„Na sicher, jeder weiß davon." Clive mustert mich. „Gehst du wirklich zu ihm?"

„Ja." Ich nicke. „Ich will etwas lernen." Ich wundere mich selbst über meine Worte. Aber es ist die Wahrheit.

„Das musst du doch nicht. Du wirst ein nettes Leben führen, Personal haben und kannst die Annehmlichkeiten deiner Position genießen." Clive runzelt die Stirn, als ob er nicht verstehen kann, warum mir das nicht reicht.

„Ja, das könnte ich", erwidere ich gedehnt. „Aber wenn es ernst wird, dann will ich die Dinge selbst in die Hand nehmen können."

„Du hast Elfen als Leibwächter." Clive schüttelt den

Kopf. „Sie sind die besten Kämpfer, die man bekommen kann. Und warum sollte etwas ernst werden? Auf dich wartet ein entspanntes Leben ohne viel Verantwortung und mit vielen Partys.“ Er grinst mich verschwörerisch an.

Doch dieses Mal kann ich sein Lächeln nicht so locker erwidern. „Da draußen sind die Gambinos unterwegs“, sage ich ernst und bleibe stehen.

Keno stoppt nicht weit von mir in respektvollem Abstand.

„Das sind ein paar vereinzelte Irre.“ Clive winkt ab. „Mit einem Elf an deiner Seite wird dir nichts passieren.“

„Aber wer steckt hinter den Gambinos? Warum haben sie es auf die königliche Familie abgesehen?“ Ich werde lauter. „Es ist so vieles unklar.“

„Zerbrich dir darüber nicht deinen hübschen Kopf. Das sind Verrückte und mehr muss man über sie nicht wissen“, erklärt mir Clive ganz gelassen und legt seine Hände auf meine Schultern, als ob mich das beruhigen soll. „Mach dir keine Gedanken darüber, was in ihren Köpfen vorgeht. Das will keiner wissen.“

„Ich will es wissen“, flüstere ich. „Ich muss es wissen.“

„Was?“ Clive sieht mich verdutzt an. Er versteht mich nicht und das wird er auch nie.

„Ach nichts“, sage ich mit einem freundlichen Lächeln und winde mich aus seiner Berührung. „Was hast du heute Abend noch vor?“

Clive geht sofort auf meine Frage ein und erklärt mir ausführlich, wie er den Abend mit Absinth und Gerald beenden will. Während wir nach Hause laufen und Clive über das komplizierte Ritual des Absinth-Trinkens philosophiert, bin ich in Gedanken bei den Gambinos und der Frage, was sie mit dieser Dunkelheit zu tun haben.

„Du bist herzlich eingeladen“, sagt Clive, als wir bei meinem Haus angekommen sind.

„Ein anderes Mal gern“, sage ich ausweichend. „Heute habe ich noch etwas vor.“ Mit diesen Worten verabschiede ich mich von Clive und gehe ins Haus. Er winkt mir noch einmal zu und geht dann davon.

Ich schließe die Tür, ohne Keno zu fragen, ob er mit reinkommen möchte. Meine Bitte hat er jedes Mal abgelehnt. Stattdessen stellt er sich vor dem Haus auf und hält dort Wache.

Als ich allein bin, atme ich tief durch. Dann setze ich mich an den Tisch, wo schon meine Liste liegt. Für jeden der Prinzen habe ich aufgeschrieben, was für und was gegen ihn spricht. Ich werde mir die Entscheidung nicht leicht machen. Denn es geht nicht nur um mich, so wie es aussieht, geht es um die ganze Welt der Magier.

KAPITEL 24

Ich stehe lange vor Lucians Tür und starre das Holz an. Wir haben uns seit der Nacht in Marseille nicht mehr gesehen. Ich hatte zu tun und eigentlich gibt es keinen Grund, hier zu sein. Die Prinzen haben mich in der letzten Woche beschäftigt und nach langem Hin und Her habe ich mich dazu durchringen können, drei Favoriten auszuwählen.

Meine Entscheidung wird wohl zwischen dem charismatischen Ferdinand, dem Sonnyboy Clive und dem pflichtbewussten Connor fallen. William ist so clever, ich kann und will ihn seiner Familie nicht wegnehmen, und auch Thomas, den Poeten, halte ich im Unternehmen der Cavendish für besser aufgehoben als auf dem Thron.

Andrew kann ich nicht mehr über den Weg trauen. Er hat mein Vertrauen an jenem Abend im Dejavue verspielt und obwohl wir seitdem ein paar nette Momente hatten, ist es nie wirklich zurückgekehrt.

Phillip hingegen kann ich nicht das geben, was er verdient. Er sollte eine Frau finden, die ihn wirklich so liebt, wie er ist, und das kann ich leider nicht. Mehr als Freundschaft wird es zwischen uns nicht geben und das, obwohl ich seine Gemütlichkeit und die Ruhe, die er ausstrahlt, wirklich mag.

Obwohl so weit alles klar ist, stehe ich dennoch hier und ich weiß nicht einmal genau, warum. Vielleicht weil Lucian der Einzige ist, der weiß, was wirklich für mich auf dem Spiel steht.

Ich hebe die Hand und klopfe an. Es ist dunkel und in seinem Haus brennt Licht. Es dauert nicht lang, dann öffnet er die Tür.

Dunkelblaue Augen mustern mich prüfend und ich spüre eine angenehme Aufregung in meinem Bauch aufsteigen.

„Neah“, sagt Lucian gedehnt. In seiner Stimme liegt kein Staunen und auch keine Überraschung über mein unerwartetes Auftauchen. Es scheint, als ob er schon damit gerechnet hat, dass ich früher oder später zu ihm kommen würde.

„Hallo, Lucian.“ Ich weiß nicht, warum ich so nervös bin, aber unter seinem prüfenden Blick werde ich immer unruhiger.

Er tritt zur Seite und deutet mir mit einem Kopfnicken an, einzutreten.

Ich folge seiner wortlosen Einladung und betrete sein Haus. Als die Tür hinter mir ins Schloss fällt, schließe ich kurz die Augen und hole tief Luft. Dieser Geruch bringt Erinnerungen zurück und diese Erinnerungen vernebeln mir die Sinne.

„Was gibt es für Neuigkeiten?“ Lucian geht an mir vorbei zu seinem Sofa und lässt sich darauf sinken. Er klappt ein Buch zu, in dem er gerade gelesen hat.

„Neuigkeiten?“ Ich schaffe es, mich daran zu erinnern, dass es doch einen Anlass gegeben hat, zu Lucian zu gehen. „Marno ist wieder da.“

Lucians Augen weiten sich. „Und? Was hat er herausgefunden?“

„Die Dunkelheit wird tatsächlich kommen.“ Ich blicke Lucian ernst an und frage mich einmal mehr, warum ich ihm das erzähle. Eigentlich geht es ihn nichts an und dennoch bin ich hier und spreche weiter. „Die Wahrsager der Elfen haben bestätigt, was Ornella gesagt hat. Aber auch sie können nicht sehen, was diese Dunkelheit ist, und sie können auch nicht genau sagen, was sie auslösen oder verhindern kann. Allerdings vermuten sie, dass es etwas mit der Ordnung zu tun hat. Sie befürchten, dass sich ein neuer, düsterer Herrscher erheben wird. Sie werden die Morells in der nächsten Zeit genauer im Auge behalten."

„Was?" Einen Moment lang sieht mich Lucian voller Entsetzen an. Dann verfinstert sich sein Blick. „Natürlich werden sie uns genauer im Auge behalten. Wen auch sonst?" Der verächtliche Ton in Lucians Stimme tut mir weh. „Das Erste, was ihnen einfällt, ist es, meine Familie zu verdächtigen."

„Das tut mir leid", sage ich schnell.

„Das ändert auch nichts." Lucian erhebt sich hastig, als ob er es nicht mehr aushält, ruhig sitzen zu bleiben. „Was hast du sonst noch erfahren?"

„Sonst gibt es keine Neuigkeiten. Marno ist auch nicht zufrieden. Sehr viel Licht konnten die Elfen nicht in die Sache bringen." Ich hebe entschuldigend die Arme. „Aber ich dachte, du solltest Bescheid wissen."

„Ja, danke." Lucian ballt die Hände zu Fäusten. In seinen Augen blitzt immer noch die Wut. „Wie konnte ich nur denken, dass sich alles ändern wird?"

Ich gehe zu ihm. „Weil du anständig bist und an das Gute glaubst", sage ich leise. „Ich halte mich an mein Versprechen. Ich werde dir helfen, diesen Paragraphen aus der Verfassung zu streichen."

Lucians Blick huscht durch den Raum, dann bleibt er an mir hängen. „Hast du einen Prinzen ausgewählt?"

„Fast", sage ich stockend. In mir sträubt sich immer noch alles dagegen, den Wunsch meines Vaters zu erfüllen.

„Du schaffst das“, sagt Lucian ernst. „Du hast doch gehört, was auf dem Spiel steht. Wenn selbst die Elfen bestätigen, dass diese Dunkelheit kein Hirngespinst ist, dann hat sich Ornella das nicht ausgedacht. Wenn du auf dem Thron sitzt, dann wird sich alles wieder beruhigen und dann wird auch meine Familie nicht mehr im Visier der Elfen stehen.“

„Ich weiß, aber eine Heirat und ein Thronerbe …“ Meine Stimme kratzt. „Ich habe mir mein Leben immer ganz anders vorgestellt.“

„Ich weiß, dass das kein leichtes Los ist.“ Lucian tritt auf mich zu. „Und es tut mir leid, dass du dieses Opfer bringen musst.“

Ich sehe zu ihm auf und sein warmer Blick tröstet mich. Er versteht wirklich, wie es mir geht.

„Ich gehe jetzt besser wieder“, flüstere ich.

„Ja, das solltest du wohl.“ Lucian bewegt sich nicht. Er steht immer noch vor mir und sieht mir in die Augen. „Wie läuft es mit den Vorlesungen? Ich habe gehört, du hast versucht, so viele wie möglich zu besuchen.“

„Hier spricht sich wohl alles schnell herum?“

„Die Magier tratschen gern.“ Lucian grinst.

„Ich will wirklich etwas lernen. Dann fühle ich mich nicht ganz so hilflos. Ich warte übrigens noch auf meine erste Stunde zum Thema Verteidigung.“

Lucians Augen weiten sich. „Ich weiß nicht, ob es eine gute Idee ist, wenn wir beide noch einmal in den Übungsraum gehen.“ Er steht immer noch ganz nah vor mir und bewegt sich nicht.

Dieses aufregende Kribbeln zwischen uns macht mich süchtig. Ich will nicht weg. Also hebe ich die Hand und streiche sanft über seine Wange.

Seine Augen weiten sich und ich höre, wie sein Atem

schneller wird. Etwas Dunkles flackert in seinen Augen auf.

Bevor ich näher an ihn herantreten kann, um es herauszufordern, hat er schon meine Hand gepackt. „Nein“, flüstert Lucian, und ich höre, dass es ihn Kraft kostet, dieses Wort auszusprechen.

„Nein?“ Ich hebe eine Augenbraue.

„Wir dürfen das nicht tun“, flüstert Lucian gepresst und macht einen Schritt von mir weg. „Du bist die Prinzessin der Venturis und du wirst bald einen anderen heiraten.“

„Ich weiß.“ Ich spüre die Last meines Namens wie einen Betonsack auf meinen Schultern.

„Es gibt nichts, was ich lieber tun würde, als dir die Kleidung vom Leib zu reißen“, flüstert Lucian und haucht mir einen zarten Kuss auf die Lippen. „Aber wir müssen Abstand halten.“

„Ja, das klingt logisch.“ Das tut es tatsächlich, aber für Logik hatte ich noch nie viel übrig. Ich lasse mich gern von meinen Gefühlen leiten und mein Gefühl sagt mir, dass ich Lucian will und er mich, ganz egal, was die Vernunft dazu sagt.

Lucian schlendert zur Tür. „Danke, dass du mir von den Elfen erzählt hast.“

„Ich dachte, du solltest es wissen.“ Ich folge ihm.

Der Blick, den Lucian mir zuwirft, als er die Tür öffnet, lässt meinen Atem stocken. In seinen Augen liegt eine Mischung aus Schmerz, Wut, Leidenschaft und Lust, die dafür sorgt, dass mich das unstillbare Bedürfnis überkommt, mich an ihn zu schmiegen.

Mit Mühe trete ich an ihm vorbei, hinaus in den kalten Abend. Feuchtigkeit liegt in der Luft und bald wird es den ersten Schnee geben.

„Du schaffst das“, sagt Lucian mit fester Stimme.

„Ich glaube an dich und ich weiß zu schätzen, was du tust."

Seine Worte geben mir tatsächlich Kraft, zumindest genug, um das knappe Nicken zu verdauen, das er mir zuwirft, bevor er die Tür wieder schließt. Einen Moment lang starre ich die Holzmaserung an. Was ist das zwischen ihm und mir? Wie konnte es passieren, dass da überhaupt etwas entstanden ist? Dann schüttle ich den Kopf und wende mich ab. Lucian hat recht. Wir müssen Abstand halten, alles andere ist einfach nur verrückt.

KAPITEL 25

„Du wirst dich also zwischen Connor und Ferdinand entscheiden?“ Emilia sieht mich mit großen Augen an. Wir sitzen im Studentencafé bei einer Tasse Tee und sprechen über den morgigen Tag.

„Ja.“ Ich nicke und sehe Emilia prüfend an. Ich habe lange mit Marno gesprochen und alles genau hin und her überlegt, aber mir war es wichtig, noch eine andere Meinung zu hören.

„Und Clive ist aus dem Rennen, weil …?“ Emilia sieht mich fragend an.

„Clive ist ein lustiger Typ und anfangs dachte ich, dass das mit den Partys unterhaltsam werden würde, aber ich denke, als König sollte man das Leben etwas ernster nehmen.“ Ich rühre in meinem Tee.

Emilia nickt bedächtig. „Da schätzt du Clive ganz richtig ein. Für ihn ist alles ein großer Spaß.“

„Ja, aber König zu sein, erfordert etwas mehr Ernst und ich kann ihn mir schlecht dabei vorstellen, ein Museum zu eröffnen, ohne dass er sich bei dem feierlichen Empfang danach betrinkt.“

„Ich weiß, was du meinst.“ Emilia grinst. „Und wie willst du dich zwischen Connor und Ferdinand entscheiden?“

Ich trinke einen Schluck Tee und hole meine Liste aus der Tasche.

„Pro und Kontra?“ Emilias Augen weiten sich.

„Ja, ich will alles bedenken.“ Ich reiche ihr die Liste.

„Interessant", sagt Emilia und überfliegt sie. „Also vom Aussehen her sind die beiden für dich gleichauf?"

„Ja, man kann sich mit ihnen sehen lassen."

„Das finde ich auch." Emilia grinst. „Du hast bewertet, wie ernst sie es meinen, König zu werden?"

„Ja, ich denke, dass man das wirklich wollen sollte."

„Da liegt Ferdinand eindeutig vorn. Wie kommst du darauf?" Emilia fährt sich durch die kurzen, blonden Haare und greift dann nach ihrer Teetasse.

„Ferdinand hat gesagt, dass das schon immer sein Traum war, König zu werden, und dass er nun endlich die Gelegenheit dazu bekommen hat. Er hat auch etwas Stolzes und Charismatisches an sich, das gut zu einem König passt. Ich glaube, die Magier würden ihn nicht nur respektieren, sondern lieben. Connor hingegen ist nicht ganz so ehrgeizig, was das angeht, zumindest hat er es nicht so deutlich durchblicken lassen wie Ferdinand. Er ist sehr pflichtbewusst, was als König auch nicht schlecht ist, aber ihm fehlt das Besondere, was die Magier begeistern könnte."

„Und dann hast du noch die Umgangsformen bewertet." Emilia hat ihre Teetasse wieder abgestellt und fährt mit dem Finger über meine Liste. „Da schneidet Connor auch nur mittelmäßig ab."

„Ferdinand hat sich für William eingesetzt und hat sich kein einziges Mal danebenbenommen. Er war immer sehr fair und freundlich zu mir. Connor eigentlich auch, aber mir gefällt nicht, dass er so regelversessen ist. Ein bisschen Lockerheit schadet nicht."

„Na, dann ist doch alles klar." Emilia lässt die Liste sinken. „Die anderen Punkte sind eher nebensächlich, sodass sie sich nicht viel nehmen. Sie kommen beide aus angesehenen Familien, haben einen guten Ruf und finden sich am Hof zurecht. Deine Wahl fällt eindeutig auf

Ferdinand." Sie grinst mich an. „Glückwunsch, du hast deinen zukünftigen Mann gefunden."

„Meinen zukünftigen Mann." Ich versuche zu lächeln, aber so recht will es mir nicht gelingen. Ich sehe Ferdinand vor mir; glatt gegelte, braune Haare, eine scharf geschnittene Nase und teurer Schmuck. Äußerlichkeiten sind ihm wichtig. Außerdem ist er Jahrgangsbester, was bedeutet, dass er nicht nur klug, sondern auch zielstrebig ist. Aber irgendetwas stört mich an ihm.

Er ist zu perfekt, um wahr zu sein. Er ist nie wütend oder laut gewesen, nie unangepasst oder unhöflich. Wenn ich an ihn denke, dann kann ich ihn gar nicht fassen. Ferdinand ist ganz anders als Lucian.

Lucian kann zornig und laut sein, und dann wieder sanft und leidenschaftlich. Er ist voller Wut und doch voller Anstand. Manchmal ist er unbeherrscht und dann wieder hat er sich komplett unter Kontrolle. Sein Geruch lässt mich Aufregung fühlen und sein Blick macht mich nervös. Ja, Lucian kann ich fassen und verstehen. Aber das ist egal, denn es spielt für meine Entscheidung absolut keine Rolle.

„Die Beauforts sind eine tolle Familie." Emilia reicht mir die Liste und ich packe sie wieder in meinen Rucksack.

„Ja, das glaube ich auch." Die Entscheidung hat auf der Hand gelegen, aber jetzt wo mich Emilia noch einmal darin bestätigt, kann ich mich leichter damit arrangieren.

„Morgen ist es schon so weit." Emilias Augen weiten sich. „Ich freue mich darauf. Mortimer will einen richtigen Festakt aus deiner Verkündung machen."

„Davon habe ich auch schon gehört." Ich lächle gequält. Mir wäre es lieber, wenn er weniger Pomp vorbereitet hätte, aber ich kann verstehen, dass Mortimer die

Wünsche meines Vaters erfüllen will, nachdem er ihn beim letzten Mal so verärgert hat.

„Alle werden da sein. Du kannst mir glauben, dass sich das kein Student entgehen lässt. So etwas passiert nicht oft."

„Das glaube ich gern. Gab es überhaupt schon mal so etwas?"

„Oh, doch, das gab es." Emilias Wangen färben sich vor Aufregung rot, als sie in ihren Rucksack greift und eine Ausgabe der *The Secrets Of The Royal Witches* hervorholt. „Und zwar vor achtzig Jahren. Da gab es einen Prinzen der Venturis, der sich nicht zwischen fünf Prinzessinnen entscheiden konnte. Und deswegen wurde da etwas Ähnliches veranstaltet. Nicht hier auf der Venturi Academy, aber dafür am Hof in Marseille."

„Und? Wie ging die Geschichte aus?"

Emilia blättert in der Zeitschrift. „Prinz Leopold hat sich nach langem Zaudern und Zögern für Prinzessin Valeria entschieden und seine Entscheidung nie bereut. Die beiden führten ein langes glückliches Leben und bekamen sechs Kinder. Wir hoffen, dass auf Prinzessin Noah ein ähnlich glückliches Leben wartet, und sind gespannt, auf wen ihre Wahl fallen wird." Emilia hebt wieder den Blick und sieht mich strahlend an. „Und ich weiß es vor allen anderen." Sie grinst.

„Aber behalte es noch für dich."

„Versprochen." Emilia zwinkert mir zu.

„Dann vielen Dank für deine Hilfe." Ich bin wirklich froh, dass Emilia sich Zeit genommen hat.

„Kein Problem. Ich freue mich, wenn ich dir helfen konnte."

„Das konntest du wirklich." Ich erhebe mich, nachdem ich meinen Tee ausgetrunken habe. „Heute Abend werde ich zu Ferdinand gehen und noch einmal mit ihm sprechen."

„Du willst dir absolut sicher sein?"

„Ja, das will ich." Ich nicke.

„Dann wünsche ich dir einen erfolgreichen Abend."

„Den werde ich hoffentlich haben." Ich ziehe meine Jacke über und setze meinen Rucksack auf. Dann verlasse ich das Studentencafé und trete hinaus. Eine dünne Schneeschicht liegt über der Welt und allein der Anblick lässt mich frösteln. Es ist schon später Nachmittag und die Dämmerung taucht den Park mit den vielen Häusern in ein sanftes Licht.

Ich mache mich auf den Weg nach Hause. Bis zum Abend habe ich noch etwas Zeit. Als ich ankomme, brennt im Haus Licht. Nachdem Keno mich einige Tage begleitet hat, bin ich einmal mehr froh, Marno wiederzuhaben. Meine Entscheidung wird ihn nicht überraschen. Emilia hat recht, sie hat auf der Hand gelegen.

Ich betrete das Haus und tauche dankbar in die Wärme ein.

Während ich den Rucksack absetze und meine Jacke ausziehe, sucht mein Blick nach Marno. Es dauert nicht lang, bis ich ihn entdecke. Er sitzt am Tisch, aber er ist nicht allein.

Es dauert einen Moment, bis ich die wunderschöne Frau erkenne, die ihm gegenübersitzt. Sie hat lange, dunkle Locken und ausdrucksvolle Augen. Trotz ihrer grazilen Gestalt wirkt sie stark und unbesiegbar. Das ist Noir, meine perfekte Schwester, und der ernste Blick in ihren Augen bedeutet nichts Gutes.

KAPITEL 26

„Was tust du denn hier?“ Ich klinge heiser, als ich mich Noir nähere. Bestimmt sieht man mir die Überraschung an.

„Hallo, kleine Schwester.“ Sie erhebt sich und nimmt mich in den Arm. „Wir haben uns so lange nicht gesehen.“

„Hallo, Noir.“ Ich tauche in eine süße Wolke ein und fühle mich mit einem Mal getröstet. Wie schafft sie das immer nur? Allein ihre Anwesenheit reicht aus, um meine Gefühlswelt auf den Kopf zu stellen.

„Ich musste kommen“, sagt Noir und wird wieder ernst, nachdem sie mich aus ihrer Umarmung entlassen hat. „Es gibt da ein paar Dinge, die mir zu Ohren gekommen sind und von denen du wissen musst.“ Sie zeigt auf den Stuhl ihr gegenüber.

„Was für Dinge?“ Ich kann nicht verhindern, dass mir kalt wird. Dennoch setze ich mich brav und sehe Noir erwartungsvoll an. Wenn Noir die Reise an die Venturi Academy auf sich genommen hat, dann muss irgendetwas Schlimmes passiert sein. „Geht es um Vater?“

Noir schüttelt den Kopf. „Es geht um Ornella.“

„Um Ornella?“ Meine Schwester hat es geschafft, dass ich völlig verblüfft bin. Ich habe mit einigem gerechnet, aber nicht mit dieser Antwort.

„Ja.“ Noir seufzt. Sie wirkt bedrückt. „Als ich erfahren habe, dass Vater die Thronfolge geändert hat, bin ich stutzig geworden. Solche spontanen Entscheidungen passen nicht zu ihm."

„Das habe ich auch gedacht", erwidere ich. „Zumal er mit Frey als zukünftigem König immer zufrieden war."

„Genau, das hat mich auch gewundert. Er war glücklich mit Frey und hat sogar laut drüber nachgedacht, sich eher in den Ruhestand zu begeben, weil er so zuverlässig ist." Noir sieht mich ernst an. „Aber Vater wollte mir seine Entscheidung nicht erklären."

„Mir auch nicht." Seltsamerweise beruhigt es mich, dass er nicht nur mir gegenüber schweigsam gewesen ist. „Aber ich konnte mich mit seiner Antwort nicht zufrieden geben."

„Deswegen warst du bei Ornella, nicht wahr?" Noir nickt bedächtig.

„Du weißt davon?" Meine Augen weiten sich.

„Du wurdest in der Hafenbar gesehen, und zwar mit Lucian Morell, stimmt das?"

„Darum geht es jetzt doch gar nicht", beeile ich mich zu sagen.

„Du hast recht. Darum geht es nicht. Aber für deine zukünftigen Ausflüge solltest du wissen, dass du vorsichtiger sein musst."

„Woher weißt du davon?" Ich kann mein Erstaunen nicht länger verbergen. Was ist meine Schwester? Ist sie nicht nur begabt, talentiert und erfolgreich? Ist sie etwa auch noch eine Art Geheimagent?

„Ich kenne den Wirt der Hafenbar. Du musst dir keine Sorgen machen. Er ist verschwiegen."

Ich höre, wie Marno laut ausatmet.

„Okay", erwidere ich gedehnt. „Ich habe mit Ornella geredet und sie hat mir von ihrer Prophezeiung erzählt. Ich verstehe jetzt zumindest, warum Vater will, dass ich den Thron besteige. Damit soll die Dunkelheit verhindert werden."

„Das hat mir Ornella auch erzählt." Noir verschränkt die Hände ineinander. „Sie hat mir von ihren Karten erzählt."

„Wollte sie von dir auch ein Versprechen, damit sie ehrlich zu dir ist?"

Noir schüttelt den Kopf. „Was hat sie von dir verlangt?"

„Dass ich sie schütze, wenn ich auf dem Thron sitze."

Noir schmunzelt. „Sie denkt immer voraus und hat das eigene Wohl im Sinn." Dann wird sie wieder ernst. „Aber ihre Geschichte kam mir seltsam vor. Warum soll es hilfreich sein, wenn du auf den Thron steigst? Was ist falsch an Frey und warum fällt Ornella das erst jetzt ein und nicht schon vor Jahren? Wenn jemand das System gewaltsam umkrempeln will, dann plant er das doch nicht seit gestern, sondern bereitet das schon seit einer Weile vor."

„Die Gambinos haben etwas damit zu tun", sage ich nachdenklich.

„Auf jeden Fall. Einer von ihnen hat anscheinend größere Pläne." Noir fährt sich durch die dunklen Locken. Der ernste Ausdruck auf ihrem Gesicht hat sich immer noch nicht gelöst. „Aber dennoch stimmt etwas nicht mit Ornellas Prophezeiung."

„Wie kommst du darauf? Ich hatte nicht den Eindruck, dass sie es nicht ernst meint." Ich versuche mich an meine Begegnung mit Ornella zu erinnern. Hat sie mich angelogen und ich habe es nicht bemerkt?

„Oh doch, sie meint es absolut ernst. Sie hat in ihren Karten gelesen, dass du auf den Thron musst, um die Dunkelheit zu verhindern." Noirs Blick schweift zwischen Marno und mir hin und her.

„Mir ist daran nichts Ungewöhnliches aufgefallen“, murmelt Marno. „Und dass die Welt der Magier bedroht wird, haben die Elfen bestätigt. Ich bin nach Nashkant gereist. Die Wahrsager der Elfen sehen diese Dunkelheit ebenfalls kommen. Sie vermuten, dass sich ein neuer dunkler Herrscher erheben will.“

„Das ist interessant.“ Meine Schwester legt nachdenklich den Kopf schief.

„Was stimmt denn nicht?“ Ich lasse meine Schwester nicht aus den Augen. Mir ist immer noch nicht klar, worauf sie hinauswill.

„Es sind die Karten“, sagt Noir schließlich. „Jemand hat sich an ihnen zu schaffen gemacht. Hast du nichts gespürt, als du bei Ornella warst?“

„Gespürt?“ Ich versuche mich zu erinnern und jetzt, wo Noir mich darauf aufmerksam macht, fällt mir auf, dass wirklich etwas seltsam war. Als Ornella ihre Karten aus der Tasche gezogen hat, habe ich Kälte gespürt. Ich hatte angenommen, dass das an meiner Aufregung liegt. „Ja, da war eine unangenehme Anspannung“, gebe ich zu.

„Eine Anspannung?“ Marno runzelt die Stirn. „Davon habe ich nichts bemerkt.“

„Es ist nur eine ganz feine magische Schwingung“, erklärt Noir. „Wir hatten das mal in einem Seminar, als es um Möglichkeiten der Einflussnahme auf andere ging. Es ist eigentlich ein ganz simpler Taschenspielertrick. Hütchenspieler wenden ihn gern an. Auch das ein oder andere Pokerspiel wurde nicht mit rechten Dingen gewonnen. Man kann dafür sorgen, dass bestimmte Karten häufiger gezogen werden, und genau das ist mit Ornellas Karten passiert. Jemand wollte, dass du die Thronfolge übernimmst. Dazu musste er nur wissen, dass Vater sich regelmäßig die Karten zu jedem Familienmitglied legen lässt, und als es um dich ging, kamen dann ganz erstaunliche Dinge zutage."

„Aber wer soll davon profitieren?" Ich verstehe nicht, was ich für einen Nutzen auf dem Thron haben soll.

„Das weiß ich nicht, zumindest noch nicht, und was es mit dieser Dunkelheit auf sich hat, auch nicht." Noir holt tief Luft. Man sieht ihr die Sorge an. „Ich brauche etwas Zeit, um herauszufinden, wer hinter alldem steckt. Er hat aber auf jeden Fall einen Helfer im Palast, der Gelegenheit hat, Vaters Gewohnheiten auszuspionieren und auch an Ornella heranzukommen. Vielleicht jemand vom Personal. Diese Person muss ich finden und sie ausfragen."

Ich schlucke. Wie lange wird es dauern, bis Noirs Verdacht auf die Cousine von Lucian fällt? Ist seine Familie wirklich so unschuldig, wie er immer behauptet? Ich kann nichts dagegen tun, dass die lang einstudierten Vorurteile dafür sorgen, dass ich Zweifel bekomme.

Noir blickt mich ernst an. „Jemand will, dass du den Thron besteigst, und zwar schnell, und genau das darfst du jetzt nicht tun. Ich weiß nicht, was dann passiert, aber es ist bestimmt nichts Gutes und noch ein Familienmitglied will ich nicht verlieren."

Ich sehe Noir einen Moment an. „Wusstest du, dass Nox keinen Unfall hatte? Ornella hat es mir gesagt."

Noir seufzt. „Das wusste doch jeder. Nox war vorsichtig. Er hatte die Magie im Griff. Aber es gab nie einen Beweis für ein Fremdverschulden. Vater fällt es leichter zu glauben, dass es ein Unfall war, als dass Nox einem Attentat zum Opfer gefallen ist. Denn das würde bedeuten, dass die Gambinos ein Netzwerk haben, das sich bis in die heiligen Hallen der ehrwürdigen Venturi

Academy erstreckt.“

„Ich verstehe.“ Ich nicke mechanisch. „Warum willst du Vater nichts davon erzählen?“

Noir stößt einen verächtlichen Laut aus. „Denkst du, er glaubt mir?“

Langsam schüttle ich den Kopf. „Nein, Ornella ist wie eine Heilige für ihn. Er wird nicht an ihr und ihren Karten zweifeln.“

„Genauso ist es.“ Noir nickt. „Also gut. Du weißt Bescheid. Halte dich vorerst vom Thron fern.“

„Aber Vater will, dass ich ihm morgen einen Heiratskandidaten präsentiere, und wenn es nach ihm geht, soll ich sofort nach Marseille kommen und mit der Produktion eines Thronerben beginnen.“

„Du musst das hinauszögern, und zwar so lange, bis ich weiß, wer dahintersteckt.“ Noir wirft einen Blick auf die Uhr. „Denk dir irgendetwas aus, was halbwegs glaubwürdig ist.“

„Er wird mich umbringen“, sage ich mit trockenem Hals.

„Das wird er nicht“, grinst Noir und erhebt sich. „Er braucht dich schließlich noch für den Thron.“

„Stimmt auch wieder“, murmle ich und denke mit Unbehagen an den ganzen Pomp, den Mortimer vorbereitet hat. Vor dem Hauptgebäude steht eine Bühne und wenn ich es richtig mitbekommen habe, hat heute eine Band geprobt.

„Ich muss wieder nach Hause.“ Noir zieht einen Gestaltwandler aus der Tasche und dann noch einen Ortswechsler aus der anderen.

„Du bist aber gut ausgerüstet.“ Meine Augen weiten sich.

„Es hat Vorteile, wenn man in meiner Position ist.“ Noir zwinkert mir zu. Dann zieht sie sich die Kapuze über den Kopf. Sie will gerade den Gestaltwandel anlegen, als ich mich räuspere.

„Kannst du mir deinen Gestaltwandler geben?" Ich sehe Noir bittend an. „Ich schulde jemandem einen, weil seiner kaputtgegangen ist, als er sein Leben für mich riskiert hat."

Noirs Blick ruht einen Moment auf mir. „Weiß derjenige denn, wie man ihn neu einstellen kann?"

„Dieser Jemand ist ziemlich clever. Das kriegt er garantiert hin."

„Bist du dir sicher, dass du diesem Jemand vertrauen kannst?" Wir wissen beide, über wen wir reden.

„Absolut", erwidere ich ernst. „Ohne ihn würde ich nicht mehr leben."

Noir nickt, dann reicht sie mir ihren Gestaltwandler. „Dann ist das nur ein kleines Dankeschön dafür, dass dieser Jemand so gut auf dich aufgepasst hat."

„Danke." Ich nehme den Gestaltwandler, stecke ihn ein und umarme meine Schwester. Vielleicht ist es doch nicht schlecht, mit jemandem verwandt zu sein, der so perfekt ist.

„Pass gut auf dich auf." Noir erwidert meine Umarmung.

„Wie bist du überhaupt hierhergekommen?" Ich sehe sie fragend an, als sie zur Tür geht.

Noir grinst. „Denkst du, du bist die Einzige, die weiß, wie sie sich heimlich vom Gelände schleichen kann? Diesen Tunnel gibt es schon seit Jahrzehnten."

„Ach, so ist das." Ich kann mir ein Lächeln nicht verkneifen, denn dass sie sich heimlich davonschleicht, hätte ich Noir gar nicht zugetraut.

„Ich melde mich bald wieder bei dir. Bis dahin musst du durchhalten."

„Ich gebe alles."

„Bis bald, kleine Schwester." Noir öffnet die Tür.

„Bis bald", flüstere ich, und dann ist Noir schon in der Dunkelheit verschwunden.

KAPITEL 27

Der Tag ist gekommen, den ich so lange gefürchtet habe, und er beginnt ganz anders als erwartet. Ich werde von lauten Geräuschen geweckt. Sofort schrecke ich auf, springe aus dem Bett und öffne die Tür.

Von unten höre ich Marno, der gerade jemandem mit lauter Stimme erklärt, dass ich nicht für Interviews zur Verfügung stehe und er sich bitte bis zum Mittag gedulden soll.

Das sind bestimmt die Leute von der *The Secrets Of The Royal Witches*, die ein exklusives Interview wollen. Ich gehe ins Bad und mache mich fertig. Entgegen meiner Gewohnheit habe ich letzte Nacht wenig geschlafen. Stundenlang habe ich darüber gegrübelt, was ich heute sagen soll, um meinen Vater davon zu überzeugen, dass ich noch Zeit brauche.

Als ich hinabgehe, sehe ich Marno am Küchenfester stehen. Er mustert misstrauisch die Umgebung. Dieser Besuch scheint nicht der erste am heutigen Tag zu sein. Mit einem Seufzen wendet er sich ab und blickt mich an. Seine ernste Miene sorgt nicht dafür, dass es mir besser geht.

„Alles okay?", frage ich und nehme mir eine Tasse Kaffee.

„Die sind ziemlich lästig. Ich hatte ganz vergessen, wie schlimm das ist. Seitdem wir nicht mehr in Marseille wohnen, ist mir das völlig entfallen. Mir ist schleierhaft, warum Mortimer diese Leute schon morgens auf das

Gelände lässt. Ihm muss klar sein, dass sie überall herumschleichen und ihre neugierigen Nasen in alles hineinstecken."

„Mortimer", sage ich nachdenklich. Mir ist da plötzlich ein Gedanke gekommen.

„Was ist mit dem Rektor?" Marno setzt sich zu mir.

„Ich werde mit ihm reden und ihm klarmachen, dass ich weiter hier studieren muss. So kriege ich alles hin. Ich wähle Ferdinand aus und verlobe mich mit ihm, dann kriegt mein Vater seinen Willen. Aber dann bestehe ich darauf, dass ich mein Studium fortsetze, und verschaffe so Noir genug Zeit, um dem Kartenzinker auf die Spur zu kommen."

„Klingt gut", sagt Marno mit einem bedächtigen Nicken. „Zumindest besser als alles, was ich mir bisher überlegt habe. Jetzt muss nur noch Mortimer mitspielen."

Ich trinke meinen Kaffee aus und erhebe mich wieder. „Das werde ich jetzt gleich mit ihm klären. Bist du so nett und gehst zu Lucian?" Ich reiche Marno den Gestaltwandler. „Gib ihm den als Entschädigung, weil seiner kaputtgegangen ist."

Marno sagt nichts. Er nickt nur und nimmt den Gestaltwandler. Er muss mir nicht antworten. Ich weiß, dass ich mich auf ihn verlassen kann, und ich weiß auch, dass Marno zwar Vorurteile hat, dass er aber weiß, wann der richtige Moment ist, um Größe zu zeigen.

Ich schnappe mir meine Jacke und öffne vorsichtig die Tür. Nachdem mir niemand auflauert, verlasse ich zügig das Haus und mache mich auf den Weg zum Hauptgebäude.

Mortimer ist bestimmt in seinem Büro. Ich gehe in einem weiten Bogen um die Tribüne herum und eile dann zum Haupteingang. In der Eingangshalle ist es ruhig. Die nächste Vorlesung beginnt erst in einer halben Stunde. Während ich die Eingangshalle durchquere, sehe ich mich immer wieder um. Aber hier ist niemand. Ich bin ganz allein. Ich nähere mich dem Raum, in dem Mortimer am ersten Abend an der Venturi Academy das Abendessen mit den sieben Prinzen veranstaltet hat. Es wundert mich wenig, als ich Stimmen vernehme. Mortimer ist schon hier und er ist nicht allein.

Ich trete näher an die Tür und öffne sie langsam. Ich will sie schon weiter aufreißen und eintreten, als ich klar und deutlich Mortimers Stimme vernehme.

„Meine Herren, Sie haben Ihre Aufgabe hervorragend erledigt." Der Rektor hüstelt leicht. Er scheint in feierlicher Stimmung zu sein.

„Das war auch nicht schwer", sagt Connor.

Connor? Ich spitze die Ohren. Was tut er denn so früh am Morgen hier?

„Das würde ich so nicht sagen", erklärt Mortimer. „Sie sollten sich alle von der besten Seite zeigen und das haben Sie getan. Ms Venturi wird heute Mittag einen von Ihnen zum zukünftigen König ernennen und damit haben Sie das Ziel erreicht. Es ist zwar noch etwas früh, aber ich finde, darauf sollten wir anstoßen. Moment, ich hole schnell einen passenden Tropfen."

Schritte sind zu vernehmen und ich kann mich gerade noch rechtzeitig an die Wand drücken, als die Tür schon aufschwingt. Ich halte die Luft an, doch ich habe Glück. Mortimer ist so vertieft in seine Mission, dass er keinen Blick zurückwirft, sondern zielstrebig die Eingangshalle durchquert. Ich will mich gerade wegschleichen und zu einem anderen Zeitpunkt wiederkommen, als ich die Stimme von Ferdinand vernehme. Es ist der verschwörerische Tonfall seiner Worte, der dafür sorgt, dass ich wie gebannt stehen bleibe.

„Es ist fast geschafft“, sagt er klar und gut vernehmbar. „Es wird wohl niemanden überraschen, wenn sie sich heute für mich entscheidet.“

„Nein, niemanden“, sagt Clive mit einem Seufzen. „Dabei dachte ich, dass ich wirklich gute Chancen bei ihr habe.“

„Zu viel Party und zu wenig Politik“, sagt Thomas, als ob er ein Fußballspiel bewertet.

„Und du hast am Anfang gepatzt“, setzt Clive hinzu. „Du hast bei der Frage nach der Unternehmensnachfolge die falsche Antwort gegeben.“

„Ist doch egal.“ Thomas klingt entspannt. „Ferdinand soll ruhig glücklich mit ihr werden. Zum Ende werden wir ja nun alle davon profitieren.“

„Das werden wir“, sagt Ferdinand. „Ich halte mich an unser Versprechen. Einer macht das Rennen und sorgt dann dafür, dass die anderen die lukrativsten und mächtigsten Posten bekommen, die es in der magischen Monarchie zu besetzen gibt. Wir werden es besser machen, als es unsere Väter je gekonnt haben. Unsere Allianz wird noch Dekaden überdauern und unseren Kindern und Enkeln zugute kommen.“

Zustimmendes Gemurmel wird laut, während mir der Atem stockt. Ich hatte sie gefragt, ob es eine geheime Absprache gibt, und sie haben es immer verneint. Sie haben mich angelogen, und zwar alle. Mein Körper fühlt sich kalt an, als ich mit stockenden Schritten loslaufe. Es kommt mir vor, als ob meine Beine gar nicht zu mir gehören. Mortimer kommt mir entgegen, in der Hand eine Flasche Sekt. Er wirkt verwundert, als ich an ihm vorbeirenne.

Aber ich kann nicht stehen bleiben und das Gespräch führen, das ich eigentlich mit ihm führen wollte.

Ich muss hier raus, und zwar sofort.

KAPITEL 28

Mein Blick schweift ruhig über die Menge. Alle sind sie gekommen. Mein Vater, mein Onkel und unzählige Elfen, die ganz in ihrer Nähe stehen. Trotz des kalten Tages sind die Plätze vor der kleinen Tribüne voll besetzt. Selbst dahinter haben sich unzählige Studenten versammelt und starren mich an.

Ich stehe neben Mortimer auf der Tribüne, der sich ausgiebig darüber auslässt, welche Ehre es ist, die vielen Gäste hier empfangen zu dürfen, und dass er seine Freude darüber, dass die geschichtsträchtige Entscheidung der zukünftigen Thronfolge an der Venturi Academy fallen wird, kaum fassen kann.

Als ich heute Morgen aus dem Haupthaus gestürmt bin, habe ich nicht damit gerechnet, dass ich jetzt hier stehen würde. Ich wollte die Academy verlassen, und zwar sofort. Es war Marno, der mich davon überzeugt hat, dass dieser Plan nicht gelingen wird und es nur eine Frage der Zeit ist, bis ich irgendwo aufgestöbert werde.

Wir haben lange geredet und sind die Möglichkeiten durchgegangen, die ich jetzt noch habe. Viele sind es nicht und noch immer weiß ich nicht, was ich jetzt sagen und tun soll.

Soll ich es hinnehmen, dass die sieben Prinzen sich untereinander abgesprochen haben, um sich gegenseitig die besten Posten zuzuschanzen? Ist das vielleicht normal in der Gesellschaft der Magier und Korruption ist ein Teil davon, der ebenso dazugehört wie die altmodischen Uniformen und die verstaubte Moral?

Marno hat mir empfohlen, bei unserem ursprünglichen Plan zu bleiben. Eine Verlobung kann man wieder lösen und zumindest würde mir meine Entscheidung Zeit verschaffen. Aber ich konnte nicht mit Mortimer reden und weiß nicht, ob er es einfach so hinnimmt, wenn ich verkünde, dass ich an der Venturi Academy bleiben will.

Ich mustere nachdenklich die Prinzen, die gleich in der ersten Reihe sitzen und Mortimer gespannt zuhören. Wer sind sie wirklich? War ihr Verhalten die ganze Zeit nur gespielt und das alles Teil ihres Plans? Oder haben sie es ernst mit mir gemeint? Ich weiß gar nichts mehr und ihre Gesichter geben mir keine Antwort auf meine Fragen. Sie wirken gelassen und nicht nur sie sind entspannt.

Da drüben sitzt mein Vater und scheint absolut zufrieden mit sich und der Welt zu sein. Er lächelt immer wieder und unterhält sich ab und an leise mit meinem Onkel, während Mortimer einfach kein Ende findet. Redet er jetzt ernsthaft über den schönen sonnigen Tag?

Es dauert noch geschlagene fünf Minuten, bis Mortimer alles gesagt hat, was ihm auf dem Herzen liegt, dann wendet er sich mir zu. „Und damit gebe ich das Wort weiter an die wundervolle Neah Venturi, damit sie uns verkündigen kann, wer die Monarchie der Magier in eine strahlende Zukunft führen wird.“ Mr Mortimer nickt mir mit einem breiten Lächeln zu und reicht mir das Mikrofon.

Die Band spielt eine feierliche Melodie. Dann ist es still und alle Augen sind auf mich gerichtet. Ich spüre die Anspannung, die in der Luft liegt, und weiß nicht, wie ich am besten anfangen soll. Ich will so viel sagen, aber eigentlich bin ich nur hier, um einen einzigen Namen zu nennen.

Mr Mortimer räuspert sich.

„Ähm ja“, sage ich und hole tief Luft. „Vielen Dank, dass Sie sich alle die Mühe gemacht haben, hierherzukommen.“

Ein paar Fotoapparate klicken und ich bemühe mich um ein huldvolles Lächeln.

„Ich möchte Sie auch nicht lange auf die Folter spannen. Einleitende Worte hat Mr Mortimer schon zur Genüge gesagt. Daher komme ich jetzt gleich zur Sache. Mein Vater hat mich gebeten, einen der sieben Prinzen zu meinem Ehemann auszuwählen und ihn damit zum künftigen König zu machen. Ich bin mir der großen Verantwortung dieser Aufgabe bewusst und habe mir die Entscheidung nicht leicht gemacht.“ Ich sehe zu den Prinzen hinab und lasse meinen Blick auf ihnen ruhen, ganz besonders auf Ferdinand. Dann hole ich noch einmal tief Luft, während ich das Wirrwarr meiner Gedanken zu sortieren versuche. Zögerlich beginne ich zu sprechen und auf den entscheidenden Satz hinzuarbeiten. „Ich habe mir Zeit genommen, um jeden der sieben Prinzen kennenzulernen. Wir haben schöne, aufregende und auch tiefgründige Momente erlebt.“

Wen soll ich nehmen? Was ist, wenn es bei dieser Entscheidung bleibt und ich sie nicht mehr rückgängig machen kann? Was ist, wenn ich nun wirklich den Mann auswähle, mit dem ich zusammenleben und mit dem ich Kinder bekommen werde? Ich starre Ferdinand an, während ich mir das vorzustellen versuche. Er sieht gut aus und ist charmant. Aber verliebt habe ich mich nicht in ihn. Da war kein Kribbeln, kein Herzklopfen, keine Aufregung.

Ich schlucke, während ich Ferdinand nicht aus den Augen lasse. Mr Mortimer räuspert sich und ich spüre den Druck der vielen Menschen um mich herum.

Es ist an der Zeit, eine Entscheidung zu treffen.

Mein Kopf ist leer und dennoch kommen Worte über meine Lippen und hallen verstärkt durch das Mikrofon über die vielen Köpfe hinweg. „Als meinen zukünftigen Mann wähle ich …"

Da grinst Ferdinand auf einmal und ich gerate ins Stocken. Dieses siegessichere Lächeln auf seinen Lippen irritiert mich so sehr, dass ich nicht weitersprechen kann.

Ich sehe zu meinem Vater hinüber, dessen Augen sich geweitet haben. Er wirkt nervös und angespannt. Ich begreife, wie sehr ihn die Prophezeiung von Ornella aus der Bahn geworfen hat, denn in seinen Augen glänzt Furcht. Ahnt er wirklich nicht, dass das alles nur eine Lüge ist und er der Wahrheit nicht näher gekommen ist?

Da räuspert sich Mortimer schon wieder. Meine Güte! Warum kann er denn nicht einfach still sein?

Meine Gedanken spielen verrückt. Mein Kopf ist voll und scheint regelrecht zu platzen. Was ist richtig? Was ist falsch? Die Augen der magischen Welt sind jetzt auf mich gerichtet. Ich kann etwas ändern oder alles beim Alten lassen.

Ich spüre die Macht, die mir meine Position gibt, das erste Mal in meinem Leben mit einer Deutlichkeit, die ich nie zuvor begriffen habe. Lucian hat recht. Ich kann etwas bewirken. Es ist meine Entscheidung, es zu tun oder es zu lassen.

Meine Wahl hat eine viel größere Bedeutung, als ich es je wahrhaben wollte. Ich könnte jetzt Ferdinands Namen sagen und mich zu einem Teil der Intrigen und Verschwörungen machen. Seit Jahren wird alles unter den Teppich gekehrt und einfach weitergemacht. Egal ob es darum geht, ob Nox' Tod ein Unfall ist oder ob die Morells an allem Schuld haben.

Mortimer räuspert sich erneut und dieses Mal mit einer Dringlichkeit, die mir bedeutet, dass ich jetzt etwas sagen muss.

Meine Gedanken schweifen zurück.

Die Morells …

Ich hebe meinen Blick und atme tief durch. Ganz automatisch suche ich in der Menge nach Lucian. Er steht am Rand und sieht mich durchdringend an.

Dieser Blick aus seinen dunkelblauen Augen ist wie ein Weckruf. Ich will nicht mehr die verwöhnte Prinzessin sein, die nichts kann und über all die Lügen hinwegsieht. Ich bin Prinzessin Neah Isabella Theodora Venturi und ich kann etwas ändern, und das werde ich auch tun.

Also räuspere ich mich und halte das Mikrofon näher an meinen Mund. Dann spreche ich laut und deutlich aus, was gesagt werden muss. „Ich habe mich entschieden, dass es wichtig für meine Arbeit als zukünftige Königin ist, dass ich die komplette Ausbildung hier an der Venturi Academy absolviere." Aus den Augenwinkeln sehe ich, wie Mortimer den Kopf ruckartig zur Seite reißt und mich fassungslos anstarrt. Die Menge ist ganz ruhig. Alle mustern mich erwartungsvoll. „Des Weiteren habe ich mich dafür entschieden, den Tod meines Bruders Nox aufzuklären. Es gibt eine Menge Dinge, die nicht klar sind, und es wird Zeit, Licht in das Dunkel zu bringen. Und damit komme ich zum Schluss und zu der Frage, wegen der Sie sich alle hierherbegeben haben." Ich hole noch einmal tief Luft. „Ich werde mich vermählen, und zwar mit einem der Prinzen." Mein Blick wandert zu meinem Vater, der schon verdächtig blass geworden ist. Doch davon lasse ich mich nicht beirren, sondern spreche klar und deutlich weiter. „Aber es wird keiner der sieben Prinzen sein", fahre ich fort. „Ich vermähle mich mit dem achten Prinzen, und zwar mit Lucian Morell. Vielen Dank für Ihre Aufmerksamkeit." Ich lasse das Mikrofon sinken und drücke es dann Mortimer in die Hand.

Mich umgibt Totenstille, die nur vom schnappartigen Atmen des Rektors unterbrochen wird. Doch ich achte nicht mehr auf ihn. Ich achte auf nichts anderes mehr als auf Lucians brennenden Blick. Er ist blass und wirkt entsetzt und gleichzeitig lese ich Unglauben in seinen Augen.

Langsam steige ich die wenigen Treppen von der Tribüne hinab. Dann gehe ich auf ihn zu.

„Neah", flüstert er. „Was hast du getan?"

„Das, was getan werden musste", sage ich. „Es wurde Zeit, dass die Morells rehabilitiert werden, und diese Zeit ist jetzt gekommen. Ich habe dir ein Versprechen gegeben und dieses Versprechen werde ich halten." Dann trete ich auf ihn zu und küsse ihn vor den Augen der gesamten magischen Welt.

IMPRESSUM

karola.loewenstein@gmail.com

Lektorat: TextCare www.textcare.de

Umschlaggestaltung: www.katharina-netolitzky.com unter Verwendung von Grafiken von Shutterstock

Hrsg.: K. Schubert

Autorencentrum.de

Ein Projekt der BlueCat Publishing GbR

Gneisenaustr. 64

10961 Berlin

E-Mail: bluecatmedia@web.de

Tel.: 030 61671496

Pakete werden nicht angenommen.

Printed in Poland
by Amazon Fulfillment
Poland Sp. z o.o., Wrocław

37259675R00172